한국연구재단
학술명저번역총서

동양편
623

稼軒詞

가헌사

신기질사 전집

신기질辛棄疾 저 / 서 성 역주

5

學古房

가헌사稼軒詞 권4 下

7

가헌사稼軒詞 권5

가헌사稼軒詞 권6

일러두기

1. 이 책은 1993년 상해고적출판사(上海古籍出版社)에서 펴낸 『가헌사』(稼軒詞)를 저본으로 하여 번역하였다.

2. 시 원문은 위의 판본에서 등광명(鄧廣銘)이 교감한 결과를 따랐으며, 'ㅁ'로 되어 있는 부분은 원문에서 결락된 부분으로 역시 위의 책을 따랐다.

3. 모든 작품은 먼저 번역문을 제시하고 원문을 싣는 방식으로 축구(逐句) 번역하였다. 주석은 각주로 처리하였으며, 각 작품 끝에 번역자가 작품 이해에 필요한 간단한 '해설'을 달았다.

4. 한자가 필요한 경우는 우리말 독음 뒤에 한자를 넣었으며, 이름과 지명 등 고유명사의 독음은 대부분 한국 한자음으로 달았다. 주요한 지명은 필요한 경우 괄호 안에 현재의 지명을 적었다.

5. 책의 앞머리에 신기질과 그의 작품에 대한 역자의 해설을 실었고, 참고 지도를 끼웠으며, 책 뒤에 작품 제목 찾기를 부록으로 붙였다.

가헌사 稼軒詞 권4

표천(瓢泉) 시기, 총 225수
1194년(송 광종 소희 5)부터 1202년(송 영종 가태 2)까지

下

옥호접 玉蝴蝶
— 두숙고와 헤어지며 나중에 쓰다 追別杜叔高

옛길에 행인들이 오가고
향기와 붉은꽃이 나무에 가득하더니
비바람에 꽃들이 시들었구나.
멀리 청산을 바라보니
높은 곳은 구름에 가려져 있다.
나그네 다시 와 술을 마시며 시를 읊고
봄은 이미 지나 뽕과 마가 자라는구나.
많지 않아 아쉬운 것이라곤
한 줄기 수양버들
두 마리 까치.

인가에는
성긴 비췻빛 대나무
짙은 푸른 나무 그늘
얕은 시내물가 모래.
곤드레 취한 채 가마 타고 왔다가
밤이 되어 다시 미친 듯 호읊하였네.
지금은 모두 깨어났으나
다만 예전처럼 시름을 어찌지 못하네.

내 말 좀 들어보게나
한식이 가까우니
잠시 머무르는 게 좋으리라.

古道行人來去, 香紅滿樹, 風雨殘花. 望斷靑山, 高處都被雲遮.
客重來風流觴詠,[1] 春已去光景桑麻. 苦無多: 一條垂柳, 兩箇啼鴉.
　人家: 疎疎翠竹, 陰陰綠樹, 淺淺寒沙. 醉兀籃輿,[2] 夜來豪飮太
狂些. 到如今都齊醒却, 只依舊無奈愁何. 試聽呵: 寒食近也,[3] 且
住爲佳.

注

1　觴詠(상영): 술을 마시며 시를 짓다.
2　醉兀(취올): 취한 모양. ○ 籃輿(남여): 대나무로 만든 가마.
3　寒食(한식) 2구: 진晉 무명씨의 「한식첩」寒食帖에 나오는 "날씨는
　　아직 좋지 않은데, 너는 떠나야 하는가? 한식이 며칠이면 오는데,
　　잠시 머물러 가는 것이 좋으리.天氣殊未佳, 汝定成行否? 寒食近, 且住爲
　　佳爾.라는 구절을 이용했다.

해설

　두숙고와의 이별을 그린 송별사이다. 상편에선 송별하는 때의 광경
을 서술하고, 떠난 나그네(두숙고)가 다시 와서 노닐던 때의 광경을 그
렸다. 하편은 헤어지는 인가에서 이별의 술에 취하고, 한식을 빌미로
며칠 더 머물다 가기를 바라며 이별을 아쉬워하였다.

옥호접 玉蝴蝶

— 두숙고가 편지로 술을 끊으라 권하기에, 같은 운을 사용하여 叔高書
來戒酒, 用韻

귀천貴賤은 우연에 따른 것이어서 마치
꽃잎이 바람 따라 주렴과 휘장에 스쳐 떨어지거나
아니면 울타리에 떨어지는 것과 같지.
운 좋게 귀한 몸이 된 소인배가
말 위에서 부끄러운 얼굴을 자주 가리는구나.
텅 빈 강가에서 누가 나에게 옥패를 주었나
나는 이별의 한을 기탁하여 응당 신마神馬를 꺾어 주리라.
저녁 구름 많은데
가인佳人은 어디에 있나?
돌아가는 까마귀를 모두 헤아려 보네.

나로 말할 것 같으면
평생 나막신에 밀랍을 칠하며 산수山水 속에 살았고
공명은 깨어진 시루와 같이 여기며
친구는 손바닥의 모래처럼 흩어졌지.
지난 날 일찍이 논했으니
도연명이 제갈량보다 더 뛰어난 듯하다고.
음주는 예부터 인생의 행락이라 여겼거니와
내가 날마다 술을 마실 뿐 다른 일은 묻지 않는다 말하지 말게.

어서 술을 따르라.

아직 시가 완성되지 않았으니

술을 더 마셔야 하리.

貴賤偶然渾似:¹ 隨風簾幌, 籬落飛花. 空使兒曹,² 馬上羞面頻
遮. 向空江誰捐玉珮,³ 寄離恨應折疎麻. 暮雲多. 佳人何處?⁴ 數盡
歸鴉.

儂家:⁵ 生涯蠟屐, 功名破甑, 交友摶沙. 往日曾論, 淵明似勝臥龍些.
算從來人生行樂, 休更說日飮亡何.⁶ 快斟呵; 裁詩未穩, 得酒良佳.

注

1 貴賤(귀천) 3구: 귀천은 바람에 날리는 꽃잎처럼 미리 정해진 것이
아니라 우연한 것이다. 『남사』「범진전」에 나오는 범진范縝과 소자
량蕭子良 사이의 대화에서 유래했다. 남제南齊의 경릉왕 소자량이
"그대는 인과를 믿지 않는데, 세상에는 어찌하여 부귀한 사람이 있
고 빈천한 사람이 있는가?"라고 물었다. 이에 범진은 다음과 같이
말했다. "사람의 삶은 같은 나무에 꽃이 함께 피었어도 바람에 날려
떨어지면 어떤 것은 주렴과 휘장에 스치어 방석 위에 떨어지고, 어
떤 것은 울타리와 담장에 걸렸다가 뒷간에 떨어지는 것과 같습니
다. 방석 위에 떨어진 것은 전하이고, 뒷간에 떨어진 것은 소관입니
다. 귀천이 다른 길이니 인과는 결국 어디 있겠습니까?"人生如樹花同
發, 隨風而墮, 自有拂簾幌墜於茵席之上, 自有關籬牆落於糞溷之中. 墜茵席者
殿下是也, 落糞溷中者下官是也. 貴賤殊途, 因果竟在何處.

2 空使(공사) 2구: 귀한 신분도 우연히 얻어졌다는 비유이다. 『남사』
「유상전」劉祥傳에 "사도司徒 저연褚淵이 입조할 때 요선腰扇으로 해
를 가렸다. 유상이 옆으로 지나가다 말했다. '이러한 동작을 지으면

서 사람보기 부끄러워 부채로 가린들 무슨 소용이 있겠소?' 이에
저연이 돌아보며 말했다. '한사寒士가 불손하오!'"司徒褚彦回入朝, 以
腰扇障日. 祥從側過, 曰: '作如此擧止, 羞面見人, 扇障何益.' 彦回曰: '寒士不
遜!' ○ 兒曹(아조): 아이들.

3 向空江(향공강) 2구: 두숙고가 필자와 편지를 주고받으며 우정을
나누고 있음을 말했다. 옥패玉珮를 주는 일은 『구가』「상군」에 "내
지닌 가락지를 강물에 던지고, 내 두른 패옥을 예수에 던진다."捐余
玦兮江中, 遺余佩兮醴浦.는 표현과 『열선전』列仙傳에서 강비江妃가 정
교보鄭交甫에게 옥패를 준 일 등이 있다. 여기서는 두숙고가 편지를
보내온 일을 가리킨다. 또 『구가』「대사명」에 "옥같이 하얀 신마꽃
을 따서, 떨어져 사는 사람들에게 건네주리라."折疎麻兮瑤華, 將以遺
兮離居.라는 말이 있다. 이는 작자가 답장을 써서 떨어져 사는 시름
을 풀어냄을 가리킨다.

4 佳人(가인): 미녀, 미인. 두숙고를 가리킨다.

5 儂家(농가) 4구: 자신의 은거 생활을 가리킨다. ○ 儂家(농가): 나.
○ 生涯蠟屐(생애랍극): 산수에서의 삶을 가리킨다. 납극蠟屐은 밀
랍을 칠한 나막신으로, 남조 때 사람들은 산에 오를 때 나막신을
신었다. 『세설신어』世說新語「아량」雅量에 나막신을 좋아하는 완부阮
孚의 일화가 있는데, 어떤 사람이 완부의 집에 가보니 마침 나막신
에 밀랍 칠을 하다가 "앞으로 내 일생에 이 신을 몇 켤레나 더 신을
지 모르겠구나!"未知一生當著幾量屐!라 말하며 태평하고 한가하였다.
○ 功名破甑(공명파증): 공명을 부서진 시루 보듯 하다. 『후한서』
「곽태전」郭泰傳에 관련 일화가 있다. 맹민하孟敏何는 시루가 땅에
떨어지자 보지도 않고 가버렸다. 임종林宗이 그 이유를 묻자 "버리
는 건데 돌아보아 무슨 소용이 있겠소?"라고 말했다. ○ 交友搏沙
(교우박사): 사귐은 모래를 잡은 것과 같아 손을 펴면 다시 흩어진

다는 뜻. 소식의 「교 태부와 단 둔전에게 다시 답하며」再答喬博段屯
田에 "친구는 모래를 쥐는 것과 같아, 손을 펴면 다시 흩어진다."親
友如搏沙, 放手還復散.는 구절이 있다.

6 日飮亡何(일음망하): 날마다 술을 마실 뿐 다른 일체의 일은 묻지
않는다.

해설

술을 마셔야 하는 심경을 썼다. 두숙고가 술을 끊으라고 권하였지
만, 그렇게 할 수 없음을 말하였다. 먼저 자신의 낙백한 처지는 우연한
운명에 의해 비롯했다고 토로함으로써 가슴 속의 울분을 표현하였다.
이어서 공업도 결국은 이루지 못하고, 친구도 손바닥에 쥔 모래알처럼
모두 흩어져 적막해져버렸기 때문이라고 말했다. 이러한 현실을 위로
하기 위해 도연명이 차라리 제갈량보다 낫다고 말하고 있다. 말미에서
술을 끊으라는 두숙고의 권고에 대해 자신이 술을 마실 수밖에 없는
울분을 쏟아내었다. 그 이면에는 사회 현실에 대한 강렬한 비판이 숨
어 있다.

옥루춘 玉樓春
— 백낙천체를 본떠 放白樂天體[1]

젊은 시절 생황 불고 노래하며 술잔 들고
여름 낮도 길지 않다 여기고 가을밤도 짧게 여겼지.
이제 늙음과 병은 비켜 가지 않아
즐기던 심정도 모두 게으르게 되었다네.

친구는 헤어진 후 편지를 보내와 권하기를
술잔을 멈추고 억지로 밥이나 먹으라 하네.
그런데 어찌하여 술자리에서 만났을 땐
오히려 달인達人은 술잔을 가득 채워야 한다고 말하나?

少年才把笙歌盞, 夏日非長秋夜短. 因他老病不相饒, 把好心情
都做懶.
故人別後書來勸:[2] 乍可停杯强喫飯.[3] 云何相見酒邊時, 却道達
人須飮滿?

注

1 白樂天(백낙천): 당대 시인 백거이白居易. 백거이의 사詞로 현존하
는 것은 「장상사」長相思, 「망강남」望江南, 「화비화」花非花 등이다.
2 故人(고인): 친구. 두숙고를 가리킨다.
3 乍可(사가): 차라리 ~하다.

　노년의 아쉬움을 청년과 대비하여 말하면서, 술을 마시지 못하는 아쉬움을 나타냈다. 부제副題에서 백낙천체를 본떴다고 하는 것은 아마도 백거이가 술을 좋아하여 스스로 취음선생醉吟先生이라 불렀으며, 또 그 작품의 쉽고 통속적인 면을 채용한 듯하다.

옥루춘玉樓春

— 운을 사용하여 섭중흡에 답하다用韻答葉仲洽[1]

미친 듯 노래 부르며 촌주村酒 담은 술잔을 두드려 깨고
춤추려 하지만 소매가 짧아 애석하구나.
마음은 시냇가 낚시터처럼 한가롭고
몸은 길가의 이정표처럼 게으르기만 하다.

산중에 술이 있어 제호提壺새가 술 권하고
좋은 글 보내온 그대를 생각하며 절인 생선으로 밥 먹는다.
지금도 시구가 인간 세상에 남아 있으니
위수渭水에 가을바람 불면 노란 낙엽이 가득하네.

狂歌擊碎村醪盞, 欲舞還憐衫袖短.[2] 心如溪上釣磯閑, 身似道
旁官堠懶.[3,4]
山中有酒提壺勸,[5] 好語憐君堪鮓飯.[6] 至今有句落人間, 渭水秋
風黃葉滿.[7]

注

1 葉仲洽(섭중흡): 신주信州 사람. 그 밖의 사적은 미상.
2 欲舞(욕무) 구: 『한비자』「오두」五蠹의 구절을 이용하였다. "지금 국
  내에 법술을 시행하지 않고, 외교에 지략을 쓴다면 나라가 잘 다스
  려질 수도 강대해질 수도 없다. 속담에 '소매가 길어야 춤을 잘 추

고, 돈이 많아야 장사를 잘한다.'는 말이 있다. 이것은 자본이 많아야 일을 하기 쉬움을 말한 것이다."^{今不行法術於內, 而事智於外, 則不至於治强矣. 鄙諺曰: '長袖善舞, 多錢善賈.' 此言多資之易爲工也.}

3 [원주]: "속담에 '식탐은 새매와 같이, 느리기는 이정표와 같이.'란 말이 있다."^{諺云: 饞如鷂子, 懶如堠子.}

4 官堠(관후): 관청에서 세운 이정표.

5 提壺(제호): 새 이름. 사람들이 그 우는 소리를 '티후'라 들었다. '술병을 든다'는 뜻이다.

6 鮓飯(자반): 절인 생선과 밥.

7 渭水(위수) 구: 당대 가도^{賈島}의 「강가의 오 처사를 생각하며」^{憶江上吳處士}에 나오는 "가을바람 위수에 부니, 낙엽이 장안에 가득해라."^{秋風吹渭水, 落葉滿長安.}라는 구절을 이용하였다.

해설

섭중흡이 보내온 사에 대한 답사의 형식으로 산중에 사는 생활을 묘사하였다. 상편에서 술 마시며 노래하고 춤을 춰보지만 춤을 잘 출 수 없는 결핍감에 한가하고 게으르게 지낼 수밖에 없는 자신의 처지를 서술하였다. 하편은 산중에서의 생활을 그리면서 섭중흡에 대한 관심을 나타내었다. 말미에 가도^{賈島}의 시구를 이용하여 쓴 낙엽이 가득하다는 말은, 가을의 풍경이면서 동시에 '나뭇잎'^葉으로부터 연상되는 섭씨^{葉氏}에 대한 생각이 가득하다는 의미도 환기하는 듯하다.

옥루춘 玉樓春

― 운을 사용하여 오자사 현위에 답하며 用韻答吳子似縣尉

그대는 구온주九醞酒처럼 술맛이 훌륭하고
나는 모시주茅柴酒처럼 맛이 별로 없다.
그 언제 여기 추수당秋水堂에 미인이 찾아오려나
흥이 일어 조각배 타고 나를 찾아오는 사람이 없을까 늘 걱정하네.

권하는 사람 없어 높은 회포를 품고 스스로 술을 따라 마시나
말에게 줄 푸른 꼴이 있고 종복에게 줄 흰밥이 있다네.
종래로 구슬 신발에 옥비녀 꽂은 지체 높은 사람은
되로 재고 수레로 가득 실을 만큼 많다네.

君如九醞臺黏盞,[1] 我似茅柴風味短.[2] 幾時秋水美人來,[3] 長恐扁
舟乘興懶.[4]
高懷自飲無人勸, 馬有靑芻奴白飯.[5] 向來珠履玉簪人,[6] 頗覺斗
量車載滿.

注

1 九醞(구온): 술 이름. 『서경잡기』西京雜記에 "정월 초하루에 술을 빚
어 팔월에 만드는 술을 주酎라고 하는데, 구온九醞이라고도 한다."
以正月旦作酒, 八月成, 名曰酎, 一曰九醞.고 하였다. 또 이조李肇의 『당
국사보』唐國史補에도 "술에는 …의성의 구온이 있다"酒則有…宜城之

九醞.는 말이 있다. ○ 臺黏(대점): 탁자에 술잔이 붙을 정도로 술의
점액도가 높다.

2 茅柴(모시): 품질이 낮은 술의 통칭. 악주惡酒.

3 秋水(추수): 신기질의 당실인 추수당秋水堂. ○ 美人(미인): 친구 오
자사를 가리킨다.

4 扁舟乘興(편주승흥): 흥에 겨워 배를 타고 찾아가다. '설야방대'雪
夜訪戴 고사를 가리킨다. 동진의 왕휘지王徽之가 눈 오는 밤중에 갑
자기 친구 생각이 나 산음山陰(지금의 소흥시)에서 섬현剡縣(지금의 嵊
縣 서남)까지 배를 타고 대규戴逵를 찾아갔는데, 문 앞까지 갔다가
들어가지 않고 되돌아왔다. 나중에 누가 그 까닭을 물으니, "흥이
나서 갔다가 흥이 다해 돌아왔으니, 꼭 대규를 만나야 하겠는가?"吾
本乘興而行, 興盡而返, 何必見戴?라고 대답하였다. 『세설신어』「임탄」任
誕 참조.

5 馬有(마유) 구: 말에게 푸른 꼴을 먹이고 손님에게 흰밥을 주다.
손님을 잘 대접한다는 뜻이다. 두보의 시 「입주행 —서산검찰사 두
시어에게 주다」入奏行 —贈西山檢察使竇侍御에 "그대 위해 술을 사서
자리 가득 준비하고, 종에겐 흰밥 주고 말에겐 풀을 먹이리."爲君酤
酒滿眼酤, 與奴白飯馬青芻.라는 구절이 있다.

6 珠履玉簪人(주리옥잠인): 구슬 신발에 머리에 옥비녀를 꽂은 사람.
신분이 높은 사람을 가리킨다. ○ 斗量車載(두량거재): 수레로 싣고
말로 잰다. 아주 많음을 형용한다.

해설

오자사를 그리워하며 그의 방문을 기다리는 마음을 나타냈다. 상
편은 먼저 술의 좋고 나쁜 품질의 고하로 오자사와 자신을 비교하면
서 오자사를 높였다. 이어서 오자사가 자신을 찾아오기 바라는 마음

을 드러냈다. 하편은 '높은 회포를 품고 스스로 술을 따라 마시나'高懷自飮 그것은 수레로 실을 만큼 많은 권세가들은 거들떠보지도 않고 오자사와 같은 사람을 기다리기 때문이라고 하였다. 친구에 대한 깊은 정회와 함께 세속 권세가에 대한 비판과 질시가 깔려 있다.

감황은感皇恩

— 『장자』를 읽던 중 주희가 서거했다는 소식을 듣고讀莊子, 聞朱晦庵即世[1]

책상 위 몇몇 책들은
『장자』 아니면 『노자』.
"말을 잊어야 비로소 도를 안다"고 말은 하면서도
만 마디 말, 천 마디 구절들
자기 자신은 말을 잊지 못하니 우습구나.
오늘 아침 매우梅雨가 맑게 갠 후
푸른 하늘이 좋기도 하구나.

골짜기 하나 언덕 하나에서
가벼운 적삼에 두건 쓰고 지내니
백발이 늘어나면 친구가 줄어드는구나.
양웅과 같은 그대는 어디에 있나?
응당 『태현경』과 같은 유작을 남겼으리.
밤낮으로 흘러가는 강물
그 어느 때 그치랴!

案上數編書, 非莊卽老. 會說忘言始知道;[2] 萬言千句, 自不能忘
堪笑. 今朝梅雨霽,[3] 靑天好.
　一壑一丘,[4] 輕衫短帽. 白髮多時故人少. 子雲何在?[5] 應有玄經

遺草. 江河流日夜,⁶ 何時了!

注

1 朱晦庵(주회암): 주희朱熹. 자가 회암晦庵이다. 남송의 성리학자.

2 會說(회설): 말을 할 줄 알다. 학설을 이해하다. ○ 忘言(망언): 마음속으로 뜻을 체득하였기에 말로 표현할 필요가 없음. 『장자』「외물」外物에 "말이란 뜻을 전하는 데 있는데, 뜻을 얻으면 말을 잊게 된다. 내 어떻게 하여 말을 잊은 사람을 만나 더불어 이야기를 할까!"言者所以在意, 得意而忘言. 吾安得夫忘言之人而與之言哉!는 구절이 있다. ○ 知道(지도): 도를 알다. 『장자』「열어구」列禦寇에 "도를 알기는 쉬워도, 말하지 않기는 어렵다."知道易, 勿言難.는 말이 있다.

3 今朝(금조) 2구: 매우가 지나간 후 날이 맑게 개다. 이는 당시의 풍경일 수 있으나, 다른 한편 득의와 망언의 관계에 대한 풍경적 전환으로 볼 수도 있다. 언어를 통해 득의하여 망언하는 과정은 마치 매우가 내린 후 청천이 오는 과정으로 볼 수 있다.

4 一壑一丘(일학일구): 골짜기 하나와 언덕 하나. 산수에 마음을 기탁함을 가리킨다. 반고班固의 『한서』「서전」敍傳에 "골짜기 하나에서 낚시하니 만물이 그 뜻을 막지 않고, 언덕 하나에서 깃들어 사니 천하가 그 즐거움을 바꾸지 못한다."漁釣於一壑, 則萬物不奸其志; 棲遲於一丘, 則天下不易其樂.는 말이 있다.

5 子雲(자운): 한대 사상가이자 문장가인 양웅揚雄. 자가 자운이다. 『한서』「양웅전」에 "진실로 옛것을 좋아하고 도를 즐거워하였으니, 그 뜻은 문장을 추구하여 후세에 이름을 남기는 것이었다. 경전은 『주역』보다 더 큰 것이 없다고 여겼기에 『태현』을 지었다."實好古而樂道, 其意欲求文章成名於後世, 以爲經莫大於易, 故作太玄.는 말이 있다. 여기서 양웅과 『태현』으로 주희와 그의 저작을 비유하였다.

6 江河(강하) 2구: 주희와 그의 저작이 영원히 남을 것을 말했다. 두
보의 「장난삼아 지은 절구 여섯 수」戲爲六絶句에 나오는 비유를 이
용하였다. "왕발, 양형, 노조린, 낙빈왕 등 초당사걸이 지은 작품들,
경박한 문인들이 쉬지 않고 비웃었지. 너희들은 몸과 함께 이름도
사라졌지만, 그들의 작품은 강물처럼 없어지지 않고 만 년을 두고
흐르리라."王楊盧駱當時體, 輕薄爲文哂未休. 爾曹身與名俱滅, 不廢江河萬
古流.

해설

　　남송의 뛰어난 성리학자 주희(71세)의 서거를 추념하였다. 신기질은
「주희의 생일을 축하하며」壽朱晦庵라는 시에서도 "요순 이래 천 년을
헤아려보아도, 그대와 같은 사람은 겨우 두세 명 뿐이라네."歷數唐虞千
載下, 如公僅有兩三人.라고 말하며 주희를 높이 평가하였다. 신기질이
꼽는 두세 명 가운데 장자莊子가 들어가는 듯하다. 희대의 두 철인
주희와 장자를 함께 그리며 앙모하였다. 그밖에 한 사람을 더 든다면
그가 흠모해마지 않는 도연명이 될 것이다. 작품의 어조는 비교적 담
담하기만 한데, 그것이 오히려 두 사람의 깊은 우의를 말해준다. 1200
년(61세)에 지었다.

하신랑 賀新郎
―부군용의 동산에 쓰다 題傳君用山圓[1]

일찍이 동산東山과 약속했으니
흰 물고기를 위해 조용히
맑은 샘물 한 국자를 떠서 나누어 마시기로 했지.
고상한 선비가 책을 읽는 곳
솔숲 아래 창문과 대숲 옆 누각들
어찌하여 오래도록 유람객들이 차지하였나.
어찌 "만 권의 책은 영달했을 때 적용한다"고 말하는가?
선비가 길이 막히면 일찌감치 사람들과 함께 즐겨야 하리니
새로이 심었네
꽃나무와 약초를.

산꼭대기 괴석엔 가을 물수리가 쭈그려 앉아
인간 세상의 먼지와 아지랑이를 부감하며
외로이 버티다가 높이 날아 먹이를 잡아채는구나.
지팡이 짚고 높은 정자까지 다 오르지도 못했는데
벌써 두 다리 아래 구름이 일어나고
더구나 아침녘의 머리카락이 바뀌었구나.
이곳은 천 년에 걸쳐 자연의 변화가 있었으니
부르지 않아도 원숭이가 있고 학이 절로 많아졌지.

나 또한
언덕과 골짜기가 하나 있다네.

曾與東山約,² 爲鯈魚從容分得,³ 淸泉一勺. 堪笑高人讀書處,
多少松窓竹閣. 甚長被遊人占却. 萬卷何言達時用, 土方窮早與
人同樂. 新種得, 幾花藥.
　山頭怪石蹲秋鶚.⁴ 俯人間塵埃野馬,⁵ 孤撑高攫. 拄杖危亭扶未
到, 已覺雲生兩脚. 更換却朝來毛髮. 此地千年曾物化, 莫呼猿且
自多招鶴.⁶ 吾亦有, 一丘壑.

注

1 傳君用(부군용): 미상. 부암수傳巖叟의 이웃이거나 친척으로 추측
　된다.
2 東山(동산): 연산현 동쪽 3리 소재. 원림 승지. 조겸선이 오흥吳興
　지주로 있을 때 재상의 친척을 거스른 이후, 향리에 돌아와 정자
　스물다섯 개를 세우고 바위와 골짜기에 마음을 풀며 종생토록 살고
　자 하였다.
3 爲鯈魚(위숙어) 구: 『장자』「추수」秋水에서 장자가 혜자에게 말한
　"백어白魚가 나와 한가히 노닐고 있구나, 이것이 곧 물고기의 즐거
　움이라."鯈魚出遊從容, 是魚之樂也.는 구절을 이용하였다.
4 山頭(산두) 구: 동산의 꼭대기에 물수리와 같이 생긴 괴석이 있다.
5 塵埃野馬(진애야마): 먼지와 아지랑이. 봄날 야외에서 수증기가
　아른거리며 오르는 현상. 『장자』「소요유」에 "아지랑이와 먼지는
　살아 있는 것들이 내쉬는 숨이다."野馬也, 塵埃也. 生物之以息相吹也.
　라 하였다.
6 呼猿且自多招鶴(호원차자다초학): 원숭이를 부르고 또 학에게 오

라고 손짓하다. 공치규孔稚珪의 「북산이문」北山移文에 "혜초 휘장이 비자 밤 학이 원망하고, 산에 은거하는 사람이 떠나자 새벽 원숭이가 놀란다."蕙帳空兮夜鶴怨, 山人去兮曉猿驚.는 구절을 이용하였다.

해설
부군용의 산원山園을 묘사하며 은거를 권유하였다. 상편은 산원의 건물과 누각을 주로 서술하였고, 하편은 산원의 자연을 주로 묘사하였다. 산원의 묘사 가운데 부군용의 많은 독서량과 이루지 못한 출세의 기회, 산원을 만들게 된 경위를 덧붙였다.

하신랑賀新郎

— 운을 사용하여 조진신 부문각 학사의 적취암에 대해 쓰다. 나는 그
앞에 제방을 쌓아 연못을 만들어야 한다고 말하다用韻題趙晉臣敷文
積翠巖, 余謂當築陂於其前

지팡이 짚고 다시 온다는 약속을 지켰더니
동풍을 마주하고 동정洞庭 들에서 연주하는 음악소리 들리고
하늘 가득 순 임금과 주나라의 음악이 울린다.
거대한 바다 위에 물소의 뿔이 솟아나
이 산의 높은 누각으로 향해 오면서
여전히 앞을 다투다가 다시 물러나는구나.
늙은 내가 높은 곳에 올라보니 슬픔이 일어나는데
어떤 방법으로 슬픔을 가라앉힐 수 있나?
오직 술이 있을 뿐이니
만병을 고치는 만금의 약이네.

그대에게 권하니 하늘을 가르는 물수리가 되게나.
인간 세상의 비린내와 썩은 냄새 나는
고기를 채어가는 까마귀들을 논하지 말게.
대붕처럼 구만 리 구름 위로 올라가 바람을 아래에 두고
구름과 비를 이리저리 불러일으키며 조화를 부리게나.
또 곧바로 곤륜산으로 올라가 머리를 감게나.
긴 무지개 같은 십 리 제방을

잘 눕혀 놓으라는 말을 두 마리 황학이 듣는구나.
푸른 그림자가 호숫물에 거꾸로 비치고
구름 낀 골짜기를 적시리라.

拄杖重來約. 對東風洞庭張樂,¹ 滿空簫勺.² 巨海拔犀頭角出,³
來向此山高閣. 尙依舊爭前又却. 老我傷懷登臨際, 問何方可以
平哀樂? 唯是酒, 萬金藥.

勸君且作橫空鶚. 便休論人間腥腐, 紛紛烏攫.⁴ 九萬里風斯在
下,⁵ 翻覆雲頭雨脚. 更直上崑崙濯髮. 好臥長虹陂十里,⁶ 是誰言
聽取雙黃鶴. 推翠影, 浸雲壑.

注

1 洞庭張樂(동정장악): 동정의 들에서 음악을 연주하다. 『장자』「천
  운」天運에 "임금이 함지의 음악을 동정의 들에서 연주하였다"帝張咸
  池之樂於洞庭之野.는 말이 있다.

2 簫勺(소작): 악곡 이름. 소簫는 순 임금의 음악이고 작勺은 주나라
  음악이다.

3 巨海(거해) 구: 거대한 바다에 물소의 뿔이 솟구치다. 적취암의 험
  준함을 비유하였다.

4 烏攫(오확): 까마귀가 음식을 채어가다. 서한 황패黃霸가 영천 태수
  穎川太守가 되었을 때, 일찍이 청렴한 관리를 보내면서 주도면밀하
  게 업무를 보라고 당부하였다. 관리는 나가서 감히 역참에서도 묵
  지 못하고 길가에서 밥을 먹었는데, 까마귀가 그 고기를 채가고
  말았다.吏出不敢舍郵亭, 食於道旁, 烏攫其肉. 『한서』「황패전」 참조. 여
  기서는 탐관오리를 비유하였다.

5 九萬里(구만리) 구: 『장자』「소요유」에 나오는 대붕의 비상으로 적

취암의 경지를 비유하였다. "붕새의 등은 몇 천 리가 되는지 모른
다. 붕새가 힘차게 날아오르면, 그 날개는 마치 하늘을 뒤덮은 구름
과 같다. …붕새가 남해 바다로 옮겨갈 때는, 바닷물 삼천 리를 치
고, 태풍을 타고 위로 구만 리를 날아오른다. …바람이 쌓이지 않으
면 거대한 날개를 띄울 힘도 없으므로 구만 리 위로 올라가면 바람
이 그 아래에 있게 된다."

6 好臥(호와) 2구: 서한 때 적방진翟方進의 전고를 이용하였다. 여남汝
南 지방에 예전에 홍극대피鴻隙大陂가 있어 군현이 풍요로웠다. 관동
의 여러 저수지가 물이 넘쳐 주위가 피해를 입었다. 적방진이 재상
이었을 때 어사대부 공광孔光과 함께 관리를 파견하여 순시하였다.
물을 빼내면 저수지가 기름지므로, 제방을 쌓는 비용을 줄이고 홍수
걱정도 없어 제방을 허물자는 상소를 올렸다. …왕망 때 그곳에 자
주 가뭄이 들자 군에서 적방진을 원망하게 되었고, 다음과 같은 동
요가 불려졌다. "저수지는 누가 허물었나, 적방진이라네. 나에게 주
는 건 콩밥과 토란국. 뒤집히고 다시 되돌려서, 저수지를 복원해야
하리. 이걸 누가 말했나, 두 마리 황곡이 말했네."壞陂誰, 翟子威, 飯我
豆食羹芋魁. 反乎覆, 陂當復. 誰云者, 兩黃鵠.『한서』「적방진전」참조. 여
기서는 이를 빌려 조진신에게 적취암 앞에 연못을 만들기를 권했다.

해설

적취암의 위용으로부터 조진신의 분발을 기대하였다. 상편은 적취
암을 찾아온 자신의 감회를 적었다. 전아한 고대의 음악이 들리는 듯한
분위기와 산꼭대기의 장대한 경관을 바라보는 심사를 그렸다. 하편은
적취암의 기상으로부터 물수리와 대붕을 연상하며 인간 세상의 부패를
제거해주길 바랐다. 말미에서 적취암 앞에 저수지를 만들어주기를 제안
하였다. 서경 가운데 격정과 의론이 끼어들며 장대한 풍격을 나타냈다.

하신랑賀新郎

― 한중지 판원의 산중 방문을 받고, 연석에서 앞의 운을 사용하여
韓仲止判院山中見訪, 席上用前韻[1]

나의 약법 삼장約法三章을 들어보게.
공훈을 말하는 자와 명성을 말하는 자는 춤을 추고
경전을 말하는 자는 벌주를 받아야 한다네.
부賦를 잘 짓는 사마상여는 직접 식기를 씻었고
글자를 잘 아는 양웅은 누각에서 뛰어내렸으니
헛되이 정신을 소모해버린 셈이었지.
이 모임에 유공영劉公榮보다 못한 자는
즐거운 분위기를 해칠 뿐이니 불러오지 말게.
속물들을 치료하려면
약도 없으니.

당시 뭇 새들이 한 마리 물수리를 우러러보았으니
표연히 허공을 가로지르며 곧바로
조식曹植을 삼키고 유정劉楨을 잡아채는 기세였지.
산중에 늙은 나를 누가 와서 함께 하려나?
곤궁과 시름이 분명코 다리가 있어 나를 따라온 걸 믿겠으니
마치 깎아도 다시 자라는 스님의 머리카락 같구나.
나의 생이 힘듦을 알고 있기에 하늘에 호소하지 않나니
누구를 청하여 수레에 탄 학과 같은 고관들에게 말해줄까

나의 뜻은

언덕과 골짜기에 있다고.

聽我三章約:[2,3] 有談功談名者舞, 談經深酌. 作賦相如親滌器,[4] 識字子雲投閣.[5] 算枉把精神費却. 此會不如公榮者,[6] 莫呼來政爾 妨人樂. 醫俗士, 苦無藥.

當年衆鳥看孤鶚.[7] 意飄然橫空直把, 曹吞劉攫.[8] 老我山中誰來 伴? 須信窮愁有脚. 似剪盡還生僧髮. 自斷此生天休問,[9] 倩何人 說與乘軒鶴.[10] 吾有志, 在丘壑.

注

1 韓仲止(한중지): 한표韓淲. 자가 중지이다. 호는 간천澗泉. 한원길韓
元吉의 아들로, 시명詩名이 높아 장천章泉 조창보趙昌甫와 함께 '신주
의 두 샘信上二泉이라는 칭호를 들었다.

2 [원주]: "『세설신어』의 말을 사용하였다."用世說語.

3 三章約(삼장약): 약법 삼장. 『세설신어』「배조」排調에 나오는 전고
를 이용하였다. "서진의 위의魏顗는 기량이 있었지만 재학은 뛰어나
지 못했다. 처음 관리가 되어 나갈 때 우존虞存이 조롱하며 말했다.
'그대에게 약법 삼장을 주겠소. 담론하는 사람은 사형, 시문을 쓰는
사람은 투옥, 인물을 품평하면 죄로 다스리오.' 위의는 즐겁게 웃으
며 얼굴에 거스르는 빛이 없었다."魏長齊雅有體量, 而才學非所經. 初宦,
當出, 虞存嘲之曰: "與卿約法三章: 談者死, 文筆者刑, 商略抵罪." 魏怡然而笑,
無忤於色.

4 相如親滌器(상여친척기): 사마상여司馬相如가 식기를 씻다. 「염노
교 ―우연히 찾아오는 높은 벼슬은」 참조.

5 子雲投閣(자운투각): 양웅揚雄이 천록각에서 투신한 일을 가리킨

다. 「하신랑 ―팔꿈치 뒤로 갑자기 혹이 생기듯」 참조.

6 此會(차회) 2구: 주흥이 깨지므로 유공영보다 못한 자를 불러 술 마시지 말라. 『세설신어』「간오」簡傲에 전고가 있다. 왕융이 스무 살 무렵 완적을 찾아갔는데 마침 그 자리에는 유공영劉公榮이 있었다. 완적은 왕융에게 마침 좋은 술 두 말이 있으니 자네와 마시되, 유공영은 마실 수 없다고 하였다. 세 사람은 함께 담소를 나누며 그 자리를 즐겼다. 나중에 누군가가 왜 유공영에게 술을 주지 않았느냐고 묻자 완적은 다음과 같이 대답했다. "유공영보다 뛰어난 사람이라면 그와 마시지 않을 수 없고, 유공영보다 못한 사람이라면 술을 마셔주지 않을 수 없다. 다만 유공영만은 함께 술을 마시지 않는다."勝公榮者, 不得不與飮. 不如公榮者, 亦不可不與飮. 唯公榮, 可不與飮酒.

7 孤鶚(고악): 물수리 한 마리. 동한 말기 공융孔融의 「예형을 추천하는 표」薦禰衡表에 "맹금을 백 마리 쌓아두어도 한 마리 물수리보다 못합니다. 예형을 조정에 세우면 분명 눈에 뛰는 업적을 낼 겁니다."鷙鳥累百, 不如一鶚. 使衡立朝, 必有可觀.라는 말이 있다.

8 曹吞劉攫(조탄류확): 조식曹植을 삼키고 유정劉楨을 잡아채다. 조식과 유정보다 뛰어나다.

9 自斷(자단) 구: 나의 생이 힘듦을 알고 있으므로 하늘에 호소하지 않는다. 두보의 「곡강」曲江에 나오는 "나의 생이 힘듦을 아니 하늘에 호소하지 않을 터, 다행히 두곡에는 뽕나무와 삼밭이 있다네."自斷此生休問天, 杜曲幸有桑麻田.라는 구절을 이용하였다.

10 乘軒鶴(승헌학): 수레를 타는 학. 공이 없으면서 봉록을 받는 자를 가리킨다. 『좌전』'민공 2년'조에 기록이 있다. "적인이 위나라를 공격했다. 위 의공은 학을 좋아하였는데, 학 가운데는 수레를 타는 놈도 있었다. 장차 전투를 하게 되자 나라의 병사들이 모두 말하였다. '학을 출전시키십시오. 학은 실제로 봉록과 직위가 있습니다.

우리가 어찌 싸웁니까!'"狄人伐衛. 魏懿公好鶴, 鶴有乘軒者. 將戰, 國人受甲者皆曰: "使鶴. 鶴實有祿位, 余焉能戰!" 軒(헌)은 대부가 타는 화려한 수레.

해설

공훈과 명성과 경전을 논하는 속물들을 질타하였다. 사마상여와 양웅과 같이 뛰어난 인재라도 어려운 지경에 이르는 불합리한 세태와 부패한 현실에 대해 비판하였다. 그러니 오직 명성을 구하고 경전을 인용하는 속사(俗士)는 주흥을 깰 뿐이니 입에도 담지 말고 술자리도 함께 하지 않겠다고 했다. 하편은 청년의 시기에 물수리처럼 기세 높던 자신이 이제 늙어 궁박해졌지만 여전히 절조를 지키며 살겠다는 영웅적 의지를 천명하였다.

생사자生查子
— 오자사 현위에게 편지 삼아 보내며簡吳子似縣尉

뜻이 높은 사람은 천 길 벼랑과 같아
천 년의 빙설이 쌓여 있지.
음력 유월에 구름이 불 탈 때에도
한번 보면 모발이 선뜻하다.

속인은 도천盜泉과 같아
모습을 비쳐보아도 온통 혼탁하다.
높은 곳에 나의 표주박이 걸려 있더래도
목이 마를지라도 마시지 않겠다.

高人千丈崖, 千古儲冰雪. 六月火雲時,¹ 一見森毛髮.²
俗人如盜泉,³ 照影都昏濁. 高處掛吾瓢,⁴ 不飲吾寧渴.

注

1 火雲(화운): 붉은 구름. 여름철의 뜨거운 날씨를 형용한다.
2 森毛髮(삼모발): 모발이 서늘하다.
3 盜泉(도천): 산동성 사수현泗水縣에 있었다고 전해지는 샘물. 사람
  이 이 물을 먹으면 바로 탐심이 생긴다고 한다. 『시자』尸子에 공자
  가 "도천을 지나갈 때 목이 말라도 마시지 않은 것은 그 이름을
  싫어해서였다."過於盜泉, 渴矣而不飲, 惡其名也.는 말이 있다.

4 高處掛吾瓢(고처괘오표): 높은 곳에 나의 표주박을 걸어두다. 『일
  사전』逸士傳의 허유許由의 전고를 이용하였다. 허유가 손으로 물을
  받아 마시니 어떤 사람이 표주박을 주었다. 마시고 나서 나무에
  걸어두니 바람에 소리가 났다. 이에 허유가 표주박을 떼어냈다.

해설

  고인高人과 속인의 대비 속에 오자사와 같은 고인은 사귀되 속인
은 물리치겠다는 뜻을 나타냈다. 상편은 고인의 풍모를 칭송한 것으
로 빙설이 쌓인 벼랑으로 형상화하였다. 하편은 속인의 모습을 비판
한 것으로 혼탁하고 더러운 이미지로 구성하였다. 한대 악부「맹호
의 노래」猛虎行와 같이 결연한 지사적 의지를 드러낸 작품이다.

야유궁夜遊宮
—속객에 괴로워하며苦俗客

내가 아는 몇 사람은 보기만 해도 즐거우니
서로 만나면 산을 말하고 물을 이야기하지.
주거니받거니 반복해서 얘기하는 건 이 산수 뿐
아무튼
말 할 때마다
찬탄한다네.

신예新銳의 똑똑한 사람들은
말하는 것이라곤 명성 아니면 이익.
입이 마르도록 자신의 탓이라고 겸손을 부리니
앞으로 나를 탓하지 마오.
내 슬쩍 일어나서
귀 씻으러 갈 테니.

幾箇相知可喜. 才廝見說山說水.¹ 顚倒爛熟只這是. 怎奈向,²
一回說, 一回美.
有箇尖新底,³ 說底話非名卽利. 說得口乾罪過你.⁴ 且不罪;⁵ 俺
略起, 去洗耳.⁶

注

1 廝見(시견): 만나다.

2 怎奈向(즘내향): 어떻게 하나. 북송 시대의 구어. 向(향)은 어미조사.

3 尖新底(첨신저): 특수한. 특별한.

4 罪過你(죄과니): 자신이 잘못하다. 잘못은 자신이 저지르다.

5 不罪(불죄): 나를 탓하지 마라.

6 洗耳(세이): 귀를 씻다. 듣기 싫어하다. 『고사전』高士傳에 허유許由가 영수 강가에서 요 임금이 구주의 장을 시키려 자신을 부른다는 말에 귀를 씻은 일이 있다.

해설

명성과 이익을 쫓는 속물을 비판하였다. 바로 앞의 「생사자」가 고인과의 비교 속에서 속인의 흉물스러움을 보여주었다면, 여기서는 속물의 구체적인 언행을 통해서 그들의 행태를 형상화하였다. 상편에선 산수를 예찬하는 사람들을, 하편에선 성공담을 입에 올리고 시류에 앞서는 사람들을 들었다. 특히 사사건건 자신의 탓으로 돌리는 위선에 대해 시인은 더 이상 듣고 싶지 않다며 풍자하였다. 구어를 사용하여 속물들의 생각과 말과 행태를 날카롭고 신랄하게 비판하였다.

행향자 行香子
—산에 손님이 오다 山居客至

흰 이슬 맺힌 정원의 채소
푸른 계곡물의 물고기
선생은 웃으며 낚시하고 다시 호미질하는구나.
작은 창문 아래 베개 높이 베고 누우면
바람이 읽다 남은 책을 펼치는구나.
읽는 것은 「북산이문」
「반곡으로 돌아가는 이원을 보내며 서문」
「망천도」라네.

시종에게 흰밥을 주고 말에게 푸른 꼴 먹이고
맨발의 계집종과 수염 긴 하인을 시켜
손님이 와 술이 비면 다시 사오게 하지.
바람 소리 듣고 빗소릴 들으며
나는 나의 여막을 좋아한다네.
대나무는 본디 가운데가 비어 있고
강직하여 스스로 맑았으니
'이분'은 소외될 수밖에.

白露園蔬, 碧水溪魚, 笑先生釣罷還鋤. 小窓高臥, 風展殘書.
看北山移,[1] 盤谷序,[2] 輞川圖.[3]

白飯靑蒭,⁴ 赤脚長鬚.⁵ 客來時酒盡重沽. 聽風聽雨, 吾愛吾廬.⁶ 笑本無心,⁷ 剛自瘦, 此君疎.⁸

注

1 北山移(북산이): 남조의 공치규孔稚珪가 쓴 「북산이문」北山移文. 「완계사 —봄 산의 두견새 울음을 자세히 들으니」 참조.

2 盤谷序(반곡서): 당대 한유가 쓴 「반곡으로 돌아가는 이원을 보내 며 서문」送李願歸盤谷序. 사회에서 세속의 나쁜 풍토와 야합하는 '동 류합오'同流合汚에서 벗어나는 길은 오직 은거밖에 없다고 하였다. 반곡은 지금의 하남성 제원현濟源縣 북 이십 리 소재.

3 輞川圖(망천도): 당대 왕유가 그린 그림. 왕유는 망천에서 은거하 며 지냈다. 지금의 섬서성 서안시 남전현藍田縣 소재.

4 白飯靑蒭(백반청추): 시종에게 흰밥을 주고 말에게 푸른 꼴을 먹이 다. 손님을 잘 대접한다는 뜻이다.

5 赤脚長鬚(적각장수): 맨발에 긴 수염. 당대 한유의 「노동에게 부치 며」寄盧仝에 "하나 있는 종은 수염 길고 머리도 싸매지 않았고, 하나 있는 계집종은 맨발에 늙어서 이빨도 없다오."— 奴長鬚不裹頭, 一婢 赤脚老無齒.란 구절이 있다. 여기서는 자신의 노비를 가리켰다.

6 吾愛吾廬(오애오려): 나는 나의 여막을 좋아한다. 도연명의 「산해 경을 읽으며」讀山海經 제1수에 "새들은 깃들 곳이 있어 즐거워하고, 나 역시 나의 초막을 좋아한다네."衆鳥欣有託, 吾亦愛吾廬.라는 구절 이 있다.

7 笑(소): 바람에 서걱이는 소리를 내는 대나무. 대서본大徐本『설문 해자』說文解字 죽부竹部의 '소'笑 자에 이양빙李陽冰이 간행한 『설문』 을 인용하였다. "대나무가 바람을 만나면 그 몸체를 낮게 구부리고, 마치 사람이 웃는 듯 소리 낸다."竹得風, 其體夭屈, 如人之笑. ○ 無心

(무심): 가운데가 비었다는 뜻과 사심이 없다는 뜻을 중의적으로 사용하였다.

8 此君(차군): 대나무를 가리킨다. 동진의 왕휘지王徽之가 일찍이 빈 집에 들어가 잠시 거주한 적이 있었는데 사람을 시켜 대를 심게 하였다. 어떤 사람이 물었다. "잠시 사는데 왜 이렇게 번거로운 일을 하오?" 왕휘지가 한참 동안 휘파람 불고 읊조리더니 대를 가리키며 말했다. "어찌 이분이 없이 하루라도 살 수 있겠오?"王子猷嘗暫寄 人空宅住, 便令種竹. 或問: "暫住何煩爾?" 王嘯詠良久, 直指竹曰: "何可一日無 此君?" 『세설신어』「임탄」任誕 참조.

해설

산중에서 손님을 맞이하며 전원생활의 한적한 정취를 즐거워하였다. 상편은 산에서 살아가는 모습을 그린 것으로, 낚시하고 호미질하며 때로 책을 읽는 즐거움을 썼다. 하편은 손님을 반갑게 맞이하며 산중 생활의 자유로움을 나타냈다. 말미에서 대나무를 통해 자신의 심경을 비유하였다.

품령品令

— 족고族姑의 여든 살 생일을 경하하며 우스갯말을 찾기에 쓰다族姑
慶八十, 來索俳語[1]

다시 말하지 마소
바로 살아있는 관세음보살이시니
올해 여든 살이라지만
바라보면 겨우 열여덟.

수성壽星께 향촉도 바치지 말고
영춘靈椿나무, 거북, 학처럼 오래 사시라 축하도 하지 마소.
다만 붓을 잡고 가볍게
십十 자 위에 삐침 하나 그으면 된다오.

更休說, 便是箇住世觀音菩薩; 甚今年容貌八十歲, 見底道才十八.
莫獻壽星香燭, 莫祝靈椿龜鶴.[2] 只消得把筆輕輕去, 十字上添
一撇.[3]

注

1 族姑(족고): 친족 중에 고모뻘에 해당하는 여인. 미상. ○ 俳語(배
    어): 우스갯말.

2 靈椿(영춘): 전설 속의 오래 사는 나무. 『장자』「소요유」에선 팔천
    년을 봄으로 삼고, 다시 팔천 년을 가을로 삼아 사는 나무라 하였다.

3 十字(십자) 구: 十(십) 자에 삐침을 한 획 더하면 千(천) 자가 된다. 천 년을 장수하기 바란다는 뜻이다.

해설

족고族姑의 생일을 축하하며 쓴 축수사이다. 상편은 비유법과 과장법을 사용하여 여든 살의 족고를 열여덟의 젊고 인자한 관세음보살로 비유하였다. 하편은 반어법과 해학미를 살려 장수를 기원하였다. 장수란 十(십) 자에 삐침/을 그어 천千 자를 만들 듯 쉽고 재미있는 일이라는 경쾌하고 산뜻한 발상이 웃음을 자아낸다. 천 년을 사시라는 의미이다. 향촉도 바치지 말고 장수도 기원하지 말라고 하면서, 오히려 장수를 더 강조하는 기법으로 축수의 뜻을 절묘하게 전하였다.

감황은感皇恩
— 일흔 되신 숙모 왕 공인을 위하여爲嬸母王恭人七十[1]

일흔은 예부터 드물다는데
아직 드물지는 않구나.
모름지기 부귀영화는 더욱 길어
평상 위엔 홀판笏板이 가득하고
아들들의 신부들이 늘어서 있네.
활기는 온전히
서왕모西王母와 같구나.

멀리서 화려한 대청을 생각하니
두 줄로 늘어선 붉은 소매의 여인들
춤과 노래가 앞뒤에서 둘러싸고
큰 남자아이와 작은 여자아이들
차례로 나와 장수를 축복하네.
백 살 사시길 바랄 때마다
한 잔씩 올리네.

七十古來稀, 未爲稀有. 須是榮華更長久. 滿床靴笏,[2] 羅列兒孫
新婦. 精神渾似箇, 西王母.[3]
　遙想畫堂, 兩行紅袖. 妙舞淸歌擁前後. 大男小女, 逐箇出來爲
壽. 一箇一百歲, 一杯酒.

1 嬸母(심모): 숙모. ○ 王恭人(왕공인): 왕씨 부인. 족제族弟 신우지
辛祐之의 모친으로 보인다. 恭人(공인)은 중산대부中散大夫 이상 고
관의 모친이나 처에게 내리는 봉호封號.

2 靴笏(화홀): 관원이 조회할 때 신는 신발과 손에 드는 홀판. 관원을
비유한다.

3 西王母(서왕모): 신화와 전설에 나오는 신선. 곤륜산에 거주한다.
서왕모가 요지에서 잔치를 열고 주 목왕周穆王을 손님으로 초청했
다는 신화가 유명하다.

숙모인 왕 공인의 일흔 생일을 맞이하여 축하의 뜻을 나타냈다. '멀
리서 생각하니'遙想라는 말이 있는 것으로 보아, 현장에는 참석하지
못하고 이 축수사를 지어 보낸 듯하다. 통속적인 언어로 장수를 경하
하였다.

우중화만兩中花慢

― 새 누대에 올라 조창보, 서사원, 한중지, 오자사, 양민첨을 그리다
登新樓、有懷趙昌甫、徐斯遠、韓仲止、吳子似、楊民瞻

예전에는 비가 와도 늘 왔는데
지금은 비가 오면 오지 않으니
가인佳人은 무슨 어려움이 있어서 오지 못하는가?
다행히 산중에선 토란과 밤을
올해 많이 거둬들였는데.
가난하면 사귐은 소원해지고
고금에 걸쳐 나의 이상은 아득히 멀기만 하구나.
기이하게도 요즘 내가 써낸 것은
양웅의 「반이소」反離騷와 같은 문장과
두보의 「진주를 떠나며」發秦州와 같은 시라네.

공명에 대하여
없으면 즐겁지 않다고 말하는데
공명이 오히려 근심을 주는 걸 어찌 모르는가!
젊은이들은 한사코 공명을 향해 달려가는데
불러도 고개를 돌리지 않는구나!
이광李廣처럼 산 앞에 누워있는 바위를 호랑이라 여기고
은중감殷仲堪 부친처럼 침상 아래 개미를 싸우는 소로 여긴다.
서쪽을 바라보며 누구를 생각하나

난간에 한참 기대 있다가
누대를 내려간다.

舊雨常來,[1] 今雨不來, 佳人偃蹇誰留? 幸山中芋栗, 今歲全收. 貧
賤交情落落,[2] 古今吾道悠悠.[3] 怪新來却見: 文反離騷,[4] 詩發秦州.[5]
功名只道, 無之不樂; 那知有更堪憂! 怎奈向兒曹抵死, 喚不回
頭! 石臥山前認虎,[6] 蟻喧床下聞牛.[7] 爲誰西望, 憑欄一餉, 却下
層樓.

注

1 舊雨(구우) 2구: 예전에는 손님이 비를 맞고도 왔는데 지금은 비가
오면 오지 않는다. 두보杜甫의 「가을의 술회」秋述에서 관련 표현이
있다. "가을에 두 선생은 장안의 객점에서 잠시 머무는데, 비가 많
이 와 물고기가 노닐 정도이고, 파란 이끼가 걸상까지 끼었다. 평소
거마를 타고 오던 손님들이 예전에는 비가 와도 오더니 이제는 비
가 오면 오지 않았다."秋, 杜子臥病長安旅次, 多雨生魚, 靑苔及榻. 常時車
馬之客, 舊雨來今雨不來.
2 落落(낙락): 담박하다. 소원하다.
3 吾道悠悠(오도유유): 나의 이상이 아득히 멀다. 두보는 「진주를 떠
나며」發秦州에서 "위대하구나! 건곤 안에서, 나의 이상은 길고도 아
득히 멀구나."大哉乾坤內, 吾道長悠悠.라고 하였다.
4 反離騷(반이소): 한대 양웅이 지은 사부辭賦. 양웅은 굴원의 죽음을
애도하며, 때를 얻으면 행하고 때를 얻지 못하면 은거하면 되지 하
필 자신의 몸을 스스로 다쳤는가 라고 탄식하면서, 「이소」의 글을
가지고 이를 반박하였다.
5 發秦州(발진주): 당대 두보가 지은 시. 두보가 진주를 떠나 동곡同

谷에 도착하기까지의 기행시 12수 가운데 첫 번째 시. 어쩔 수 없이 유랑하게 되지만 '자신의 이상'吾道은 불변함을 천명하였다.

6 石臥山前認虎(석와산전인호): 서한 때 이광李廣의 전고를 가리킨다. "이광이 사냥을 나갔는데 풀속에 바위를 보고는 호랑이인줄 알고 활을 당겼다. 바위를 명중시켰는데 활촉이 바위 속으로 함몰되었다. 살펴보니 바위였다."廣出獵, 見草中石, 以爲虎而射之, 中石, 沒鏃, 視之, 石也. 『사기』「이장군열전」 참조.

7 蟻喧床下聞牛(의훤상하문우): 은중감殷仲堪 부친의 전고를 가리킨다. "은중감의 부친은 허약하여 가슴이 두근거리는 병을 앓아, 침상 아래 개미가 움직여도 소가 싸운다고 말하였다."殷仲堪父病虛悸, 聞床下蟻動, 謂是牛鬪. 『세설신어』「비루」紕漏 참조.

해설

새로 세운 누대에 올라 친구들을 생각하였다. 동시에 공명의 추구는 진실이 아니라 허상임을 호랑이와 소의 비유로 강조하고, 이에 대비하여 '자신의 이상'吾道, 즉 정치적 이상과 도덕적 표준이 비록 어려운 처지 속에 점점 아득히 멀어져도 이를 추구하는 의지는 변함없음을 재차 확인하였다.

우중화만雨中花慢

— 오자사의 화답사를 받고, 같은 운을 다시 사용하여 이별을 읊다

吳子似見和, 再用韻爲別

말 위에서 삼 년
취하여 모자를 비스듬히 쓰고 읊조리며 채찍질했으니
비단 주머니의 시들은 오래도록 세상에 남으리라.
시내와 산을 '잔고'殘高로 삼아
바람과 달을 '수입'收入으로 만들었구나.
내일 바로 관문과 강을 지나 아득히 멀어지니
떠난 후 나는 응당 해와 달을 보며 시름겨우리.
그대 시 천 편을 값으로 치면
포도주
다섯 말에 양주 자사涼州刺史가 된 것보다 못하네.

정운당停雲堂의 늙은이
술잔 가득히 술이 있고
거문고와 책으로 시름을 달랠 수 있었지.
그러나 아직 온전히 온몸이 배부르게 먹을 수 없고
창날 위에서 쌀을 씻듯 위태롭다네.
마음은 활 시위소리에 놀라는 변방의 기러기와 같고
몸은 달을 봐도 헐떡이는 오 땅의 소와 같다네.
새벽 하늘과 서늘한 밤

달이 밝을 때 누가 나와 함께 어울려
남루南樓에서 피리를 불 것인가?

馬上三年, 醉帽吟鞭, 錦囊詩卷長留.¹ 悵溪山舊管,² 風月新收.
明便關河杳杳, 去應日月悠悠.³ 笑千篇索價,⁴ 未抵蒲桃, 五斗涼州.
  停雲老子, 有酒盈尊, 琴書端可消憂. 渾未解傾身一飽,⁵ 淅米矛
頭.⁶ 心似傷弓塞雁,⁷ 身如喘月吳牛.⁸ 曉天涼夜, 月明誰伴, 吹笛
南樓?⁹

注

1 錦囊(금낭): 비단 주머니. 당대 이하李賀의 전고를 가리킨다. 이하
   는 통상 나귀를 타고 다니면서 시상이 떠오르면 바로 써서 따라오
   는 시종의 비단 주머니에 넣곤 하였다. 저녁에 돌아와 정리하면 시
   가 완성되었다. 『신당서』「이하전」 참조. 두보의 시 「칭병하여 강동
   으로 돌아가는 공소부를 보내며, 더불어 이백에게 보임」送孔巢父謝
   病歸遊江東, 兼呈李白에 "지었던 시들은 천지간에 남기고"詩卷長留天地
   間라는 구가 있다.

2 悵溪山(창계산) 2구: 예전의 시내와 산을 지금 와서 새로이 보다.
   황정견의 「이보성에게」贈李輔聖에 "잔고와 수입으로 화장거울은 몇
   개나 되었나"舊管新收幾粧鏡라는 구가 있다. 곧 그동안 얼마나 많은
   여인을 사귀었나라는 뜻이다. 임연任淵은 이에 대해 말하기를 "잔고
   舊管와 수입新收은 본래 행정문서에 나오는 용어인데, 황정견이 사
   용했으니 이른바 속어를 아어雅語로 쓴 것이다."라고 했다.

3 日月悠悠(일월유유): 『시경』「웅치」雄稚에 "저 해와 달을 바라보니,
   내 마음이 시름겹네."瞻彼日月, 悠悠我思.라는 말을 이용하였다.

4 笑千篇(소천편) 3구: 『삼국지』 배송지 주석에 『삼보결록』三輔決錄

의 다음 내용을 인용하고 있다. "중상시 장양이 조정의 권력을 장악하자, 맹타는 포도주 1섬을 장양에게 주어 양주 자사가 되었다."中常侍張讓專朝政, 孟他以蒲桃酒一斛遺讓, 卽拜涼州刺史. 또 두보의 「음중팔선가」飮中八仙歌에 "이백은 술 한 말에 시 백 편을 써내려"李白一斗詩百篇라는 말이 있으므로, 오자사의 시 천 편은 술 열 말十斗(즉 1斛)이 될 것이다. 그러나 그의 관직은 자사가 아니라 현위에 불과하므로 포도주 1곡에 크게 미치지 못한다.

5 傾身一飽(경신일포): 온힘을 다해 일해야 배를 채울 수 있다. 도연명의 「술을 마시며」飮酒 제10수에 "온힘을 다하면 배부를 수 있지만, 약간만 해도 여유가 있다."傾身營一飽, 少許便有餘.란 구절이 있다.

6 淅米矛頭(석미모두): 창날 위에서 쌀을 씻다. 동진 때 환현桓玄, 고개지顧愷之, 은중감殷仲堪이 '위태로운 말'危語를 지었다. 환현이 "창날 위에서 살을 씻어 검봉으로 밥 짓다"矛頭淅米劍頭炊라고 하자, 은중감이 "백 세 노인이 고목 가지에 올라가다"百歲老翁攀枯枝라고 하였다. 『진서』「고개지전」참조.

7 傷弓塞雁(상궁새안): 변방의 기러기가 시위 소리에 놀라다. 경궁지조驚弓之鳥의 고사를 가리킨다. 전국시대 명사수였던 경리更嬴가 동쪽에서 날아오는 기러기를 올려보더니 화살도 없이 활시위를 튕기는 소리만으로도 기러기를 떨어뜨렸다. 위왕이 놀라서 묻자 경리가 대답하였다. "그놈은 나는 것이 느렸고, 울음이 슬펐습니다. 느리게 나는 것은 다친 데가 있는 것이고, 슬프게 우는 것은 무리를 잃은 지 오래되었기 때문입니다. 상처가 아직 낫지 않고 놀란 마음이 아직 가시지 않은 상태인데, 시위 당기는 소리를 듣고 더욱 높이 날아가려다 상처가 터져 떨어진 것입니다."『전국책』「초책」楚策 참조.

8 喘月吳牛(천월오우): 오 땅의 소가 달을 보고 헐떡이다. 『세설신

어』의 유효표劉孝標 주석에 따르면, 강남의 물소는 달을 보고도 해인 줄 잘못 알고 숨을 헐떡인다고 한다. 의심 많고 겁먹은 마음을 비유한다.

9 吹笛南樓(취적남루): 남루에서 피리를 불다. 동진 때 유량庾亮이 무창에 주둔하였을 때의 일화를 말한다. 어느 맑은 가을 밤 은호殷浩 등 막료들이 남루南樓에 올라가 있었는데, 조금 후 유량이 올라오자 여러 사람들이 일어나 자리를 피하려 하였다. 이에 유량이 천천히 말했다. "제군들 잠시 있게. 이 늙은이도 여기에 올라오면 흥이 가볍지 않다네."諸君少住, 老子於此處興復不淺. 그리하여 은호 등과 이야기를 나누고 시를 읊었다. 『세설신어』「용지」容止 참조.

해설

삼 년간의 현위 직을 마친 오자사를 보내며 지은 송별사이다. 오자사는 만년의 신기질이 지음으로 여기며 자주 시를 주고받았던 후진이다. 신기질이 그에게 준 시는 모두 17수가 남아있다. 상편에선 오자사의 풍도와 재능을 칭송한 데 대비하여, 하편에선 자신의 고적함과 위태로움을 말하며 이별을 아쉬워하였다. 1200년(61세)에 지었다.

낭도사浪淘沙

― 오자사 현위를 보내며送吳子似縣尉

금옥金玉과 같은 옛날의 우정과 회포
바람과 달을 따라다니며 좋은 경치 즐겼지.
천 리 멀리 그대 찾아가는 조각배는 흥취가 좋아
왕휘지王徽之가 가다가 중간에서
배를 돌려 돌아온 것과 다르리라.

내년에 국화가 필 때
나의 맑은 술잔을 기억해주게.
서풍에 기러기가 진산瑱山의 누대를 지나갈 때
만약 기러기에게 부탁한 서신이 전해지지 않을 것 같으면
그대 기러기와 함께 와주게나.

金玉舊情懷, 風月追陪, 扁舟千里興佳哉.[1] 不似子猷行半路, 却
棹船回.

來歲菊花開, 記我淸杯. 西風雁過瑱山臺.[2] 把似倩他書不到,[3]
好與同來.

注

1 扁舟(편주) 3구: '설야방대'雪夜訪戴 고사를 환기한다. 동진의 왕휘
지王徽之가 눈 오는 밤중에 갑자기 친구 생각이 나 산음山陰(지금의

소흥시)에서 섬현剡縣(지금의 嵊縣 서남)까지 배를 타고 대규戴逵를 찾아갔는데, 문 앞까지 갔다가 들어가지 않고 되돌아왔다. 나중에 누가 그 까닭을 물으니, "흥이 나서 갔다가 흥이 다해 돌아왔으니, 꼭 대규를 만나야 하겠는가?"吾本乘興而行, 興盡而返, 何必見戴?라고 대답하였다. 『세설신어』「임탄」任誕 참조.

2 瑱山臺(진산대): 강서성 응담시鷹潭市 안인현安仁縣에 있는 오자사의 서재 경덕당經德堂. 「수조가두 ―육상산 선생을 불러 일으켜」 참조.

3 把似(파사): 만약. 비유하면.

해설

오자사 현위를 보내며 지은 송별사이다. 상편은 두 사람 사이의 옛 정회를 연상하며, 이후에 자신이 오자사를 찾아갈 것을 약속하였다. 하편은 내년 가을에 다시 만나기를 바랐다. 지난날의 회상과 앞으로의 만남을 오가면서 진지하고 돈후한 우의를 나타내었다.

강신자江神子
— 오자사와 헤어지며, 끝 부분은 반덕구에 부치다別吳子似, 末章寄潘
德久[1]

그대의 인물됨을 보면 서한西漢 때 사람이라.
내 집에 와
처음 담소할 때
내가 말했지 "그대는 공경고관보다는
원래 통유通儒가 되려는구만."
매화가 피고 나서
오래도록 말하기 꺼리다가
돌아간다고 했지.

지금 이별의 한이 강호에 가득하니
어찌하면 좋을까?
어떠했을까 생각해보니
지팡이에 짚신 신고 유람하던 그 당시에
일찌감치 그대와 소원했더라면 이처럼 한스럽지는 않으리라.
지금 시대는 친구가 신분이 높아지면
몇 줄의 편지마저도
전혀 부치지 않는다고 하네.

看君人物漢西都.[2] 過吾廬. 笑談初, 便說"公卿, 元自要通儒."[3]

一自梅花開了後, 長怕說, 賦歸歟.[4]

而今別恨滿江湖, 怎何如? 算何如: 杖屨當時, 聞早放敎疎?[5] 今代故交新貴後, 渾不寄, 數行書.

해설

오자사와의 이별을 아쉬워하였다. 상편은 오자사가 떠난다고 말하자 처음 만날 때를 회상하였다. 하편은 이별의 한을 강조하였다. 말미에서는 이제 떠난 후 새로이 사람들을 사귄다면 나와 같은 옛 친구에게는 편지도 보내지 않으리라고 말함으로써 거꾸로 편지를 보내달라고 역설적으로 말하였다. 이는 또 반덕구가 떠난 후 편지를 보내오지 않고 있어, 편지를 보내주길 바라는 뜻도 함께 담았다.

행향자行香子

— 박산에서 조창보와 한중지에 장난삼아 드리다博山戲呈趙昌甫、韓仲止

젊었을 때 자주 들었지.
"부유함은 가난보다 못하고
존귀함은 천함보다 오래 못 간다"고.
또 예부터 지극한 즐거움은
언제나 한가한 사람이 차지한다고 하였지.
잠시 표천에서 술 마시며
'가을 물'에 놀고
'높은 구름'을 바라보노라.

늘그막이라 정情이 친밀해지고
친구들 말이 더욱 진실해라.
이전에 나에게 자상하게 권고한 말 기억하네.
"술은 너무 마시지 말고
시문도 논하지 말게.
『상우경』相牛經과
『양어법』養魚法을
자손에게 가르치게."

少日嘗聞: "富不如貧.¹ 貴不如賤者長存." 由來至樂, 總屬閑人.
且飮瓢泉, 弄秋水,² 看停雲.

歲晚情親, 老語彌眞. 記前時勸我慇懃: "都休嘆酒, 也莫論文. 把相牛經,³ 種魚法,⁴ 敎兒孫."

1 富不(부불) 2구: 동한의 은사 상장向長이 한 말이다. 그는 노장과 『주역』에 정통했는데, 어느 날 『주역』의 「손괘」損卦와 「익괘」益卦를 읽고 탄식하기를, "나는 이미 부유함은 가난보다 못하고 존귀함은 천함보다 못하다는 것을 알고 있으나, 죽음이 삶에 비해 어떠한지 아직 모를 뿐이다."吾已知富不如貧, 貴不如賤, 但未知死何如生耳.고 하였다. 『후한서』 「일민전」逸民傳 참조.

2 弄秋水(농추수) 2구: 추수秋水와 정운停雲은 신기질의 표천에 있는 당실 이름이지만, 여기서는 글자 그대로의 뜻도 중의적으로 사용하였다.

3 相牛經(상우경): 소를 식별하는 법을 쓴 책. 춘추시대 제나라 영척甯戚이 지은 책으로 알려졌다.

4 種魚法(종어법): 양어법養魚法. 춘추시대 범려范蠡가 쓴 책으로 알려졌다.

만년의 한가한 생활 가운데 현실에 대한 울분을 나타내었다. 상편은 젊었을 때 들은 교훈을 노년이 되어서야 실천하게 되는 어쩔 수 없는 처지를 서술했다. 하편은 생활에 필요한 실제적인 일을 하라는 친구들의 충고를 나열하였다. 이러한 언술 뒤에는 현실에 대한 불만이 있어도 술조차 마시지 말고 이를 표현하는 시문조차 쓰지마라는 의미여서, 결국 아무것도 하지 못하는 깊은 분노를 간접적으로 드러낸 셈이다.

자고천鷓鴣天

— 어떤 객이 탄식하며 공명에 대해 말하므로 청년 시절을 회상하고
  장난삼아 짓다有客慨然談功名, 因追念少年時事, 戲作[1]

청년 때 깃발 들고 용사 만 명 이끌고
비단 적삼에 돌격 기병으로 장강을 처음 건넜지.
북방의 군사는 밤에 은호록銀胡騄을 정돈하고
한나라 화살은 아침에 금복고金僕姑를 날렸지.

지난날들 생각하고
지금의 나를 탄식하네
봄바람은 흰 수염을 검게 물들이지 못하네.
오랑캐를 평정할 만 자의 책략서를
동쪽 이웃의 나무 심는 책과 바꾸었다네.

壯歲旌旗擁萬夫,[2] 錦襜突騎渡江初.[3] 燕兵夜娖銀胡騄,[4] 漢箭朝
飛金僕姑.[5]

追往事, 歎今吾, 春風不染白髭鬚. 却將萬字平戎策,[6] 換得東家
種樹書![7]

注

1 少年時事(소년시사): 젊었을 때 금나라에 대항한 경력을 가리킨다.
  신기질은 금나라가 점령한 땅에서 태어났고, 1161년(22세) 완안량完

顔亮이 직접 남침하였을 때 민중 봉기를 일으켰다. 이때 경경耿京이
산동에서 군사를 모아 천평절도사天平節度使라 칭하자 그의 군대에
들어가 장서기가 되었다. 다음해인 1162년(23세) 봄 남경으로 내려
와 남송의 고종高宗에게 귀순을 표명한 후 다시 북으로 돌아갔다.
도중에 장안국張安國과 소진邵進이 이미 경경을 살해하고 금나라에
투항했다는 소식을 들었다. 이에 기병대를 이끌고 50여 일 만에
북으로 내달려 장안국을 생포하여 내려와 남송 조정에 포로로 바
쳤다. 당시 홍매洪邁는 「가헌기」稼軒記에서 "장대한 명성과 영용한
기개는 나약한 선비들을 진작시켰으며, 천자께선 한번 만나고선
여러 번 감탄하셨다."壯盛英槪, 懦士爲之興起, 聖天子一見三歎息.고 평
가하였다.

2 壯歲(장세): 청년 시절. ○ 擁萬夫(옹만부): 항금抗金 용사 만 명을
이끌다.

3 錦襜(금첨): 비단 적삼. ○ 突騎(돌기): 돌격 기병. ○ 渡江(도강): 양
자강을 건너 남송으로 내려오다.

4 燕兵(연병): 북방의 군대. ○ 娖(착): 정리하다. 정돈하다. ○ 銀胡䩮
(은호록): 은으로 장식한 가죽 화살주머니. 이것으로 야간에 원거리
의 소리를 탐측하는데 쓰기도 한다. 『통전』「수거법」守拒法에 관련
기록이 있다. "사람에게 빈 화살주머니를 베고 눕게 하면, 삼십 리
밖에서 말을 타고 가도 동서남북 화살주머니가 모두 울린다. 이를
'지청'地聽이라 하는데, 먼저 방비할 수 있다."

5 金僕姑(금복고): 화살 이름. 『좌전』 '장공 21년'조에 보면 노 장공魯
莊公이 이 화살을 가지고 송나라 대장 남궁장만南宮長萬을 쏜 기록
이 있다.

6 萬字平戎策(만자평융책): 만 글자로 쓰인 오랑캐를 평정하는 책략.
금나라를 이기는 정책. 신기질은 「미근 십론」美芹十論과 「구의」九議

등을 상주하여 항금 전략을 펼쳤지만 조정에서는 중시하지 않았다.

7 種樹書(종수서): 수목 재배에 관한 책. 여기서는 은거를 비유한다.

해설

　젊었을 때의 공훈을 회상하며 북벌의 뜻을 이루지 못했음을 아쉬워하였다. 부제에서 말하는 '공명'은 세속적인 의미의 출세를 의미하는 것이 아니라 고토의 회복과 국가의 앞날과 관련된 것으로, 그가 필생으로 추구한 것이기도 하다. 그러나 남송이 현상에 안주하고 북벌을 고려하지 않음으로써 국가와 시대의 비극은 작자의 개인적 비극이 되었다. 상편은 청년 시기의 영용하고 휘황한 업적을 서술하고, 하편은 지금의 적막한 은거 생활을 서술함으로써 강렬한 대비를 이룬다. 청년의 공명과 장년의 실의라는 생애의 반차에서 오는 울분이 비장한 노래에 한꺼번에 드러났다.

초편哨遍

— 조창보의 조부 조계사 학사가 정포鄭圃로 은퇴하였을 때 어계정魚計
亭을 세우고 우문숙통이 부賦를 지었다. 지금 조창보의 동생 조성보
가 사는 곳에 연못을 파고 정자를 세워 옛 이름을 다시 붙였다. 조창
보가 조성보를 위해 시를 짓고, 나에게 사를 지어 달라 부탁하기에
「초편」을 짓는다. 장자가 논하기를 "개미가 더 이상 양고기의 노린
내를 좇지 않으며, 물고기가 물에서 자유롭게 노닐며, 양은 노린내를
버린다."고 했는데 그 뜻이 아름답다. 그러나 이 대목의 앞에서 이蝨
가 돼지의 몸에 붙어 있다가 불타고 양고기가 개미들이 좋아하기에
뜯기는 걸 논했고, 이 대목 다음에서 유수에 속하는 사람들과 권루
에 속하는 사람들을 같이 논했지만, 돼지와 이蝨에 대해선 언급하지
않고 갑자기 물고기를 논했으니 그 뜻이 어디에서 연유했는지 모르
겠다. 또 물고기의 즐거움於魚得計은 양고기의 노린내於蟻棄知와 개
미의 지혜於蟻棄知 사이에 있으면서 양羊과 개미蟻의 의미를 분리시
켰으니 어째서인가? 거기에는 분명 깊은 뜻이 있겠지만 후세의 나는
아직 모르겠다. 혹자는 개미는 물을 만나면 죽고, 양은 물을 만나면
병에 걸리지만, 물고기는 물을 만나면 살기 때문이라고 한다. 이는
가장 견강부회한 것으로 의견이 성립하지 않는다. 나는 일찍이 반복
하여 탐구해보았지만 결국 알아내지 못하였다. 세상에는 분명 이 책
을 읽고 그 뜻을 이해한 사람이 있을 터이므로, 나중에 만약 만나게
된다면 물어보고자 잠시 이 사에 물음을 적어 놓는다趙昌父之祖季思
學士, 退居鄭圃, 有亭名魚計, 宇文叔通爲作古賦. 今昌父之弟成父, 於所居
鑿池築亭, 榜以舊名, 昌父爲成父作詩, 屬余賦詞. 余爲賦哨遍. 莊周論"於蟻
棄知, 於魚得計, 於羊棄意," 其義美矣; 然上文論蝨託於豕而得焚, 羊肉爲蟻
所慕而致殘, 下文將並結二義, 乃獨置豕蝨不言, 而遽論魚, 其義無所從起;
又間於羊蟻兩句之間, 使羊蟻之義離不相屬, 何耶? 其必有深意存焉, 顧後
人未之曉耳. 或言蟻得水而死, 羊得水而病, 魚得水而活; 此最穿鑿, 不成義

趣. 余嘗反復尋繹, 終未能得; 意世必有能讀此書而了其義者, 他日倘見之而問焉, 姑先識余疑於此詞云爾[1]

연못의 주인으로서
사람이 자적하면 물고기를 잊고
물고기가 자유로우면 물을 잊는다.
느긋하게 움직이며
비췻빛 물풀과 푸른 네가래 속
물고기를 생각하니 이보다 더 좋은 곳이 없다.
일찍이 생각해보았다.
장자는 두 가지 일을 논했는데
하나는 돼지와 이蝨이고 다른 하나는 양과 개미다.
개미는 양의 노린내를 좋아하기에
개미는 더이상 양고기의 노린내를 좇지 않아야 한다고 말했다.
또 양고기도 노린내를 버려야 한다고 말했다.
왜 이蝨가 돼지와 함께 불타는 것도 모르고 있다면서
갑자기 물고기가 물에서 자유롭게 논다고 말했는가?
천고에 남겨진 문장에 대해
나는 말뜻을 모르니
내가 장자가 아니기 때문인가.

아!
그대는 본디 물고기가 아니니
물고기의 자유로움을 어찌 알리오.

강물은 깊고 또 넓어

만경창파를 의지할 만하겠지.

그러나 그물이 구름처럼 많고

사다새가 진을 이루니

강을 건너가 울어도 이미 계책이 소용없으리라.

바깥의 망망한 바다에 나가도

아래에는 용백龍伯의 나라가 있어

굶주리면 천 리에 걸쳐 어족들을 먹어치운다네.

더구나 임공자任公子가 오십 마리 소를 미끼로 삼아

바닷가 사람들이 모두 비린내에 질려 있다네.

북명의 곤鯤이 붕새로 변한다고 해도 얼마나 살 수 있나

동으로 바다에 들어가는 이 계책은

곧장 목숨을 가지고 장난치는 것과 같다네.

예부터 잘못된 계산과 그릇된 시도는

다섯 솥에 삶겨 죽는 것과 같으니

평지를 가리키는 것처럼 분명하다.

아! 물고기가 멀리 놀러 나갈 때는

부디 세 번 생각하고 나가야될 것이다.

池上主人, 人適忘魚, 魚適還忘水. 洋洋乎,[2] 翠藻靑萍裏. 想魚
兮無便於此. 嘗試思: 莊周正談兩事, 一明豕虱一羊蟻. 說蟻慕於
羶, 於蟻棄知; 又說於羊棄意. 甚虱焚於豕獨忘之, 却驟說於魚爲
得計? 千古遺文, 我不知言, 以我非子.

　噫. 子固非魚, 魚之爲計子焉知. 河水深且廣, 風濤萬頃堪依.
有綱罟如雲,[3] 鵜鶘成陣, 過而留泣計應非.[4] 其外海茫茫, 下有龍

伯,⁵ 飢時一啗千里. 更任公五十犗爲餌,⁶ 使海上人人厭腥味. 似
鯤鵬變化能幾.⁷ 東游入海此計, 直以命爲嬉. 古來謬算狂圖, 五鼎
烹死,⁸ 指爲平地. 嗟魚欲事遠遊時, 請三思而行可矣.

注

1 趙昌父之祖(조창보지조): 조창보의 조부. 그러나 어계정을 세운 사
  람은 그의 조부가 아니라 고조 조예趙叡였다. ○ 鄭圃(정포): 지금의
  하남성 신정新鄭 일대의 어느 지역에 있는 밭. 조창보의 선조는 항
  주에서 변주汴州로 이사했고, 다시 변주에서 정주鄭州로 갔다가, 남
  송 때 신주로 내려왔다. ○ 宇文叔通(우문숙통): 화양華陽 사람. 북
  송 휘종 때 진사과에 급제했다. 송실이 남도한 후 금나라에 사신으
  로 갔으나 구류되었다. 금나라에서 국사國師로 불렀으나 나중에 사
  건에 연루되어 피살되었다. 『송사』와 『금사』(金史)에 전기가 있다.
  ○ 成父(성보): 조성보. 호는 정암定庵. 『학림옥로』鶴林玉露에는 조
  창보 형제가 함께 옥산 아래 은거했으며, 모두 아흔이 가까운 나이
  로 백발을 늘어뜨리고 함께 바위와 샘물 사이를 거닐고 있어, 진실
  로 인간 세상의 지극한 즐거움이라고 기록하였다. ○ 莊周論(장주
  론) 3구: 『장자』「서무귀」徐无鬼에 나오는 말을 가리킨다. "그러므로
  지나치게 친하지 않고, 지나치게 소원하지 않으며, 덕행과 온화함
  으로 천하에 순응할 뿐이니, 이를 일러 진인眞人이라 한다. 이것은
  마치 개미가 더 이상 양고기의 노린내를 좇지 않으며, 물고기가 물
  에서 자유롭게 노닐며, 양고기도 노린내를 버린 것과 같다."故無所
  甚親, 無所甚疏, 抱德煬和, 以順天下, 此謂眞人, 於蟻棄知, 於魚得計, 於羊棄
  意. ○ 尋繹(심역): 탐색하다. ○ 識(지): 쓰다.
2 洋洋乎(양양호): 느린 모양. 물고기가 느긋하게 꼬리를 흔드는 모
  양. 『맹자』「만장」萬章에 교인校人이 정자산鄭子産에게 물고기를 연

못에 놓아주었다고 보고하며 말했다. "처음에 놓아주었을 때는 얼떨떨하더니, 조금 후에는 느긋해져서 유유히 가더이다."始舍之, 圉圉焉, 少則洋洋焉, 攸然而逝.

3 有綱罟(유강고) 2구: 『장자』「외물」外物에 "물고기는 그물을 무서워하지 않고 사다새를 무서워한다."魚不畏網, 而畏鵜鶘.는 말을 이용하였다. ○ 鵜鶘(제호): 사다새. 어류를 포획하여 먹으며 산다.

4 過而留泣(과이류읍): 한대 고악부古樂府에 "건어가 강 건너가며 우니, 후회해도 이미 늦었어라!"枯魚過河泣, 何時悔復及!를 이용하였다.

5 龍伯(용백): 전설에 나오는 대인국大人國. "용백의 나라龍伯之國에 사는 거인이 몇 걸음 떼지 않고도 다섯 산에 와서는 한 번 낚시질에 여섯 마리의 거대한 자라를 낚아 등에 지고 자기 나라에 돌아가 버렸다."『열자』「탕문」湯問 참조.

6 任公(임공) 3구: 『장자』「외물」外物에 나오는 임공자任公子가 대어를 낚은 일을 가리킨다. 임공자가 검은 동아줄에 거대한 낚시 바늘을 매달아 오십 마리 소를 미끼로 꿰었다. 이렇게 회계산에 앉아 동해에 낚싯대를 던져 매일 낚시하였다. 한 해가 다 가도록 잡히는 게 없었고 미끼는 물고기들이 모두 먹어치웠다. 하루는 낚시 바늘이 해저로 빠르게 가라앉더니 갑자기 거대한 고기들이 솟구치고 산처럼 큰 파도가 일어나고 바닷물이 요동쳤다. 귀신처럼 울부짖는 소리가 천리 밖을 진동시켰다. 임공자가 대어를 갈라 건어로 만드니 절강의 동쪽에서 창오산의 북쪽까지 이어졌고, 배불리 먹지 않은 사람이 없었다. ○ 犗(개): 불을 깐 소. 여기서는 소를 가리킨다.

7 鯤鵬變化(곤붕변화): 『장자』「소요유」에 나오는 북명의 물고기 곤鯤이 붕새로 변화한 일을 가리킨다.

8 五鼎烹死(오정팽사): 다섯 정에 익혀서 죽다. 한대 주보언主父偃이 "대장부는 살아서 다섯 정을 벌여놓고 먹지 못한다면 죽어서 다섯

정에 삶겨서 죽을 따름이다."大丈夫生不五鼎食, 死則五鼎烹耳. 고 하였
다. 『한서』「주보언전」 참조.

어계정魚計亭에 대해 쓴 제사題詞이다. 조창보의 조부에 이어 동생
이 '어계'魚計로 정자 이름을 짓자, 장자가 말한 '물고기가 자유롭게
노니는 계책'於魚得計을 분석하며 그 뜻을 헤아렸다. 먼저 『장자』의 구
절이 논리 전개에 있어 순조롭지 않기에 의문을 제기한 후, 과연 물고
기가 자유롭게 노니는 계책이 무엇인지 사고를 전개하고, 강이든 바다
든 위험하니 조심해야 한다는 말로 결론을 맺었다. 사詞의 형식으로
논변을 전개한 작품으로, '문장의 형식으로 사를 짓고'以文爲詞 '의론으
로 사를 짓는'以議論爲詞 신기질 사의 한 특성이 잘 나타나 있다.

신하엽 新荷葉

— 부암수의 유연각에 대해 다시 쓰다 再題傅巖叟悠然閣

남산에 콩을 심었더니
한 마지기 가득 콩깍지만 흩어졌네.
도연명도 연말에
풀만 무성하고 콩 싹이 드물다고 읊었었지.
그와 같은 풍류로
술잔을 들고 국화를 따고 시를 쓰노라.
느긋하게 바라보니 홀연
이 산이 마침 동쪽 울타리를 두르고 있구나.

천 년의 흉금
당시의 고상한 정회를 상상해본다.
작은 누각은 하늘을 가로지르고
아침 되어 푸른빛이 사람의 옷에 달려든다.
그 속에 진정한 정취가 있으니
마음을 풀어놓고 사방을 둘러보는 뜻 누가 알랴.
무심히 동굴을 빠져나온
한 조각 흰 구름이 날아간다.

種豆南山,¹ 零落一頃爲其. 歲晚淵明,² 也吟草盛苗稀. 風流剗地,³ 向尊前采菊題詩. 悠然忽見, 此山正繞東籬.

千載襟期, 高情想像當時. 小閣橫空, 朝來翠撲人衣. 是中眞趣,⁴ 問騁懷遊目誰知.⁵ 無心出岫, 白雲一片孤飛.

1 種豆(종두): 서한 양운楊惲이 재상까지 올랐다가 파직을 당하자 귀향하여 울분을 시로 나타낸 구절을 환기한다. "저 남산의 밭은, 황폐하여 김도 매지 않았지. 한 마지기 심은 콩, 떨어져 콩깍지만 남았네. 인생은 즐거움을 찾아야 할 뿐이니, 부귀는 얼마 가지 못한다네."田彼南山, 蕪穢不治, 種豆一頃, 落而爲其. 人生行樂耳, 須富貴何時.

2 歲晩(세만) 2구: 도연명의 「전원에 돌아와 살며」歸田園居에 "남산 아래 콩을 심었더니, 풀만 무성하고 콩 싹은 드물어라."種豆南山下, 草盛豆苗稀.란 구절을 이용하였다.

3 剗地(잔지): 여전히. 예와 같이.

4 是中眞趣(시중진취): 그 속의 진정한 정취. 도연명의 「술을 마시며」飮酒 제5수에 "여기에 참된 도리가 있으니, 그 뜻을 따지려 하나 이미 말을 잊는다."此中有眞意, 欲辨已忘言.는 구절의 의미를 가리킨다.

5 問騁懷(문빙회) 구: 왕희지의 「난정집 서문」蘭亭集序에 "눈을 들어 사방을 돌아보고 마음 가는 대로 생각을 풀어놓고, 눈으로 보고 귀로 듣는 즐거움을 지극히 할 수 있으니 진실로 즐거운 일이다."所以遊目騁懷, 足以極視聽之娛, 信可樂也.는 구절을 이용하였다.

부암수의 유연각에 올라 도연명의 "동쪽 울타리 아래에서 국화를 따니, 느긋하니 남산이 보인다."采菊東籬下, 悠然見南山.는 구절에 나오는 '느긋하다'悠然는 의미를 음미하였다. 도연명의 시구에 나오는 '유연'이란 말로 당호를 지었으니 부암수가 도연명을 깊이 존경함을 알

수 있고, 또 신기질도 도연명에 대해 경도했으니 세 사람의 고금에
걸친 정신적 유대가 유연각으로 응결되었다고 할 수 있다. 신기질은
유연각에 대한 사를 모두 여섯 수 지었다. 여기서는 도연명의 시구를
주로 운용하면서, 도연명의 흉금과 정취와 진취眞趣를 앙모하였다.

신하엽 新荷葉

— 조무가와 조진신에 화운하며, 초가을 유연각을 방문하라는 약속을 받고 같은 운을 다시 사용하여 짓다趙茂嘉、趙晉臣和韻, 見約初秋訪 悠然, 再用韻

사물이 극성하면 다시 쇠락해지니
눈앞에서 봄 잎이 가을 쭉정이가 되었구나.
신분의 귀천에 따라 사귐이 달라지니
적공翟公의 문 앞에 사람이 드물어졌구나.
귀가 붉어질 정도로 술에 취할지니
어찌 깊은 울분에 시를 쓸 것인가.
무성한 숲에 높은 대나무
작은 정원 굽이진 오솔길에 성긴 울타리.

가을에 만나기로 기약했으니
서풍에 노란 국화가 필 때라네.
지팡이 짚고 문을 두드리면
치마와 저고리를 바꿔 입고 급히 나와 맞으리.
작년의 일 생각하면 우스우니
취하여 쓴 시 깨어나서야 비로소 알았지.
이제 동쪽을 바라보니
마음은 날아가는 새를 따라 먼저 날아가네.

物盛還衰,¹ 眼看春葉秋其. 貴賤交情,² 翟公門外人稀. 酒酣耳熱, 又何須幽憤裁詩. 茂林修竹, 小園曲逕疎籬.

秋以爲期,³ 西風黃菊開時. 拄杖敲門, 任他顚倒裳衣.⁴ 去年堪笑, 醉題詩醒後方知. 而今東望, 心隨去鳥先飛.

注

1 物盛(물성) 2구: 『회남자』「도응훈」道應訓에 "사물이 극성하면 쇠하기 시작하고, 즐거움이 고조에 이르면 슬픔이 다가온다."物盛而衰, 樂極則悲.는 말을 이용하였다.

2 貴賤(귀천) 2구: 서한 초기 적공翟公이 한 말을 환기한다. 하규下邽의 적공이 정위廷尉가 되었을 때 손님들이 문을 가득 채웠지만, 면직되자 문밖이 한산하여 참새 잡이 그물을 쳐 놓는 '문가라작門可羅雀'의 지경이 되었다. 나중에 다시 정위가 되자 손님들이 다시 몰려가려 했다. 이에 적공이 대문에 써 붙였다. "생사의 갈림길에 서봐야 사귐의 상황을 알고, 빈부의 극한에 있어봐야 사귐의 태도를 알며, 귀천벼슬과 파면의 상황에 있어봐야 사귐의 상황이 드러난다." 一死一生, 乃知交情. 一貧一富, 乃知交態. 一貴一賤, 交情乃見. 『한서』「정당시전」鄭當時傳 참조.

3 秋以爲期(추이위기): 가을을 기약하다. 『시경』「맹」氓에 "그대여 화내지 마오, 가을에 만나기로 기약했지요."將子無怒, 秋以爲期.라는 구절이 있다.

4 顚倒裳衣(전도상의): 치마와 저고리를 바꿔 입다. 『시경』「동방미명」東方未明에 "동방이 밝아지지도 않았는데, 치마와 저고리를 바꿔 입었네."東方未晞, 顚倒裳衣.라는 구절이 있다.

초가을에 유연각을 방문해달라는 조무가와 조진신의 초청에 응하여 쓴 작품이다. 상편은 사물의 법칙으로부터 자신의 낙백을 위로하며 느긋하게 처세하는 은일의 정취를 나타냈다. 하편은 초가을의 유연각 방문을 상상하며 초청에 응낙하는 뜻을 나타냈다.

바라문인婆羅門引

— 조진신 부문각 학사가 걸어 놓은 등불이 무척 환하다며 작품을 써
달라고 했다. 우연히 예전의 등롱 구경이 생각 나 하편에서 언급하
였다趙晉臣敷文張燈甚盛, 索賦. 偶憶舊游, 未章因及之

떨어진 별 만 개
천상의 불꽃이 온통 내려왔구나.
인간 세상에 첩첩이 신선 섬 오산鰲山을 만들었으니
가장 사랑스러운 건 금빛 연화등 옆
꽃가지 위의 홍분을 바른 꽃등이라네.
게다가 북을 두드리면 악어 울음 들리는 등롱은
옥 같은 물줄기를 뿜고 퉁소 소리도 낸다.

변경汴京의 다리에 걸린
꽃과 달 모양의 등롱을 기억하나니
사랑스런 밤이었지.
생각나는 건, 없어지지 않던 공연한 시름이
취기가 걷혔을 때 일어났지.
동풍에 흔들리는
버들가지는 열다섯 여자아이 허리 같았으니
사람은 버들과 함께 어찌 즐겁지 않았으랴?

落星萬點, 一天寶焰下層霄. 人間疊作仙鰲.[1] 最愛金蓮側畔,[2]
紅粉裛花梢. 更鳴鼉擊鼓,[3] 噴玉吹簫.

曲江畫橋,[4] 記花月, 可憐宵. 想見閑愁未了, 宿酒才消. 東風搖蕩, 似楊柳十五女兒腰.[5] 人共柳那箇無聊?[6]

注

1 仙鰲(선오): 전설에 나오는 거대한 자라. 송대 원소절 등롱절에 나오는 대형 등롱 가운데 하나는 산 모양의 격자 틀에 등롱을 첩첩이 거는데 이를 오산鰲山이라 하였다.

2 金蓮(금련): 금빛 연화. 등촉을 가리킨다. 범성대范成大의 시「상원절에 오중의 명절을 기억하며」上元記吳中節物의 자주自注에 "연화등이 가장 많다"蓮花燈最多고 한 것으로 보아 연꽃을 등불 명칭으로도 사용한 것을 알 수 있다.

3 鼉(타): 악어. 여기서는 타고鼉鼓. 즉 악어가죽으로 만든 북. 북소리도 악어 울음 같다고 한다.

4 曲江(곡강): 당대 장안 동남 교외에 있는 유원지. 여기서는 북송의 도성 개봉開封을 가리킨다. 신기질은 어렸을 때 조부 신찬辛贊을 따라 개봉에서 살았다.

5 似楊柳(사양류) 구: 두보의「절구 만흥」絶句漫興에 나오는 "문 밖의 수양버들 힘없이 하늘거리는데, 마치 열다섯 여자아이 허리와 같아라."隔戶楊柳弱裊裊, 恰似十五女兒腰.라는 구절을 이용하였다.

6 無聊(무료): 즐거움이 없다. 흥미가 없다.

해설

정월 대보름의 등롱절을 노래하였다. 상편에선 지금의 조진신이 내건 등롱과 즐거운 분위기를 그렸다. 하편에선 예전 금나라가 통치하던 변경에서 살던 때의 등롱절을 회상하였다. 고금의 대비 속에 변경에 가지 못하는 아쉬움을 환기시켰다.

복산자卜算子
—『장자』의 어구를 사용하여用莊語

어떤 때는 자신을 소라고 여기고
어떤 때는 자신을 말이라 생각했지.
남들이 그렇게 불러주는 데도 거절하지 않고 잘 받아들인다면
장자를 잘 배운 사람일 것이다.

강과 바다에서 빈 배에 자신을 맡기고
기왓장에 맞아도 비바람에 날아왔다고 생각하리라.
취한 사람이 수레에서 떨어져도 다치지 않는 것은
하늘로부터 온전함을 얻었기 때문이다.

一以我爲牛,¹ 一以我爲馬. 人與之名受不辭,² 善學莊周者.
江海任虛舟,³ 風雨從飄瓦.⁴ 醉者乘車墜不傷, 全得於天也.

注

1 一以(일이) 2구: 『장자』「응제왕」應帝王에 나오는 다음 내용을 가리
  킨다. "태씨는 누워 잘 때는 평온하였고, 깨어나 있을 때는 멍하였
  다. 어떤 때는 자신을 말이라 여겼고, 어떤 때는 자신을 소라고 여
  겼다. 그의 지혜는 믿을 수 있고, 그의 덕행은 무척 진실하였으며,
  처음부터 물건에 얽매이지 않았다."泰氏其臥徐徐, 其覺于于. 一以己爲
  馬, 一以己爲牛. 其知情信, 其德甚眞, 而未始入於非人.

2 人與(인여) 2구: 『장자』「천도」天道의 다음 내용을 가리킨다. "저번에 그대가 나를 소라 불렀으면 나는 자신을 소라고 생각했을 것이고, 나를 말이라 불렀으면 나는 자신을 말이라 생각했을 것이오. 진실로 그 실재가 있으므로, 사람이 이름을 붙이는데 받아들이지 않는다면 다시 그 화를 받게 될 것이오."昔者子呼我牛也而謂之牛, 呼我馬也而謂之馬, 苟有其實, 人與之名而弗受, 再受其殃.

3 江海(강해) 구: 『장자』「산목」山木의 다음 내용을 가리킨다. "배를 타고 강을 건널 때 빈 배가 다가와서 내가 탄 배에 부딪치면 마음이 좁은 사람이라도 화를 내지 않을 것이다."方舟而濟於河, 有虛船來觸舟, 雖有偏心之人不怒.

4 風雨(풍우) 3구: 『장자』「달생」達生의 다음 내용을 가리킨다. "취한 사람은 수레에 떨어져서 비록 금방 넘어져도 죽지 않는다. 뼈마디가 다른 사람과 같다고 해도 다친 정도는 다른 사람과 다른데, 그것은 정신이 온전하기 때문이다. …술에 의해 온전함을 얻은 사람도 이와 같은데, 하물며 하늘에 의해 온전함을 얻은 사람은 어떠하겠는가? …복수를 하는 사람도 원수의 칼까지 꺾지는 않으며, 비록 성을 잘 내는 사람도 바람에 날아온 기왓장을 원망하진 않는다. 그러므로 무심하게 되면 천하가 고르게 되고, 공격하는 혼란이 없어지는 것이다."夫醉者墜車, 雖疾不死. 骨節與人同而犯害與人異, 其神全也. …彼得全於酒而猶若是, 而況得全於天乎? …復讎者不折鏌干, 雖有忮心者不怨飄瓦, 是以天下平均, 故無攻戰之亂.

'자연'에 자신을 맡기고, 외물이나 타인과 부딪치지 않고 살아가는 처세를 말하였다. 『장자』에 나오는 네 가지 전고를 이용하여 하나의 잠언으로 새롭게 구성하였다. 만년이 되어 특히 『장자』를 좋아했던 일면을 볼 수 있으며, 송대 문화 속에 보편적으로 깔린 유불도儒佛道 사상이 융합된 상황도 엿볼 수 있다.

복산자 卜算子
― 흥에 따라 3수 중 제1수漫興三首其一

밤비 내릴 때 원두막에서 술에 취하고
봄물에 앙마秧馬 타고 모내기하니,
논밭에서 쾌활한 사람을 지켜보면
노옹과 같은 사람은 없으리라.

토끼털 붓은 닳아빠지고
동작대銅雀臺 기와 벼루는 다 갈아버렸소.
『해조』解嘲를 지은 양웅揚雄을 벗해 줄 사람은
아무도 없다오.

夜雨醉瓜廬,¹ 春水行秧馬,² 點檢田間快活人,³ 未有如翁者.
掃禿兎毫錐,⁴ 磨透銅臺瓦. 誰伴揚雄作解嘲,⁵ 烏有先生也.⁶

注

1 瓜廬(과려): 참외밭을 지켜보기 위해 지은
   여막.
2 秧馬(앙마): 모내기를 하는데 쓰이는 목마.
3 點檢(점검): 검사하다. 점검하다.
4 掃禿(소독) 2구: 붓은 털이 빠지고, 벼루는
   바닥이 모두 갈리다. ○ 兎毫錐(토호추): 토

끼털로 만든 붓. ○ 銅臺瓦(동대와): 동작대의 기와로 만든 벼루. 동한 말기 조조가 업鄴에 동작대를 지었으며, 후세에 현지 사람들이 기와를 발굴하여 벼루로 썼다. 이 벼루는 물을 붓고 며칠이 지나도 스미지 않는다고 한다. 『문방사보』文房四譜 참조.

5 誰伴(수반) 구: 아무도 양웅과 벗하며 『해조』를 짓지 않는다. 지극히 적막한 상황을 비유한다.

6 烏有先生(오유선생): 사마상여 「자허부」에 나오는 가공의 인물. 이름의 뜻 자체가 '없다'이다.

해설

농부와 자신을 대비하며 자조적인 어조로 자신의 적막함을 돌아보았다. 시름을 모르고 쾌활하게 살아가는 농부에 비해 힘겹게 시문을 짓고 쓰는 자신은 적막하기만 하다. 물론 이는 단순한 대조와 비교가 아니라, 양웅과 마찬가지로 자신이 소용되지 않는 현실을 비판하는 뜻이다.

복산자卜算子
— 흥에 따라 3수 중 제2수漫興三首其二

주옥을 모래처럼 쓰고
골짜기를 단위로 소와 말을 재어도,
올망졸망 무덤 위 올라가 보게나
천하장사 힘센 사람 누가 있는가?

계곡물은 마을의 곳곳을 지나가며 주렴을 비추고
산은 인가를 둘러가며 기와를 감싸 안는다.
산수는 사람을 향해 웃으며 묻나니
"노옹께선 조만간 돌아오시지요?"

珠玉作泥沙, 山谷量牛馬.¹ 試上纍纍丘壟看, 誰是强梁者?²
水浸淺深簾, 山壓高低瓦. 山水朝來笑問人: "翁早歸來也?"

注

1 山谷(산곡) 구: 야산에 소와 말이 많아서 골짜기를 단위로 그 수량
  을 계산하다.
2 强梁者(강량자): 힘이 센 사람. 『노자』 제42장에 "제 힘만 믿고 사
  는 사람은 제 명에 죽지 못한다." 强梁者不得其死는 말이 있다.

　빈부는 의지할 바 되지 않다며 산수 속에 사는 즐거움을 노래하였
다. 상편에서 아무리 주옥과 우마가 많으며 힘이 센 사람이라 할지라
도 죽음 앞에선 무력함을 형상화한 후, 하편에서 산수의 아름다움과
친근함으로 대비시켰다.

복산자 卜算子
— 흥에 따라 3수 중 제3수 漫興三首其三

천고의 이광李廣 장군
흉노의 말을 빼앗아 싸웠지.
이채李蔡의 사람됨은 하등 중의 중등인데
오히려 봉후를 받았지.

김을 매며 묵은 뿌리를 캐고
대를 잘라 새 기와에 홈통을 댄다.
만일에 조정에서 '역전'力田을 선발한다면
나를 빼고 누가 될 것인가.

千古李將軍,¹ 奪得胡兒馬. 李蔡爲人在下中,² 却是封侯者.
芸草去陳根,³ 筧竹添新瓦.⁴ 萬一朝家擧力田,⁵ 舍我其誰也.

注

1 李將軍(이장군): 서한 초기 이광李廣. 싸움에 뛰어나며 공적이 높
　다. 『사기』「이장군열전」 참조.
2 李蔡(이채): 서한 이광李廣의 족제族弟. 한 문제의 시종이었다가 나
　중에 한 무제 때 승상이 되었다. 사마천은 사람을 아홉 등급으로
　나누면서 그를 하등 중의 중간으로 8등에 놓았다. 뛰어난 이광은
　작위를 받지 못한 반면, 이채는 비록 명성이 이광보다 못했으나 후

작에 봉해지고 삼공의 지위에 올랐다. 『사기』「이장군열전」 참조.

3 芸草(운초): 김을 매다. 芸(운)은 耘(운)과 같다. ○陳根(진근): 오래 묵은 뿌리.

4 筧竹(견죽): 대를 줄기 방향으로 반으로 잘라 홈통으로 쓰다.

5 朝家(조가): 조정. ○力田(역전): 인재를 선발하는 과목. 한대에 '역전'力田과 '효제'孝悌 두 과를 설치하고, 선발된 사람에게는 상을 수여하고 요역을 면제하였다. 여기서는 농사에 힘쓰는 사람을 뜻한다.

해설

인품과 능력이 뛰어난 이 장군에 비해 하등에 속하는 이채와 같은 사람이 득세하는 세태를 비판하였다. 하편은 자신의 '역전'力田하는 처지를 묘사하면서 울분을 나타내었다. 이 작품을 보면 신기질은 스스로 이광 장군과 같은 사람으로 자부했음을 알 수 있다. 적을 섬멸하고 국가를 안정시킬 인재를 농사꾼으로 만든 어리석은 조정의 조치를 풍자하였다.

복산자卜算子

— 운을 사용하여 조진신 부문각 학사에 답하며. 조진신에게 '진득귀'와
'방시한' 두 당실이 있다用韻答趙晉臣敷文, 趙有眞得歸, 方是閑二堂

온갖 군현郡縣 다녔기에 수레 오르기 겁이 나고
천 리 멀리 물건을 말에 실어 옮겼지.
안절부절 떠도는 벼슬살이 물러나니
변변찮은 사람이라 오히려 비웃음을 사는구나.

들판을 흐르는 도랑에선 옥 부딪는 소리
소나기 내리면 기와에서 구슬 튀는 소리.
평상에 누워 바람 쐬니 '비로소 한가로워'
'진정으로 전원에 돌아온 것'이라.

百郡怯登車, 千里輸流馬.¹ 乞得膠膠擾擾身,² 却笑區區者.³
野水玉鳴渠, 急雨珠跳瓦. 一榻淸風方是閑, 眞得歸來也.

注

1 流馬(유마): 삼국시대 촉나라 재상 제갈량이 위나라를 공격하면서
   만들었던 운반용 도구인 목우木牛와 유마流馬.
2 乞身(걸신): 벼슬에서 물러날 것을 청함. ○ 膠膠擾擾(교교요요):
   안절부절. 불안한 모양. 여기서는 승진과 강등, 임용과 파직이 잦은
   벼슬살이를 가리킨다.

3 區區(구구): 어리석은 모양.

　벼슬살이의 힘겨움에 대비하여 은거의 즐거움을 노래하였다. 이는 조진신의 두 당실 이름이 '진득귀'眞得歸(진정으로 돌아오다)와 '방시한'方是閑(비로소 한가하다)이어서 이 말을 하편에 넣었다. 이는 작품의 주제에도 맞추었지만, 당시 작자의 심경이기도 하다.

복산자 卜算子

만 리 멀리 구름을 박차고 오르며
한번 울면 대적할 말 없어라.
조조의 '늙은 천리마' 시가 있으니
그대 또한 구유에 고개 숙이고 있음을 탄식하노라.

산새는 지저귀며 처마를 엿보고
들쥐는 배고파 기와를 뒤집는다.
늙은 나는 어리석고 완고하여 산에 살기 합당하니
이곳이 바로 은거지인 토구菟裘라네.

萬里蹋浮雲,¹ 一嘶空凡馬. 歎息曹瞞老驥詩,² 伏櫪如公者.
山鳥哢窺簷,³ 野鼠飢翻瓦. 老我癡頑合住山, 此地菟裘也.⁴

注

1 蹋浮雲(섭부운): 구름을 밟다. 『한서』「예악지」禮樂志에 나오는 「교
사가」郊祀歌 중의 「천마」天馬에서 유래했다. "태일 신께서 하사하시
매, 천마가 내려왔네. 붉은 땀을 흘리니, 붉은 흙으로 얼굴을 씻은
듯. 뜻은 얽매임 없이 자유롭고, 정신은 출중하여라. 구름을 밟고
오르면, 삽시간에 멀리 아득해지네. 몸은 거침없이, 만 리를 내달리
네. 필적할 자 누구인가, 용만이 짝할 만하네."太一況, 天馬下. 霑赤汗,
沫流赭. 志俶儻, 精權奇. 蹋浮雲, 晻上馳. 體容與, 迣萬里. 今安匹, 龍爲友.

2 歎息(탄식) 2구: ○ 曹瞞(조만): 조조. 아명이 아만阿瞞이기에 조만
曹瞞이라 불렀다. ○ 老驥詩(노기시): 조조의 「거북은 비록 오래 살
아도」龜雖壽의 유명한 구절을 가리킨다. "늙은 천리마 구유에 고개
숙이고 있어도, 뜻은 천 리 밖에 있고, 열사는 만년이 되어도, 장대
한 마음은 그치지 않아라."老驥伏櫪, 志在千里. 烈士暮年, 壯心不已.
3 哢(롱): 지저귀다.
4 菟裘(토구): 춘추 시대 노나라 지명. 지금의 산동 태안시泰安市 동
남. 노 은공魯隱公은 토구에 집을 세워 은퇴 후에 살려고 했다. 『춘추
좌전』 '은공 21년'조 참조. 이후 은퇴의 땅으로 비유되었다.

해설

천리마가 재능을 가지고 있어도 남이 주는 꼴을 먹기 위해 구유에
고개 숙이고 있듯 은거하고 살아야 하는 울분을 토로하였다. 다만 그
불만은 하편의 지극히 서정적인 두 구에서 외면적인 순화 과정을 거친
다. 때문에 언뜻 보기에 은거와 한적을 즐기는 듯 보이지만 사실은
깊은 분노를 표현하는 방식이라 해야 할 것이다.

정풍파 定風波
— 두견화를 읊다 賦杜鵑花[1]

천자만홍의 고운 꽃들이 봄과 함께 떨어져
두견새 처절한 소리 차마 들을 수 없어라.
오히려 울어서 봄을 잠시 머물게 하려는 듯
비바람 속
빈산에서 해당화 혼을 부르는구나.

그 옛날 촉나라 궁녀들
수없이
빨간 피로 물들인 붉은 비단 수건인 듯하구나.
꽃이 피면 결국은 누가 주인 되는가?
기억하게나
모든 꽃은 꽃을 아끼는 사람에 속하는 것을.

百紫千紅過了春, 杜鵑聲苦不堪聞.[2] 却解啼敎春小住, 風雨, 空
山招得海棠魂.

恰似蜀宮當日女, 無數, 猩猩血染赭羅巾. 畢竟花開誰作主? 記
取: 大都花屬惜花人.[3]

注

1 杜鵑花(두견화): 진달래 종류의 꽃. 두견새가 울 때 피고, 그 붉은

색이 두견새 입안의 붉은 색을 연상시키기에 이름 붙여졌다.

2 杜鵑(두견): 두견새. 『화양국지』華陽國志에는 촉 지방에 "어부魚鳧 왕이 죽은 후 두우杜宇라는 왕이 있었는데, 백성들에게 농사를 가르쳤고 별호를 망제望帝라 하였다."고 간략하게 기술되어 있다. 『성도기』成都記에는 "망제가 죽은 후 그 혼이 새가 되었는데 이름을 두견 또는 자규라 하였다."고 기록하였다.

3 大都(대도) 구: 백거이의 시구에 있는 "대개 산은 산을 사랑하는 사람에 속한다."大都山屬愛山人란 구절을 이용하였다.

해설

진달래꽃을 노래한 영물사이다. 상편에서 두견새의 울음을 노래하고, 하편에서 두견화의 선홍빛 색깔을 주로 묘사하였다. 두견새는 소리로 애절함을 나타내고, 두견화는 색채로 강렬함을 나타내, 결국 아름다운 봄의 소멸을 아쉬워하는 마음을 나타냈다.

정풍파定風波

— 같은 운을 다시 사용하여 조진신 부문각 학사에 화답하며再用韻和
趙晉臣敷文

풀꽃은 봄을 대표할 수 없어
두견화만 오직 봄을 상징한다네.
'차라리 돌아가자' 부질없이 지저귀던 소리 멈추고
매우梅雨가 내릴 때
석류꽃이 또 이별의 혼을 슬퍼하네.

앞 궁전의 신하들과 깊은 궁전의 궁녀들
무수한
검붉은 도포 한 점에 만 개의 빨간 수건들.
나라의 흥망 속에 주인이 몇 번째냐 묻지 말고
들어보게나
꽃 앞에 두견새가 이미 사람을 부끄럽게 하는구나.

野草閑花不當春, 杜鵑却是舊知聞.¹ 謾道不如歸去住,² 梅雨,
石榴花又是離魂.³

前殿群臣深殿女, □數, 赭袍一點萬紅巾.⁴ 莫問興亡今幾主, 聽
取, 花前毛羽已羞人.

注

1 舊知聞(구지문): 이전에 들었다. 여기서는 친구라는 뜻.

2 謾道(만도): 헛되이 말하다. 부질없이 말하다. ○ 歸去住(귀거주): 두견새의 울음소리가 '차라리 돌아가자'라는 뜻의 '부루궤이취'不如 歸去라고 운다고 보았기에 전원이나 고향에 돌아가라고 재촉하는 것과 같다는 뜻이다.

3 石榴花(석류화): 두견화. 두견화는 일명 산석류山石榴 또는 영산홍 映山紅이라 한다.

4 赭袍(자포): 붉은 도포. 제왕의 도포를 가리킨다.

해설

두견화를 노래한 영물사이다. 두견화와 두견새, 그리고 촉나라의 망제望帝가 죽어 두견새가 되었다는 전설을 소재로 하여 그 한을 형상화하였다.

분접아粉蝶兒
— 조진신 부문각 학사의 '낙매'에 화답하며和趙晉臣敷文賦落梅

어제 봄빛은 마치
열세 살 여자아이 처음 배운 자수刺繡인 듯
가지 하나하나 꽃송이 탐스러웠지.
진실로 무정하여
잔인하게도
비바람이 꽃을 괴롭히고 못살게 굴어
정원에 주름진 붉은 융단 깔렸구나.

지금 봄은 마치
경박한 탕자처럼 오래 머물지 못하네.
기억하노니 예전에 돌아가는 봄을 보낸 후
봄 강물을
모두 빚어
술로 만들어버렸지.
'맑은 시름'과 버드나무 강가에서 만나기로 약속하리.

昨日春如, 十三女兒學繡. 一枝枝不敎花瘦. 甚無情,¹ 便下得,²
雨僝風僽.³ 向園林鋪作地衣紅縐.⁴

而今春似, 輕薄蕩子難久. 記前時送春歸後: 把春波, 都釀作,
一江醇酎.⁵ 約淸愁楊柳岸邊相候.

注

1 甚(심): 진실로. 정말로.

2 下得(하득): 미련 없다. 아깝지 않다. 기꺼이 ~하다. 잔인하게.

3 雨僝風僽(우잔풍추): 비바람에 시달려 꺾어지다. ○ 僝僽(잔추): 구
  박하다. 원망하다. 초췌해지다.

4 地衣(지의): 양탄자. 융단. ○ 縐(추): 주름.

5 一江醇酎(일강순주): 강물에 꽃이 떠서 흐르므로, 강물 전체를 술
  로 만들었다는 뜻이다. ○ 醇酎(순주): 맛이 진한 술.

해설

　저무는 봄을 아쉬워하였다. 상편은 탐스럽던 꽃들이 떨어져 마당에
깔리면서 봄이 저무는 풍광을 그렸다. 하편은 작년의 늦봄의 상황을
그리며 앞으로 '맑은 시름'淸愁만이 남게 될 것이라 예상하였다. 청대
진정작陳廷焯은 열세 살 소녀와 경박한 탕자의 비유는 섬루纖陋하여
염증이 난다고 평했지만, 전체적으로 시어들이 부드럽고 섬세하며 이
미지도 선명하고 아름다워, 신기질의 완약사婉約詞를 대표한다.

생사자生查子

— 조진신 부문각 학사의 '봄눈'에 화답하며和趙晉臣敷文春雪

하늘 가득 봄눈이 오지만
매화에 비하면 봄을 알리는 공로는 반밖에 되지 않아.
눈 옆에 있는 사람 가장 사랑스러우니
시詩를 마무리 지어 비로소 완성했구나.

설아雪兒는 노래를 부를 줄 아니
황금 술잔 가득 채워야 하리.
누가 말했나, 눈 내린 날 춥다고
오히려 비취 소매에 난간이 따뜻하구나.

漫天春雪來, 才抵梅花半. 最愛雪邊人, 楚些裁成亂.¹
雪兒偏解歌,² 只要金杯滿. 誰道雪天寒?³ 翠袖闌干暖.

注

1 楚些(초사): 일차적으로 『초사』를 가리키지만, 여기서는 시詩를 가
리킨다. 『초사』「초혼」招魂에는 구의 끝에 '사些를 붙이는 경우가 많
다. ○ 裁(재): 재才. 비로소. ○ 亂(난): 총결하다. 『초사』와 한악부漢
樂府에 작품의 말미에 '난왈'亂曰이라 하여 전체 내용을 총괄하는 경
우가 있다. 여기서는 작품의 말미를 가리킨다.

2 雪兒(설아): 수대 말기 이밀李密의 애첩. 이밀은 빈객의 시문 가운

데 마음에 드는 아름다운 게 있으면 곧 설아에게 주어 음률을 붙여
노래 부르게 했다.

3 誰道(수도) 2구: 두보의 「가인」佳人에 나오는 "하늘 차가운데 비취
소매 얇아라"天寒翠袖薄의 뜻을 반대로 이용하였다.

해설

봄눈을 노래한 영물사이다. 봄눈은 매화와 마찬가지로 봄을 알리고,
시흥을 일으켜 시를 쓰게 하고, 술을 마시며 노래를 듣고 춤을 보게
한다. 초봄의 흥취가 신선하다.

보살만菩薩蠻

─ 조진신의 연석에서. 이때 보리수 잎 모양의 등을 걸었는데, 조무가가 아픈데도 가녀를 데리고 나왔다趙晉臣席上. 時張菩提葉燈, 趙茂嘉 扶病携歌者[1]

등불을 바라보니 보리수 잎이라
일찍이 보리법을 설한 일 생각나네.
법은 마치 등불 하나로
삽시간에 천만 개 등불을 밝히지.

등불 옆에 꽃이 가득하니
누가 하늘의 꽃을 뿌렸나.
병중에 있는 유마힐에게 말해주노니
지금 천녀가 노래한다고.

看燈元是菩提葉, 依然曾說菩提法.[2] 法似一燈明,[3] 須臾千萬燈. 燈邊花更滿,[4] 誰把空花散. 說與病維摩: 而今天女歌.[5]

注

1 菩提葉燈(보리엽등): 보리수 잎 모양의 등롱. 석가모니가 보리수 아래에서 깨달음을 얻었을 때, 길상의 의미로 보리수 잎을 거두어 돌아갔다고 한다. 남송 때 항주 보국사報國寺의 보리엽등菩提葉燈이 가장 아름답다는 기록이 있다.
2 菩提(보리): 진리에 대한 깨달음.

3 法似(법사) 2구: 불법은 등불과 같아서 순식간에 천만 개의 등불을 켜 중생의 마음을 밝힐 수 있다. 『능엄경』楞嚴經에 다음 말이 있다. "법문 가운데 무진등이란 법문이 있으니, 너희들은 응당 배워야 하리라. 무진등이란 비유하면 하나의 등불이 백천의 등불에 옮겨 붙여, 끝없이 밝아지는 것과 같다."有法門名無盡燈. 汝等當學. 無盡燈者, 譬如一燈燃千百燈, 冥者皆明, 明終不盡.

4 燈邊(등변) 2구: '천녀산화'天女散花 고사를 가리킨다. 대승불법에 정통한 거사 유마힐이 병이 들어 누워있으면서 널리 설법을 하였다. 석가모니가 문수사리를 보내 문병하게 했다. 당시 유마힐 거사의 방에는 천녀天女가 있었는데 유마힐의 설법을 듣고는 현신하면서 천화天花를 여러 보살과 대제자 위에 뿌렸다. 꽃은 여러 보살의 몸에 닿고서는 떨어졌지만 대제자에 이르러서는 몸에 붙어 떨어지지 않았다. 『유마힐소설경』維摩詰所說經「관중생품」觀衆生品 권7 참조.

5 天女(천녀): 하늘에서 내려온 선녀. 작품의 부제에서 조무가가 병중에 가녀를 데리고 나왔다고 한 것으로 보아, 이 천녀는 곧 가녀를 가리킨다.

해설

보리수 잎 모양의 등롱을 보고 보리(불법)에 대한 이해를 나타냈다. 첫 두 구에서는 이 작품을 짓게 된 동기를 썼다. 이어지는 네 구에서 불법에 대해 서술하고, 마지막 두 구에서 불법에 대한 자신의 태도를 적었다. 자신은 천녀가 꽃을 뿌리거나 그녀 자신의 모습을 보는 데는 관심 없고 노래를 듣고 싶다고 말함으로써, 불법에 대한 진지한 사색은 곧 조무가가 데려온 가녀의 노래를 듣겠다는 현실적인 의미로 전환되어 가벼운 언술이 되었다.

수조가두水調歌頭

ーー조진신 부문각 학사의 '진득귀'와 '방시한' 두 당실에 대해 쓰다題
趙晉臣敷文眞得歸, 方是閑二堂

십 리 깊숙이 그윽한 집
만 장의 푸른 기와 들쭉날쭉하구나.
청산은 집 위에 있고
시냇물은 집 아래로 푸르게 가로 흐르고 있다.
정말 돌아와 웃으며 말하니
비로소 한가한 가운데 바람과 달이 있고
술자리 옆에서 시를 많이 쓰는구나.
생황과 노래를 점검해보고
거문고 연주가 끝나면 다시 바둑을 둔다.

왕휘지의 대나무
도연명의 버드나무
사령운의 연못.
그러나 그대의 공업이 아직 끝나지 않았기에
시냇물 베고 은거할 때가 아니니라.
어리석은 자들에게 은거의 참뜻을 이야기하지 말고
잠시 '산 사람'山人처럼 높은 값을 요구해야 하니
징초하는 조서가 늦게 내려오는 걸 탓해야 하리라.
한 가지 일이 분명 나를 화나게 할 것이니
벌써 「북산이문」을 써둔 일.

十里深窈窕, 萬瓦碧參差. 靑山屋上,[1] 流水屋下綠橫溪. 眞得歸
來笑語, 方是閑中風月, 剩費酒邊詩.[2] 點檢笙歌了, 琴罷更圍棋.
王家竹,[3] 陶家柳,[4] 謝家池.[5] 知君勳業未了, 不是枕流時.[6] 莫
向癡兒說夢, 且作山人索價,[7] 頗怪鶴書遲.[8] 一事定嗔我, 已辦北
山移.[9]

注

1 靑山(청산) 2구: 소식의 「사마광 독락원」司馬君實獨樂園에 "청산은
  집 위에 있고, 시내는 집 아래 있다."靑山在屋上, 流水在屋下.는 말을
  이용하였다.

2 剩費(잉비): 많이 쓰다. 크게 쓰다.

3 王家竹(왕가죽): 왕휘지의 대나무. 동진의 왕휘지王徽之가 빈 집에
  잠시 거주할 때, 사람을 시켜 대를 심게 하였다. 어떤 사람이 물었
  다. "잠시 사는데 왜 이렇게 번거러운 일을 하오?" 왕휘지가 한참
  동안 휘파람 불고 읊조리더니 대를 가리키며 말했다. "어찌 이분이
  없이 하루라도 살 수 있겠오?"王子猷嘗暫寄人空宅住, 便令種竹. 或問:
  "暫住何煩爾?" 王嘯詠良久, 直指竹曰: "何可一日無此君?" 『세설신어』「임
  탄」任誕 참조.

4 陶家柳(도가류): 도연명의 버드나무. 동진의 도연명은 자신의 집
  앞에 다섯 그루 버드나무를 심었으며, 스스로를 '오류선생'五柳先生
  이라 하였다. 이를 자전적 수필 「오류선생전」에 기록하였다.

5 謝家池(사가지): 사령운의 연못. 동진의 사령운은 "편장을 쓸 때마
  다 사혜련을 만나면 곧 좋은 시구가 생각난다"고 말했다. 사령운이
  한 번은 영가의 서당西堂에서 시를 구상하는데 하루 종일 완성할
  수 없었다. 홀연 꿈속에 사혜련을 보고는 "연못에 봄풀이 자라고"
  池塘生春草라는 구를 얻어 아주 잘 지었다고 여겼다. 『남사』「사혜

련전」 참조.

6 枕流(침류): 시냇물에 머리를 베다. 은거생활을 하다. '수석침류'漱
石枕流를 가리킨다. 동진의 손초孫楚가 젊어서 은거하려고 왕제王濟
에게 "돌을 베고 시냇물로 양치하다"枕石漱流고 말해야 하는 것을
잘못하여 "돌로 양치하고 시냇물을 베다"漱石枕流라고 말하였다. 왕
제가 "시냇물은 벨 수 있지만 돌로 양치할 수 있겠소?"流可枕, 石可漱
乎?라고 물었다. 그러자 손초가 "시냇물을 베는 것은 귀를 씻기 위
함이요, 돌로 양치하는 것은 이를 갈기 위함이요."所以枕流, 欲洗其
耳. 所以漱石, 欲礪其齒.라 대답했다. 『세설신어』「배조」排調 참조.

7 山人索價(산인색가): 산 사람이 출사를 하는데 높은 관직을 요구하
다. 한유의 「노동에게 부치며」寄盧소에 "소실산의 산 사람 이발李渤
은 높은 값을 요구해, 두 번이나 간관으로 불렀으나 일어나지 않았
네."少室山人索價高, 兩以諫官徵不起.란 구절이 있다.

8 鶴書(학서): 서체 이름. 학의 머리 같은 모양이어서 이름 붙여졌다.
고대에 현사를 초빙하는 조서에 사용되었다.

9 北山移(북산이): 공치규가 쓴 「북산이문」北山移文.

해설

은거의 진정한 뜻과 즐거움을 노래하면서, 동시에 조진신에게 출사
를 권하였다. 신기질은 친구나 후진에게는 출사를 권하는 경우가 많은
데, 이는 그가 줄곧 은거를 강조하는 점과 모순된다. 그러나 다른 한편
그가 아무리 도연명의 진체를 얻었다고 하더라도 은거란 결국 자신의
심리적인 안정을 위한 자기 확인임을 알 수 있다. 이 작품에서도 '진득
귀'와 '방시한'의 수려한 면모와 풍월의 즐거움을 말하지만, 하편에서
는 조진신에게 출사를 권하였다.

염노교念奴嬌

─ 조진신 부문각 학사가 시월 보름이 생일이라 스스로 사를 짓고 나에게 화운사를 청하다趙晉臣敷文十月望生日, 自賦詞, 屬余和韻

그대의 풍골을 보니
마치 훤칠하게 큰 소나무와 같아
기이한 마디가 많소.
세상의 아이들은 모두 위축되어
마치 토란 옆에 가을 외들이 쌓여 있는 듯하네.
개울 앞에 집을 지어
사람 때문에 경관이 뛰어나게 되었으니
강산이 특별해서가 아니라네.
가녀들이 구름처럼 많아
새 가사로 뛰어난 노래를 다투어 부르는구나.

술잔을 들고 웃으며 만나니
그대와 기질이 맞아
국화와 난초가 어울리듯 기쁘다네.
조정에선 사시四時의 기운이 옥처럼 조화롭고 촛불처럼 빛나
만사를 황발黃髮의 노인에게 자문을 구하는구나.
내 보리니, 동쪽으로 돌아오는
주나라 성왕의 숙부 주공周公이
손에 큰 거북 들고 개선하며 했던 말을.

축원하노니, 그대는 오래도록
오늘 밤 밝은 달처럼 가득하소서.

看公風骨, 似長松磊落,[1] 多生奇節. 世上兒曹都蓄縮,[2] 凍芋旁
堆秋䵚.[3] 結屋溪頭, 境隨人勝, 不是江山別. 紫雲如陣,[4] 妙歌爭唱
新闋.

尊酒一笑相逢, 與公臭味, 菊茂蘭須悅. 天上四時調玉燭,[5] 萬事
宜詢黃髮.[6] 看取東歸, 周家叔父,[7] 手把元龜說. 祝公長似, 十分今
夜明月.

注

1 似長松(사장송) 2구: 조진신이 흰칠하게 큰 소나무처럼 절조가 있
   음을 비유하였다. 동진 때 유애庾敳가 온교溫嶠를 평하여 다음과 같
   이 말했다. "울창하기가 천 길 소나무와 같아, 비록 울퉁불퉁 마디
   가 많으나 큰 건물을 지을 때 동량으로 쓸 수 있다."森森如千丈松,
   雖礧砢多節, 施之大廈, 有棟梁之用. 『세설신어』「상예」賞譽 참조. ○ 磊落
   (뇌락): 높고 큰 모양.

2 蓄縮(축축): 위축되다. 나태하다.

3 凍芋(동우): 토란. 한유의 「'석정' 연구」石鼎聯句에 헌원미명軒轅彌明
   이 지은 "가을 호박은 아직 꼭지가 떨어지지 않았는데, 토란은 힘차
   게 싹을 뽑는다."秋瓜未落蒂, 凍芋强抽萌.는 구절이 있다. ○ 䵚(질):
   작은 외.

4 紫雲(자운): 가녀를 가리킨다.

5 玉燭(옥촉): 옥과 촛불. 사시의 기운이 조화롭고 순조로움을 나타
   낸다. 곧 태평성대를 형용한다. 『시자』尸子 권상卷上에 "사시의 기
   운이 조화롭고, 바른 빛이 비치니, 이를 옥촉이라 한다."四氣和, 正光

照, 此之謂玉燭.고 하였다.

6 黃髮(황발): 머리가 누렇게 센 노인. 백발이 오래 되면 황발이 된다고 한다. 혹은 백발이 빠지고 난 후 다시 황발이 난다는 설도 있다.

7 周家叔父(주가숙부): 주나라 천자의 숙부. 곧 주공周公을 가리킨다. 주공은 무왕의 동생이자 성왕成王의 숙부. 무왕이 죽고 삼감三監과 회이淮夷를 평정하고, 성왕을 보좌하며, 동정하였다. 이때 지은 「대고」大誥에서 다음과 같이 말했다. "영왕寧王(즉 무왕)께서 나에게 크고 보배로운 거북을 물려주심은 밝은 하늘을 이으라는 것이다. 이에 명하여 말씀하셨다. '서토에 큰 어려움이 있을 것이며, 서토 사람들도 안정되지 않을 것이다.'"寧王遺我大寶龜, 紹天明. 卽命曰: "有大艱于西土, 西土人亦不靜."

해설

조진신의 생일을 축하하는 축수사이다. 조진신은 1200년 경 강서전운사에서 파직당하여 연산에 돌아왔으니, 두 사람은 처지와 기질이 비슷하여 자주 어울렸다. 이 작품에서도 조진신의 생일을 맞이하여 그의 품덕과 절조를 예찬하고, 공을 이루기를 기원하였다. 조진신은 황족의 종친이므로 주공과 같은 공을 이루라는 축원은 가능한 것이지만, 주나라 초기와 당시 남송의 상황은 크게 달라서 지나친 면이 없지 않다. 말미에서 마침 생일이 보름날이어서 달에 비유하여 장수와 원만함을 기원하였다.

희천앵 喜遷鶯

— 조진신 부문각 학사의 부용을 읊은 축수사에 감사하며, 운을 사용하
여 감사를 나타내다 謝趙晉臣敷文賦芙蓉詞見壽, 用韻爲謝

더운 바람에 서늘한 달빛 속
사랑스럽게도 무수히 오롯이 서 있는 모습
푸른 옷의 사신使臣들이 부절을 든 듯하네.
수줍어 숨는 듯하고
질투하여 들쭉날쭉 얼굴을 빼드는 듯
피어나는 부용화를 둘러싸네.
걸음은 반비潘妃가 한스러워할 지경이고
모습은 육랑六郞에 비하여 더욱 깨끗해라.
백로가 연꽃 옆에 서면
맑은 저녁 때 공자公子와
가인佳人이 나란히 선 듯하네.

말하지 말게
나뭇가지에 올라 부용을 딸 수 있다고.
당시 굴원은
한스럽게도 군왕과 헤어졌지.
마음은 멀어지고 매파는 힘들어
사귐은 소원해지고 원망은 극에 이르러
애정이 깊지 않으니 가볍게 헤어졌지.

천고의 「이소」離騷 문자

지금도 그 향기는 시들지 않았어라.

모두 물을 것 없네

다만 천 잔을 통쾌하게 마시세

이슬을 술로 삼고 연잎을 술잔 삼아.

暑風涼月, 愛亭亭無數, 綠衣持節.[1] 掩冉如羞,[2] 參差似妬, 擁出
芙渠花發. 步襯潘娘堪恨,[3] 貌比六郎誰潔?[4] 添白鷺,[5] 晩晴時公子,
佳人並列.

休說,[6] 搴木末; 當日靈均, 恨與君王別. 心阻媒勞, 交疎怨極, 恩
不甚兮輕絶. 千古離騷文字, 芳至今猶未歇. 都休問; 但千杯快飮,
露荷翻葉.

注

1 持節(지절): 사신이 부절符節을 들다.
절節은 사신의 신분을 증명하는 깃발
모양의 물건.(오른쪽 그림 참조)

2 掩冉(엄염): 가리다. 늪다. 휘어져 아
래로 굽은 연잎을 형용한다.

3 步襯潘娘(보친반낭): 반비潘妃의 걸
음걸이. 남제南齊의 동혼후東昏侯 소보
권蕭寶卷이 금으로 만든 연꽃을 땅에
깔아놓고 총비 반옥아潘玉兒가 그 위
를 걸어가게 하고서는 말하기를 "걸음
마다 연꽃이 피어나는 구나"步步生蓮花라고 했다. 『남사』「폐제동혼

후기」廢帝東昏侯紀 참조.

4 貌比六郎(모비륙랑): 모습은 장종창張宗昌과 비슷하다. 당대 초기 무측천의 총애를 받던 장역지張易之를 오랑五郎이라 불렀고 장총창을 육랑六郎이라 불렀다. 당시 양재사楊再思가 말하기를 "사람들은 육랑을 연꽃 같다고 말하는데 틀린 말이오. 바로 연꽃이 육랑 같을 뿐이오."人言六郎似蓮花, 非也. 正謂蓮花似六郎耳.라고 하였다. 『신당서』「양재사전」 참조.

5 添白鷺(첨백로) 3구: 붉은 연꽃 옆에 선 하얀 백로는 공자公子와 가인佳人이 함께 서 있는 듯하다. 두목의 「만청부」晩晴賦에 "백로가 홀연히 날아오니, 마치 풍도가 높은 공자 같구나."白露忽來, 似風標之公子.는 표현이 있다.

6 休說(휴설) 7구: 굴원의 『구가』「상군」湘君의 뜻을 이용하였다. "물가에 가서 승검초 뜯고, 나무에 올라 부용을 따려는 격. 마음이 안 맞으니 매파만 힘들고, 애정이 깊지 않으니 쉽게 멀어지네."采薜荔兮水中, 搴芙蓉兮木末. 心不同兮媒勞, 恩不甚兮輕絶. ○ 搴(건): 따다. 초나라 방언이다. ○ 木末(목말): 나뭇가지 끝. 여기의 "물가에 가서 승검초 뜯고, 나무에 올라 부용을 딴다."는 것은 불가능함을 비유한 것이다. ○ 靈均(영균): 굴원. 굴원의 자가 영균이다. ○ 交疎(교소): 사귐이 소원하다.

해설

연꽃을 노래한 영물사이다. 연꽃이 지닌 고결하고 청신한 이미지를 가져와 군주와 소원해진 처지를 토로하였다. 특히 굴원의 작품 속에 나오는 연꽃을 하편에 인용하면서, 자신과 조진신을 이에 비유하며, 자신들의 은거를 위로하였다. 상편에서 언급한 반비潘妃는 황음한 혼군의 손에서 놀아난 비천한 미인이고, 육랑六郎 장종창張宗昌은 무측천

의 절대권력 속에서 남총男寵으로 살았던 자로, 이들 권력에 아부한
자들이 순결한 연꽃에 비해 모자란다고 함으로써 현실적 비판도 함께
겸하고 있다.

동선가洞仙歌

― 조진신이 이능백에 화운하며 나에게 함께 화운하길 청했다. 조진신
은 형제들이 모두 직명이 있어 총애를 받았는데 작품에서 그 성황을
서술하였다. 때문에 하편에서 '흙을 나누어 띠풀에 싸다'는 구가 있
다趙晉臣和李能伯韻, 屬余同和. 趙以兄弟皆有職名爲寵, 詞中頗敍其盛, 故
末章有'裂土分茅'之句[1]

가난하고 어려울 때 사귀던 친구들이
대부분 새로 고관이 되었는데
문 앞에 찾아온 사람이 몇이나 되는가.
보아하니 총총히 도성을 향해 웃으며
다투어 산을 나왔으니
누구에게 물어볼 수 있으랴
은거가 어찌 출사보다 나은지.

수많은 고금의 일
더하고 빼고 곱하고 나누면
조삼모사와 무엇이 다르랴.
경천동지할 사업에
고금에 으뜸가는 문장
생황에 노래 듣는 만년을 몇이나 누리랴.
더구나 집안 가득 초선관을 써도 영예라 할 수 없어
기억해야하니 '흙을 나누어 띠풀에 싸고 제후에 봉해지는 것'이
그대의 가세家世라네.

舊交貧賤, 太半成新貴. 冠蓋門前幾行李.[2] 看匆匆西笑,[3] 爭出山來, 憑誰問: 小草何如遠志?[4]

悠悠今古事, 得喪乘除,[5] 暮四朝三又何異.[6] 任掀天事業, 冠古文章, 有幾箇笙歌晚歲. 況滿屋貂蟬未爲榮, 記裂土分茅,[7] 是公家世.

注

1 李能伯(이능백): 이처단李處端. 이숙李淑의 증손. 1173년 강도령江都令에 부임하였고, 나중에 진강부鎭江府 첨판簽判이 되었다. ○ 兄弟皆有職名(형제개유직명): 조진신은 조사칭趙士偁의 아들로, 형제 여섯 명이 앞뒤로 진사과에 등제하여 당시 사람들이 그들이 사는 곳을 총계방叢桂坊이라고 불렀다.

2 行李(행리): 사신. 행인.

3 看匆匆(간총총) 구: 즐거이 웃으며 도성으로 나가다. 동한 초 환담桓譚의 『신론』新論 「거폐」祛蔽에 관동 지방의 속담을 소개하고 있다. "사람들은 장안이 즐거운 곳이라 들어, 문을 나서면 서쪽을 향해 웃는다."人聞長安樂, 則出門西向而笑.

4 小草(소초) 구: 출사보다 은거가 나음을 비유하였다. 『세설신어』 「배조」排調의 '일물이명'一物二名 전고를 이용하였다. 사안謝安이 동산에서 은거하려 했으나 조정에서 자주 징초가 내려와 환온桓溫의 사마司馬로 가게 되었다. 당시 환온에게 어떤 친구가 '원지'遠志라는 약초를 주었는데, 환온이 사안에게 "이 약초는 소초小草라고도 부른다는데 어찌하여 한 가지 물건이 두 가지 명칭이 있단 말이오?"此藥又名小草, 何一物而有二稱?라고 물었다. 사안이 즉답을 못하는데, 옆에 학륭郝隆이 바로 대답하였다. "그건 쉽게 알 수 있소. 집에 있으면 원대한 뜻이 있는 것이고, 출사하면 작은 풀이 되기 때문이오."

此甚易解, 處則爲遠志, 出則爲小草.

5 得喪乘除(득상승제): 더하기와 빼기를 하고, 곱하기와 나누기를 하면 결국 제자리에 돌아온다는 뜻.

6 暮四朝三(모사조삼): 조삼모사朝三暮四.

7 裂土分茅(열토분모): 흙을 나누어 띠풀에 싸다. 고대에 천자가 제후들을 분봉할 때, 토지와 권력을 수여한다는 상징으로 사직단에 있는 다섯 색깔의 흙에서 해당 방위의 색을 띤 흙을 흰 띠풀에 싸서 제후에게 수여하였다.

해설

조진신 집안의 성황을 칭송하였다. 상편에서는 황제와 종친인 조씨 집안의 형제들이 도성에 나가 득세하는 상황을 서술했다. 하편에선 인생의 득실이란 결국 대단하지 않고 만년도 누리기 어려운데, 조진신의 집안은 봉토를 가진 혁혁한 가문임을 강조하였다.

강신자江神子
— 이능백에 화운하고, 조진신에 보이다和李能伯韻呈趙晉臣

오색구름 높은 곳 연회 장소 바라보니
옥 계단 오르는
형제가 당체꽃과 같구나.
시내 옆에 지은 집
누대와 관각은 그림으로 그리기도 어려워라.
밤새 생황 노래 듣다가 일어나 묻노니
누가 달을
서쪽으로 지게 했느냐?

집안에는 예부터 유명한 『홍보』鴻寶가 전해 내려오고
장수한 사람이 많고
군왕을 보좌했어라.
게다가 이러한 풍류의
강물 북쪽에서 노니는 기영耆英들을 그려두어야 하리.
바로 옆에 서풍시주사西風詩酒社가 있어
'석정'石鼎 연구聯句를 지으려면
헌원미명軒轅彌明과 같은 그대가 있어야 하리.

五雲高處望西淸,¹ 玉階升, 棣華榮.² 築屋溪頭, 樓觀畵難成. 長
夜笙歌還起問: 誰放月,³ 又西沉?

家傳鴻寶舊知名.[4] 看長生, 奉嚴宸.[5] 且把風流, 水北畵耆英.[6]
咫尺西風詩酒社, 石鼎句,[7] 要彌明.

注

1 五雲(오운): 오색구름. 두보의 「두 상공의 막부로 부임하는 이팔 비서랑을 보내며」送李八秘書赴杜相公幕에 "남극성의 별 하나가 북두를 조알하니, 오색구름 두루 낀 곳이 삼태성이리라."南極一星朝北斗, 五雲多處是三台.는 뜻을 차용하였다. 五雲(오운)은 오색의 상서로운 구름으로 제왕이 있는 도성을 가리킨다. ○ 西淸(서청): 제왕의 연회 장소.

2 棣華榮(체화영): 형제의 영광. 조진신을 포함한 여섯 형제들이 차례로 진사과에 급제하고 벼슬을 오른 일을 가리킨다. 서주 초기 주공周公이 형제들을 불러 잔치를 베푼 일을 소재로 하여 『시경』 「당체」棠棣가 지어졌기에 이 꽃으로 형제의 우애를 비유한다. "당체의 붉은 꽃이여, 꽃받침이 선명하구나. 오늘날 세상 사람들, 형제만 못하구나."常棣之華, 鄂不韡韡. 凡今之人, 莫如兄弟.

3 放(방): 시키다.

4 鴻寶(홍보): 洪寶(홍보)라고도 쓴다. 도술에 관한 책의 편명篇名이다. 『한서』「유향전」劉向傳에 "회남왕은 베개 안에 「홍보원비서」를 두었는데, 신선이 귀신을 시켜 금을 만드는 방법에 대해 말하고 있다."淮南有枕中鴻寶苑秘書, 言神仙使鬼物爲金之術.는 기록이 있다.

5 嚴宸(엄신): 제왕의 위엄.

6 耆英(기영): 나이가 많으면서 덕행이 높은 사람.

7 石鼎(석정) 2구: 한유의 「'석정' 연구」石鼎聯句에서 시를 잘 짓는 도사 헌원미명軒轅彌明을 불러야 한다는 뜻이다. 헌원미명이 친구 유사복劉師服과 교서랑 후희侯喜와 함께 석정石鼎을 주제로 하여 연구

聯句를 지을 때, 두 사람을 압도한 일이 있다. 새벽에 깨어나 보니
미명은 보이지 않았다. 「만강홍 —왕안석의 가구佳句 가운데」 참조.

해설

조진신을 극력 칭송하였다. 상편에서는 형제들의 출세를 서술하고,
그림으로 그리지 못할 정도로 화려한 저택에서 새벽까지 노래와 음악
을 즐기는 모습을 묘사하였다. 하편에서는 다시 가문의 혁혁한 내력에
서 기영회耆英會까지 그렸고, 말미에서 작시의 재능까지 높이 칭찬하
였다. 비록 조진신의 능력과 가문의 배경이 어느 정도 사실적 근거가
있다고 하더라도, 지나치게 높였기에 아부의 어조가 들어간 혐의가
있다.

서강월西江月
― 조진신의 '유연각에 올라'에 화답하며和晉臣登悠然閣

기둥 같은 산 하나가 먼 벽공碧空을 떠받들고
양옆의 두 봉우리 찬 하늘에 높이 솟았다.
가로로 늘어선 산은 길이를 마침맞게 깎아놓은 듯
한 치도 길지 않고 짧지도 않구나.

바라보니 눈길 닿는 끝에는 구름과 안개라
사람들은 하늘이 좋은 풍경을 아까와하기 때문이라지.
그대의 시로 모두 그려내었으니
다시 한 층 누각을 올라 둘러보리라.

一柱中擎遠碧, 兩峰旁聳高寒.¹ 橫陳削就短長山, 莫把一分增減.²
我望雲煙目斷, 人言風景天慳.³ 被公詩筆盡追還, 更上層樓一覽.⁴

注

1 兩峰(양봉) 구: 두보의 「중양절 남전 최씨 별장」九日藍田崔氏莊에 나
  오는 "남수는 먼 골짜기에서 천 갈래로 떨어져 흘러오고, 옥산은
  높이 서서 화산의 두 봉우리와 함께 차갑구나."藍水遠從千澗落, 玉山
  高竝兩峰寒.라는 구절을 이용하였다.

2 莫把(막파) 구: 전국시대 송옥의 「등도자호색부」登徒子好色賦의 "한
  치를 더하며 너무 길고, 한 치를 줄이면 너무 짧다."增之一分則太長,

減之一分則太短.는 구절을 이용하였다.

3 天慳(천간): 하늘이 아껴하여 주려고 하지 않다.

4 更上(갱상) 구: 당대 왕지환의 「관작루에 올라」登鸛雀樓에 나오는 "천 리 끝까지 더 보기 위해, 다시 한 층 누각을 오른다."欲窮千里目, 更上一層樓.는 구절을 이용하였다.

해설

유연각에 올라 바라본 풍광을 그린 산수사山水詞이다. 유연각은 부암수傳巖叟의 누각으로, 신기질은 '유연'의 뜻을 살려 도연명의 시와 연결시켜 여러 편의 사를 지었다. 여기서는 주로 누각에 올라 바라본 주위 모습을 그린 것으로, 상편에서는 산의 형상을 묘사하였고, 하편에서는 비유를 통해 산의 아름다움을 드러내보였다.

파진자破陣子

— 조진신 부문각 학사의 딸 현주가 사를 원하기에 짓다趙晋臣敦文幼女縣主覓詞[1]

보살들 가운데 혜안慧眼이 있으니
「석인」碩人 시에서 묘사한 아미蛾眉로구나.
천상과 인간 세상 가운데 진정한 복상福相이니
그림으로 그려놓은 듯 보기 좋은 보조개로다.
걸을 때 느릿한 모습이 더욱 아리땁구나.

술을 권하면 가장 못하니
웃을 때는 특히나 천진스럽다.
다시 십 년이 지나서 그대 보게나
지식을 갖춘 국부인國夫人이 누구인지를.
「추수당」 주인이 사를 지어 축복하노라.

菩薩叢中惠眼,[2] 碩人詩裏蛾眉.[3] 天上人間眞福相, 畫就描成好
靨兒.[4] 行時嬌更遲.

勸酒偏他最劣,[5] 笑時猶有些癡. 更着十年君看取, 兩國夫人更
是誰.[6] 殷勤秋水詞.[7]

注

1 縣主(현주): 황족 여인의 봉호封號. 조진신은 남송 황실의 종친이기

에, 그 딸은 현주로 책봉되었다.

2 惠眼(혜안): 慧眼(혜안). 불교에서 말하는 오안五眼 가운데 하나. 제
법무상諸法無常과 진공眞空을 볼 수 있는 지혜의 눈.

3 碩人(석인): 『시경』「석인」碩人에 나오는 "매미 머리에 나방 눈썹,
어여쁜 미소에 보조개가 귀엽고, 아름다운 눈에 눈동자가 선명해
라."螓首蛾眉, 巧笑倩兮, 美目盼兮.란 말을 가리킨다.

4 靨(엽): 보조개.

5 最劣(최렬): 가장 못하다. 그러나 문맥으로 보아서는 방일하게 놀
거나 술을 마시지 않았으니 행동거지가 가장 훌륭하다는 뜻.

6 兩(양): 동시에 여러 가지 지식을 가지는 일. 『순자』「해폐」解蔽에
"동시에 여러 지식을 겸하는 것을 '양'이라 한다."同時兼知之, 兩也.는
말이 있다. ○ 國夫人(국부인): 제후의 모친. 또는 대신의 처.

7 秋水(추수): 신기질의 당실인 추수당秋水堂. 추수사秋水詞란 추수당
주인인 신기질 자신이 지은 사.

해설

조진신의 딸을 칭송하였다. 상편부터 하편 두 구까지는 외모의 모
습을 그리고, 하편의 나머지 세 구에서 장래 부귀를 누리기를 축원하
였다.

서강월西江月

― 조진신 부문각 학사의 '추수당 폭포'에 화답하며和趙晉臣敷文賦秋
水瀑泉

소식蘇軾이 팔만 사천 게송을 읊는다고 노래한 후
그대 말고 누가 다시 오묘한 말을 펼칠 수 있으랴?
난초 엮어 허리에 찬 마음이 같은 사람 있으니
시 짓는 늙은이 불러 술을 마시자 하였네.

옥을 새기고 얼음을 잘라 시구를 지었으니
그대는 「고산」과 「유수」를 이해하는 지음知音이로다.
흉중에 먼지 하나 들어오지 못하게 하니
굴원만이 혼자 깨어있지 않게 하고자 함이라.

八萬四千偈後,¹ 更誰妙語披襟? 紉蘭結佩有同心,² 喚取詩翁來飲.
鏤玉裁冰著句, 高山流水知音.³ 胸中不受一塵侵, 却怕靈均獨醒.⁴

注

1 八萬四千偈(팔만사천게): 팔만 사천 수의 게송偈頌. 소식蘇軾의 시
속에 나오는 표현이다. 소식이 여산廬山의 동림사東林寺에 갔을 때
게송을 지었다. "시냇물 소리가 곧 장광설이니, 산빛이 어찌 청정
법신이 아니겠는가. 밤새 팔만 사천 게송을 읊으니, 다른 날 어떻게
남에게 알려줄까."溪聲便是廣長舌, 山色豈非淸淨身. 夜來八萬四千偈, 他

日如何擧似人.

2 紉蘭結佩(인란결패): 난초를 엮어 허리에 차다. 굴원의 「이소」에 "가을 난초를 엮어 허리에 둘렀네"紉秋蘭以爲佩라는 구절이 있다.

3 高山流水(고산류수): 「고산」과 「유수」라는 두 가지 곡. 거문고의 명수 백아伯牙가 연주할 때마다 친구 종자기鍾子期가 그 뜻을 알아 맞춰 '지음'知音이란 성어가 만들어졌다. 『열자』「탕문」湯問과 『여씨 춘추』「본미」本味 참조.

4 靈均(영균): 굴원을 가리킨다. 영균은 굴원의 자字이다.

<!-- 해설 -->
해설

추수당의 폭포에 대해 읊은 영물사이다. 시작의 동기는 조진신이 추수당에 있는 폭포에 대해 노래했으므로 이에 대한 화답을 하기 위해서이다. 그러나 폭포에 대한 것은 처음 두 구밖에 없고, 나머지는 '마음 같은 사람'同心 조진신을 지음知音으로 대하며, 자신의 고결한 마음을 나타내는 데 치중하였다.

태상인太常引

― 조진신 부문각 학사의 생일을 축하하며, 팽계는 조진신이 사는 곳
이다壽趙晉臣敷文. 彭溪, 晉臣所居

그대에 대해 논하자면 덕망 있는 어른에 종실의 영걸
오나라 계찰季札처럼
백여 살이 되도록 장수하여
늙어서도 사신이 되어 다니며
더구나 춤을 보고 노래 듣는데 가장 정통하구나.

모름지기 위 무공衛武公과 마찬가지로
아흔 살에 재상이 되어
"조개풀이 절로 푸르다"고 칭송받으소서.
부귀하고 장수하길 바라노니
기억하소서, 문밖에 맑은 팽계彭溪가 팽조彭祖와 같은 글자임을.

論公耆德舊宗英.[1] 吳季子,[2] 百餘齡, 奉使老於行, 更看舞聽歌
最精.
　須同衛武,[3] 九十入相, 菉竹自靑靑.[4] 富貴出長生, 記門外淸溪
姓彭.[5]

注

1 耆德(기덕): 덕행이 높은 노인. ○宗英(종영): 종친 가운데 영걸.

2 吳季子(오계자): 춘추시대 오왕 수몽壽夢의 아들인 계찰季札. 나중에 연릉 땅에 봉해져 '연릉의 계자'延陵季子라 불리었다. 수몽이 계찰을 후계자로 세우려 하였으나 극구 사양하면서 장자 저번諸樊을 세웠다. 오왕 수몽이 죽자 저번이 다시 계찰에 양보하려 했으나 계찰이 사양하여 궁실을 버리고 나가 경작하였다. 일찍이 노魯, 정鄭, 위衛, 진晉 등에 사신으로 가 당시의 사대부들을 널리 사귀고 높은 정치적 명망을 얻었다. 노나라에 갔을 때 주악周樂 보기를 청하여, 노나라는 그를 위해 「주남」周南과 「소남」召南을 노래하고, 「상전」象箭과 「대무」大武의 춤을 추었다. 계찰은 이들에 대해 하나씩 정밀하고 적절한 평론을 가하였다. 『사기』「오태백세가」 참조. 여기서는 조진신을 계찰에 비유하였다.

3 衛武(위무) 2구: 위 무공衛武公이 나이 구십에 재상이 된 일을 가리킨다. 위 무공의 이름은 위화衛和이고, 위나라 11대 군주로 기원전 812~758년에 재위에 있었다. 위나라를 건국한 강숙康叔의 정령을 시행하고 백성을 안정시켰다. 또 견융犬戎이 서주를 공격하고 유왕幽王을 죽이자, 군사를 이끌고 나가 평왕平王을 도와 견융의 반란을 평정하고 낙읍洛邑으로 천도시키는데 공을 세웠다. 『국어』「초어」楚語 참조.

4 菉竹(녹죽): 조개풀. 신초藎草. 녹욕초菉蓐草, 마이초馬耳草 등으로도 불린다. 『시경』「기오」淇奧에 "저 기수 물굽이를 바라보니, 조개풀이 푸르구나."瞻彼淇奧, 綠竹青青.란 구절이 있다. 綠(녹)은 菉(녹)과 통가자. 『모시서』毛詩序에서 "「기오」는 무공의 덕을 찬미한 것이다."淇奧, 美武公之德也.고 해제하였다.

5 姓彭(성팽): 성씨가 팽씨이다. 시내가 팽씨라는 것은 곧 조진신이 살고 있는 '팽계'彭溪를 가리키며 이는 장수한 팽조彭祖의 성씨와 같은 글자로, 조진신도 팽조처럼 장수하길 바란다는 뜻이다. 『신선

전』에 보면 팽조의 이름은 전갱鑑鏗이고, 팔백 년을 살았으며, 요堯
가 팽성彭城을 다스리라 봉하였다고 한다. 『초사』「천문」天問에 "팽
조는 꿩국을 잘 요리하였다니, 요 임금은 얼마나 즐겨 먹었는가?
받은 수명 길었다니, 얼마나 오래 살았는가?"彭鑑斟雉, 帝何饗? 受壽永
多, 夫何久長?는 말이 있다.

해설

조진신의 생일을 축하한 축수사이다. 상편은 종친인 조진신을 춘추
시대 오나라 계찰에 비유하며 공적과 능력을 칭송하였다. 하편은 조진
신이 앞으로 위 무공처럼 공을 세우고 팽조처럼 장수하기를 바랐다.
그가 사는 곳이 팽계彭溪라는 점을 가져와 팔백 년을 살았다는 팽조彭
祖를 연상시킨 것은 장수를 기원하는 말로 기발하면서도 적절하다.

태상인太常引

— 십사현을 읊다賦十四絃[1]

선녀가 마치 베틀에서 비단을 짜며
금빛 북을 빠르게 놀리는 듯해라.
안타까워라 섬섬옥수로
오히려 구슬픈 청상곡을 뜯는구나.

주렴 그림자 안에서
반쯤 보이는 꽃 같은 얼굴
하후단夏侯亶의 주렴 안의 노래보다 훨씬 뛰어나구나.
세상길은 풍파가 심하니
통음하며 「공무도하」를 듣노라.

仙機似欲織纖羅, 髣髴度金梭. 無奈玉纖何. 却彈作淸商恨多.[2]
朱簾影裏, 如花半面, 絶勝隔簾歌.[3] 世路苦風波. 且痛飲公無渡河.[4]

注

1 十四絃(십사현): 고대의 악기 이름. 현이 열네 줄이기에 붙인 이름
이다.

2 淸商(청상): 오음 중의 상음商音. 또 오행과 대응할 때 상성은 가을
에 해당하므로 추성秋聲이며, 때문에 슬픈 소리를 가리킨다. 『사보』
詞譜에서 "고악부에 '청상곡사'淸商曲辭가 있는데, 그 소리가 대부분

슬프고 원망스러워 하므로, 여기에서 이름을 취하였다."古樂府有淸商
曲辭, 其音多哀怨, 故取以爲名.고 하였다.

3 隔簾歌(격렴가): 주렴 건너에서 노래하다. 남조 양나라 하후단夏侯
亶은 고관을 지냈어도 성격이 검소하여 거처와 의복 및 집기들이
화려하지 않았다. 만년에는 음악을 좋아하였는데, 기녀 수십 명이
있었지만 입힐 옷이 없어, 매번 손님이 오면 주렴 너머에서 연주하
고 노래하게 하였다. 당시 주렴을 '하후단 가기의 옷'夏侯妓衣이라
했다. 『남사』南史「하후단전」 참조.

4 公無渡河(공무도하): 고악부의 노래. 백수광부가 머리를 풀고 병을
들고 강을 건너는데, 그 처가 말렸으나 결국 빠져 죽고 말았다. 이
에 그 처가 공후를 들고 연주하며 「공무도하」 노래를 지어 불렀으
며, 그녀도 물에 빠져 죽었다. 어부 곽리자고가 이를 그의 처 여옥
麗玉에게 들려주자, 여옥이 이를 슬퍼하며 공후를 들고 그 소리를
따라 내어보니 듣는 사람이 눈물 흘리고 울지 않는 자가 없었다.
최표崔豹의 『고금주』古今注 참조.

해설

십사현에 대해 노래한 영물사이다. 그러나 악기 자체가 아니라 연
주하는 장면과 곡을 집중하여 묘사하였으므로 음악사音樂詞라 할 수
있다. 상편은 직녀처럼 아름다운 여인이 베틀을 다루듯 악기를 능숙하
게 연주하는 모습을 그렸다. 그러나 그처럼 곱고 아름다운 섬섬옥수에
서 들려오는 것은 지극히 슬픈 음악이다. 하편은 연주하는 여인과 그
노래의 출중함을 그리고, 세상길의 험난함을 탄식하였다. 음악의 슬픔
과 곡에 얽힌 이야기의 기구함이 작자의 인생 역정과 만나 하나로 어
울린다.

만강홍滿江紅
― 조진신 부문각 학사에게 드림呈趙晉臣敷文

그대의 생애는
원래부터 황금 쟁반에 화려한 저택이었지.
그런데도 추운 선비 위해 수만 칸 집을 지어
눈앞에 우뚝 세웠지.
거룻배 하나 나뭇잎처럼 가볍게 타고 왔으니
두 늙은이 고니처럼 맑게 마주앉게 되었네.
지금 '나 또한 내 초막을 좋아한다'고 말하니
소나무와 국화가 많아라.

사람들은 말하지 그대는
'흉년 때의 곡식'과 같다고.
그리고 또
'풍년 때의 옥'과도 같지.
어찌하여 아무렇지도 않게
농어회 때문에 일찍 돌아왔는가?
개울가 학은 지팡이와 짚신을 머물게 하고
행인은 담장 밖에서 음악 소리 듣는다.
묻노니, 요즘 풍월에 읊은 시가 몇 편이나 되는가?
삼천 편이나 되리라.

老子平生, 元自有金盤華屋.¹ 還又要萬間寒士,² 眼前突兀. 一舸歸來輕似葉, 兩翁相對淸如鵠. 道如今吾亦愛吾廬,³ 多松菊.

人道是, 荒年穀;⁴ 還又似, 豐年玉. 甚等閑却爲, 鱸魚歸速?⁵ 野鶴溪邊留杖屨, 行人牆外聽絲竹. 問近來風月幾篇詩? 三千軸.

注

1 金盤(금반): 황금 쟁반.

2 萬間(만간) 2구: 가난한 선비가 살 수 있는 만 칸의 거대한 건물이 눈앞에 높이 치솟다. 두보의 「가을바람에 부서진 띳집 노래」茅屋爲秋風所破歌 말미 부분을 이용하였다. "어찌하면 넓고 큰 집 수만 칸을 얻어, 천하의 추운 선비를 덮어 기뻐 웃게 할 거나, 비바람에 흔들리지 않고 산처럼 든든하게 할 거나. 아아! 그 언젠가 눈앞에 이 같은 집이 우뚝 나타난다면, 내 집이 홀로 부서지고 내가 얼어 죽어도 좋으리!"安得廣廈千萬間, 大庇天下寒士俱歡顔, 風雨不動安如山. 嗚呼! 何時眼前突兀見此屋, 吾廬獨破受凍死亦足!

3 吾亦愛吾廬(오역애오려): 나 또한 나의 초막을 좋아한다. 도연명의 「산해경을 읽으며」讀山海經 제1수에 "새들은 깃들 곳이 있어 즐거워하고, 나 또한 나의 초막을 좋아한다네."衆鳥欣有託, 吾亦愛吾廬.라는 구절이 있다.

4 荒年穀(황년곡): 흉년 때의 곡식. 걸출한 인재를 비유한다. 『세설신어』「상예」賞譽에 "세상 사람들은 유량庾亮을 풍년 때의 옥이요, 유익庾翼을 흉년 때의 곡식이라 말했다. 「유가론」에서는 다음과 같이 말했다. '유량이 말하기를 유익은 흉년 때의 곡식이고, 유통庾統은 풍년 때의 옥이다고 했다.'"世稱庾文康爲豐年玉, 稺恭爲荒年穀. 庾家論云: "是文康稱恭爲荒年穀, 庾長仁爲豐年玉."

5 鱸魚歸速(로어귀속): 농어 때문에 빨리 고향으로 돌아가다. 서진

때 장한張翰이 벼슬을 제안 받았어도, 가을바람이 불자 오 지방의 순채국과 농어회가 생각나 고향으로 돌아간 일을 가리킨다. 『세설신어』「식감」참조.

해설

조진신을 칭송하였다. 첫머리에서 남송 황실의 종친으로 원래 부유하지만 추운 선비를 위하는 고상한 인품을 묘사하였다. 이어서 은거하기 위해 고향에 돌아와 두 사람이 만나게 된 일을 서술하였다. 하편에서는 조진신이 흉년 때는 굶주림을 없애주는 곡식과 같고, 풍년 때는 태평성대를 윤색하는 옥과 같다고 칭찬하였다. 학과 행인은 조진신을 가리킨다. 말미에서 한가한 전원생활 속에 창작도 풍성함을 덧붙였다.

만강홍滿江紅

― 청풍협에서 놀며. 조진신 부문각 학사와 화운하며游淸風峽, 和趙晉
臣敷文韻[1]

두 협곡에 바위가 험준한데
누가 청풍동의 옛 건물을 차지하였나?
다시 보니 두 눈 가득 구름이 오고 새가 떠나며
계곡이 붉고 산이 푸르구나.
세상에는 그대를 즐거이 웃게 할 사람 없으니
문 앞에 속객을 맞아들이지 말지라.
그대와 함께할 사물이 없기에 처량할까 걱정되어
대나무를 많이 심었지.

풍채는 오묘하고
몸은 얼음과 옥이 엉긴 듯해라.
좋은 시를 지어서
후세에 기름과 향기를 넉넉히 남겨준 셈이구나.
지금 시대의 인물로는
기虁와 같이 그대 하나면 족하리라.
사람은 가을 기러기처럼 정해진 거처가 없지만
일은 탄환처럼 원숙하고 유창해야 하리라.
나와 더불어 웃으며 술 마시고 또
「양춘」곡을 노래하시는구나.

兩峽嶄巖,² 問誰占淸風舊築?³ 更滿眼雲來鳥去, 澗紅山綠. 世上無人供笑傲, 門前有客休迎肅.⁴ 怕凄涼無物伴君時, 多栽竹.

風采妙, 凝冰玉. 詩句好,⁵ 餘膏馥. 歎只今人物, 一夔應足.⁶ 人似秋鴻無定住,⁷ 事如飛彈須圓熟.⁸ 笑君侯陪酒又陪歌, 陽春曲.⁹

注

1 淸風峽(청풍협): 신주 연산현에 있는 명승지. 연산현 서북 5리에 있는 장원산狀元山에 청풍동淸風洞이 있고, 여기에서 송대 때 과거에서 장원을 했던 유휘劉煇가 공부했다. 산의 동쪽에 용굴산龍窟山이 있고, 서쪽에 청풍협이 있으며, 청풍동과 이웃해 있다. 『연산현지』鉛山縣志 참조.

2 嶄巖(참암): 험준한 바위.

3 舊築(구축): 옛 건물. 유휘劉煇가 공부했던 곳을 가리킨다. 지금은 조진신의 소유가 되었다.

4 迎肅(영숙): 맞이하다.

5 詩句(시구) 2구: 좋은 시를 남겨 후인들에게 기름을 남기고 향기를 나눠준 것과 같다. 『신당서』「두보전」杜甫傳의 「찬」贊에 다음 기록이 있다. "다른 사람은 부족하나, 두보는 남아돌아서, 남겨진 기름과 넉넉한 향기는 후세의 사람에게 베푼 게 많았다. 때문에 원진이 『시경』의 시인 이래 두보와 같은 사람은 없다고 말하였다."他人不足, 甫乃厭餘, 殘膏剩馥, 沾丐後人多矣. 故元稹謂詩人以來未有如子美者.

6 一夔(일기) 구: 기夔 한 사람이면 족하다. 노 애공魯哀公이 공자에게 물었다. "내 듣기로 기는 다리가 하나라는데 믿는가?" 공자가 말했다. "기는 사람인데 어찌 다리가 하나이겠습니까? 그것은 다른 이유가 아니라 홀로 성률에 정통했기 때문에 요 임금이 말하길 '기와 같은 사람은 하나면 족하니, 그로 인해 음악이 바로잡힐 것이다'고

했습니다. 다리 하나가 아닙니다." 魯哀公問於孔子曰: "吾聞夔一足, 信乎?" 對曰: "夔人也, 何故一足? 彼其無他異而獨通於聲, 堯曰: "如夔者一而足矣, 使爲樂正, 非一足也." 『한비자』「외저설좌」外儲說左와 『여씨춘추』「신행론」愼行論 참조.

7 人似(인사) 구: 사람은 가을 기러기처럼 정해진 머물 곳이 없다. 소식의 「소철이 쓴 '민지현 회고'에 화답하며」和子由澠池懷舊의 뜻을 이용하였다. "사람의 한 평생 무엇과 같은가, 기러기가 눈밭에 내려선 것 같으리. 눈밭에 우연히 발자국 남겼으나, 기러기 날면서 어찌 동서를 가렸으랴." 人生到處知何似, 應似飛鴻踏雪泥. 泥上偶然留指爪, 鴻飛那復計東西.

8 事如(사여): 일은 탄환처럼 원만하고 아름답고 유창해야 한다. 『왕직방시화』王直方詩話에 다음 기록이 있다. "사조는 일찍이 심약에게 '좋은 시는 탄환처럼 둥글고 아름답고 유창해야 한다'好詩圓美流轉如彈丸고 했다."

9 陽春曲(양춘곡): 고아한 악곡 이름. 송옥宋玉의 「대초왕문」對楚王問 참조. "초나라 수도 영郢에서 노래하는 사람이 있었는데, 처음에 「하리」와 「파인」을 부르니 수도에서 이어 부르며 화답하는 사람이 수천 명이었다. 「양아」와 「해로」를 부르니 수도에서 이어 부르며 화답하는 사람이 수백 명이었다. 「양춘」과 「백설」을 부르니 수도에서 이어 부르며 화답하는 사람이 수십 명이었다. …곡이 고상해질수록 화답하는 사람이 적어졌다." 客有歌於郢中者, 其始曰'下里''巴人', 國中屬而和者數千人. 其爲'陽阿''薤露', 國中屬而和者數百人, 其爲'陽春''白雪', 國中屬而和者數十人. …其曲彌高, 其和彌寡. 여기서는 조진신의 뛰어난 작품을 가리킨다.

　청풍협을 유람하고 쓴 기행사紀行詞이다. 비록 청풍협의 유래와 풍
광을 묘사했지만, 작품의 중심은 조진신이다. 조진신은 청풍동淸風洞
의 옛 건물을 차지하고 은거하면서 속인을 받아들이지 않고 한적하게
지낸다. 하편에서 특히 그의 풍채와 피부를 말하면서 또 좋은 시를
많이 남겼다고 칭찬하였다. 말미에서 작자를 불러 술 마시고 시를 주
고받으며 웃으며 보낸 일을 서술했다.

자고천鷓鴣天

— 조진신 부문각 학사에 화운하며和趙晉臣敷文韻

검은 머리에 새치도 전혀 없고
취하여 붓을 들면 더욱 생기있구나.
예전 일 잡다하게 말하기 좋아하고
더욱이 매화를 '그 사람'에 비유하는구나.

무의舞衣는 빠르게 빙빙 도는 눈송이 같고
부르는 노래에 흐르는 구름도 멈추었지.
춤과 노래를 잘하는 새 여인과 예전의 여인 가운데
그대가 누굴 더 중히 여기는지 알려거든
술잔을 얼마나 더 가득 채우는지 보면 되리라.

綠鬢都無白髮侵, 醉時拈筆越精神. 愛將蕪語追前事,¹ 更把梅
花比那人.
　回急雪,² 遏行雲.³ 近時歌舞舊時情. 君侯要識誰輕重, 看取金
杯幾許深.

注

1 蕪語(무어): 잡다한 말. 여기서는 겸사謙辭로 썼다.
2 回急雪(회급설): 빠르게 흐르는 눈발이 돌아들다. 춤사위를 형용하
　였다.

3 遏行雲(알행운): 흘러가는 구름이 멈추다. 절묘한 노래에 구름도
멈춘다는 '향알행운'響遏行雲 전고를 환기한다. "설담薛譚이 진청秦青
에게 노래를 배울 때, 진청의 기예를 다 익히지 못했으면서도 설담
이 스스로 다 알았다고 생각하고는 마침내 돌아가려 했다. 진청은
붙잡지 않고 교외의 길가에서 전별하며 박자에 맞추어 노래를 불렀
다. 노랫소리는 숲과 나무를 흔들었고, 그 울림에 흘러가는 구름이
멈추었다." 『열자』「탕문」湯問 참조.

해설

조진신의 주흥을 노래했다. 상편에서 매화에 비유한 '그 사람'那人은
바로 하편의 첫 두 구에서 묘사한 춤과 노래에 뛰어난 여인이다. 그러
나 최근 새로 온 여인이 있어, 예전의 '그 사람'을 은연중에 비교하고
있다. 춤과 노래를 좋아하는 연석의 분위기가 구체적으로 그려졌다.

자고천鷓鴣天

— 축량현 집의 모란은 한 포기에 꽃 백 송이祝良顯家牡丹一本百朶[1]

한 포기가 화단의 풍류를 모두 차지했으니
봄바람이 얼마나 많이 수고했으랴.
천상의 향기가 밤에 옷을 물들여 아직도 젖어 있고
나라에 제일가는 미색이 아침부터 술에 취해 깨어나지 못하는구나.

교태로운 모양은 말하려는 듯하고
꽃과 꽃이 서로 부축해주는 듯해라.
오래 묵은 줄기는 절로 우거져 좋으니
마치 비췻빛 휘장이 대청 위에 걸려
붉은 적삼 입은 백 명의 아이를 그린 「백자도」를 보는 듯해라.

占斷雕欄只一株, 春風費盡幾工夫. 天香夜染衣猶濕,[2] 國色朝
酣酒未蘇.

嬌欲語, 巧相扶. 不妨老榦自扶疎.[3] 恰如翠幕高堂上, 來看紅衫
百子圖.[4]

注

1 祝良顯(축량현): 미상.

2 天香(천향): 천상의 향기. 당대 이정봉李正封의 「모란」에 "나라에
   제일가는 미색이 아침부터 술에 취했고, 천상의 향기가 밤에 옷을

물들였네."國色朝酣酒, 天香夜染衣.란 구절이 있다.

3 扶疎(부소): 무성하다. 우거지다.

4 百子圖(백자도): 아이 백 명을 그린 그림. 여기서는 꽃이 많이 달린 모란을 비유하였다.

모란을 노래한 영물사이다. 모란이라 해도 한 포기에 백 송이가 달려있는 모란을 대상으로 하였다. 상편에서는 모란의 색과 향을 묘사하였고, 하편에서는 한 그루에 수많은 꽃송이가 피어있는 모습을 그렸다. 잎이 무성하여 비췻빛 휘장처럼 보이고, 이를 배경으로 꽃들은 백 명의 붉은 적삼 입은 아이들로 비유하였다.

자고천鷓鴣天

— 모란을 읊다. 주인은 남들이 모란꽃을 비방하기에, 비웃음에 대해
해명하는 글을 써달라고 내게 요청했다賦牡丹. 主人以謗花, 索賦解嘲[1]

비취 덮개와 상아 표찰을 단 모란은 몇 백 포기인가
양귀비 다섯 자매들이 막 밤놀이 가는 때.
오색의 꽃들이 대오를 이루어 향기는 안개 같고
한 송이 경국지색은 술에 취해 깨어나지 못했어라.

한가히 서 있다가
곤하여 서로 기대어 있으니
밤새 몰아닥친 비바람은 무정하지 않은가.
붉은 꽃이 시들고 푸른 잎이 찢긴 것을 오늘 밤에 보니
오히려 오나라 궁중에서 손무가 궁녀를 훈련시킨 듯하구나.

翠蓋牙籤幾百株,[2] 楊家姊妹夜遊初.[3] 五花結隊香如霧, 一朵傾
城醉未蘇.[4]

閑小立, 困相扶, 夜來風雨有情無? 愁紅慘綠今宵看,[5] 却似吳宮
教陣圖.[6]

注

1 謗花(방화): 꽃을 비방하다. 꽃이 도도하거나 냉담하기에 이를 비
난한다는 뜻. 여기서는 "오늘 밤에 보니"란 구절이 있는 것으로 보

아, 꽃이 일찍 지기에 이를 비난하는 것으로 보인다. ○ 解嘲(해조): 남의 비웃음에 대해 해명하다. 양웅이 이를 제목으로 하여 쓴 글이 있다.

2 牙籤(아첨): 모란의 품종을 적은 상아 표찰. 신분이 고귀함을 비유한다.

3 楊家(양가) 2구: 양귀비의 친척 언니들의 일화이다. 양귀비의 세 언니는 모두 작위를 받았는데 최씨에 시집간 한국부인韓國夫人, 배씨에 시집간 괵국부인虢國夫人, 유씨柳氏에 시집간 진국부인秦國夫人이었다. 세 사람은 모두 재색을 겸비하여 현종의 환심을 얻었으며, 궁중을 드나들며 은택을 입었고, 천하에 기세가 드높았다. 753년 10월, 세 부인이 화청궁의 양국충楊國忠 저택에서 만났는데, 수레와 말과 시종들로 가득 붐볐다. 양씨의 다섯 집안은 각각 한 가지 색을 선택하여 구별하였는데, 다섯 집안사람들이 모이면 마치 운금雲錦처럼 찬란하였다.

4 一朵(일타) 구: 모란을 경국지색으로 비유하였다. 또 당 현종이 양귀비가 취한 모습을 보고 "'어찌 귀비가 취했다 하느냐, 진정 해당화가 잠에서 덜 깨어났을 뿐이로다."豈是妃子醉, 直海棠睡未足耳!고 말한 일을 환기한다. 『양태진외전』楊太眞外傳 참조.

5 愁紅慘綠(수홍참록): 비바람에 떨어진 꽃잎을 근심하고 찢겨진 잎사귀를 비참해하다.

6 吳宮敎陣圖(오궁교진도): 춘추 시대 말기 손무孫武가 오왕 합려를 위해 궁녀를 훈련시킨 일을 가리킨다. 손무는 미녀 180명을 두 부대로 나누어 왕희와 총희 두 사람을 각 부대의 대장으로 삼아 엄격하게 훈련시켰다.

　모란을 노래한 영물사이다. 상편은 모란의 부염富艷한 모습을 양귀
비 자매들의 밤놀이 행차에 비유하였다. 그 중에 한 송이는 고개를
약간 숙이고 있는 붉은 꽃이어서 취해서 붉어진 미녀의 얼굴로 비유하
였다. 하편은 비바람에 떨어진 모란을 애석하게 여기며, 시간이 가기
전에 모란을 감상하길 권하였다.

자고천鷓鴣天
— 다시 읊다再賦

짙은 자주색 위자魏紫와 진노랑 요황姚黃으로 된 그림
중간에 또 옥반우玉盤盂가 있구나.
먼저 물총새 깃털을 잘라 잎을 장식하고
다시 연지를 바르고 투명한 기름으로 물들였다.

향기 넘실대는
비단 깔개.
주인은 늘 꽃에 취하는구나.
농옥弄玉을 데리고 꽃 난간으로 가지 말게
다른 꽃들이 부끄러워 한 송이도 남김없이 떨어지니까.

濃紫深黃一畫圖,¹ 中間更有玉盤盂.² 先裁翡翠裝成蓋, 更點胭
脂染透酥.

香激灩, 錦模糊.³ 主人長得醉工夫. 莫携弄玉欄邊去,⁴ 羞得花
枝一朵無.

注

1 濃紫深黃(농자심황): 짙은 자주와 진노랑. 모란의 진귀한 품종인
  위자魏紫와 요황姚黃을 각각 가리키는 것으로 보인다.
2 玉盤盂(옥반우): 옥 소반 위의 사발. 백모란을 가리킨다. 소식은

「옥반우」玉盤盂 서문에서 이름의 유래에 대해 다음과 같이 적었다. 동무東武의 습속에 매년 사월 초파일 남선사南禪寺와 자복사資福寺 두 절에서 작약을 부처에게 바쳤다. 올해 가장 성대하였는데 칠천여 송이였다. 가운데 흰 꽃을 놓는데 마치 뒤집어놓은 사발과 같고, 그 아래 약간 큰 십여 송이가 소반처럼 받치고 있는데 그 격조와 뛰어남은 칠천여 송이 위에 우뚝 솟아 있다. 그 이름이 무척 속되어서 옥반우로 바꾸었다. 소식이 말한 것은 백작약인데, 나중에 백모란을 가리키기도 하였다.

3 錦模糊(금모호): 낙타 등을 덮는 비단 수건. 여기서는 모란꽃 무리를 가리킨다.

4 弄玉(농옥): 백모란의 품종. 동시에 전설에 나오는 소사와 농옥의 일도 환기한다.

해설

모란을 노래하였다. 진귀한 모란의 품종을 동원하여 농염穠艶한 모란의 아름다움을 예찬하였다. 말미에서 말하는 농옥弄玉은 품종이면서 동시에 고귀한 여성의 이미지로 쓰였다.

자고천鷓鴣天
― 다시 모란을 읊다再賦牡丹

작년 그대 집에서 술잔을 들고
눈 속에서 모란꽃 피어난 걸 보았지.
지금은 비단 부채 훈풍 속에서
다시금 성긴 가지 달빛 아래 매화를 보네.

얼마나 즐거운가
취해서야 방금 돌아왔으니.
내일 아침 돌아오는 길에 사람들에 재촉하리라.
낮은 소리로 남에게 말하노니
"노랫소리 웃음소리도 귀에 가득 담아 오시오."

去歲君家把酒杯, 雪中曾見牡丹開. 而今紈扇薰風裏,[1] 又見疎
枝月下梅.
歡幾許, 醉方回. 明朝歸路有人催. 低聲待向他家道: "帶得歌聲
滿耳來."

注

1 薰風(훈풍): 훈풍. 부드러운 바람. 보통 초여름에 부는 동남풍을 말
한다.

　　모란을 노래하였다. '그대 집'君家이 누구 집인지 명확하지 않지만,
사를 주고받는 과정에서 지은 것으로 보인다. 먼저 상편에서 작년과
올해의 꽃 감상을 서술하고, 하편에서 사람들에게 보러 가라고 재촉하
면서, 꽃을 감상하면서 노랫소리와 즐거운 웃음소리도 함께 즐기라고
권하였다. 봄을 아끼고 즐기는 마음이 가득하다.

보살만菩薩蠻
— 운암에 쓰다題雲巖[1]

유람객이 바위 속 집을 차지했더니
흰 구름은 어쩔 도리 없이 처마에 머무르는구나.
새가 우짖으며 돌아가라 애써 재촉하기에
밤 깊어 돌아왔다네.

소나무와 대나무 숲 사이로 통하는 오솔길
추워서 몸이 떨리고 산꽃도 차갑구나.
고금에 걸쳐 몇 천 년
서쪽 마을의 소유천小有天이라네.

遊人占却巖中屋, 白雲只在檐頭宿.[2] 唳鳥苦相催, 夜深歸去來.
松篁通一徑, 噤噤山花冷.[3] 今古幾千年, 西鄕小有天.[4]

注

1 雲巖(운암): 운암산에 있는 바위 이름. 신주信州 연산현에 소재한
  산. 『연산현지』鉛山縣志에 운암산은 현의 서쪽 18리에 소재하며, 소
  나무 길 수백 보를 지나면 꼭대기에 이를 수 있다고 했다. 또 양쪽
  벼랑에 괴석이 높이 솟았으며, 커다란 굴이 있는데 백 명이 들어갈
  수 있고, 그곳에서 구름이 나오면 비가 내린다고 하였다.
2 白雲(백운) 구: 도연명의 「의고」擬古에 나오는 "푸른 소나무는 길

양옆으로 자라고, 흰 구름은 처마 끝에 머문다."靑松夾路生, 白雲宿檐
端.는 구절을 이용하였다.

3 噤嗓(금삼): 추워 떨다.

4 小有天(소유천): 도교 전설 중의 제1 동천洞天. 지금의 하남성 제원
현濟源縣 왕옥산王屋山을 가리킨다. 이로부터 명승지를 비유한다.

해설

　　운암산을 유람하고 쓴 사이다. 상편은 운암산의 면모와 풍광을 썼
고, 후편은 산 정상에 오르는 길을 썼다. 말미 두 구에서 동굴에 대해
썼다. 비교적 사실적인 묘사에 치중하여, 산이 지닌 적막하고 청정하
며 오래된 면모를 그려내었다.

보살만菩薩蠻
— 다시 운암산에 가서, 서사원을 놀리며重到雲巖, 戲徐斯遠[1]

그대의 피부 하얀 부인은 꽃과 같건만
그대는 산 아래 내려가 사흘도 머물려 하지 않는구나.
산새는 돌아가라 재촉하며 우짖지 않고
서풍도 아직 불지 않기 때문인가?

산방은 돌길로 이어져 있고
구름 속에 누우니 옷이 차구나.
이연년李延年에게 청하여
이곳 하늘 위로 맑은 노래 보내야 하리.

君家玉雪花如屋,[2] 未應山下成三宿. 啼鳥幾曾催? 西風猶未來.
山房連石徑, 雲臥衣裳冷.[3] 倩得李延年,[4] 清歌送上天.

注

1 徐斯遠(서사원): 서문경徐文卿. 자가 사원斯遠이다. 신주 옥산玉山
  사람. 섭적葉適은 「서사원 문집 서문」徐斯遠文集序에서 "서사원은 세
  상의 사물을 초월하는 변치 않는 기호가 있고, 산림을 좋아하는 고
  질병을 안고 있다."斯遠有物外不移之好, 負山林沈痼之疾.고 하였다.
2 花如屋(화여옥): 집안의 꽃과 같다. 이 구는 서사원의 부인을 묘사
  하였다.

3 雲臥(운와) 구: 두보의 시 「용문 봉선사에서 놀며」遊龍門奉先寺에 "용문은 드높아 별들에 가깝고, 구름 속에 누우니 옷이 차구나." 天闕 象緯逼, 雲臥衣裳冷란 구절을 사용하였다.

4 李延年(이연년): 서한의 음악가. 이부인李夫人의 오빠. 한 무제 때 협률도위로 음악을 관장했으며, 자신의 여동생을 한 무제에게 추천 하며 다음과 같은 「노래」歌를 불렀다. "북방에 사는 가인은, 세상에 다시 없이 오로지 한 사람뿐. 한 번 돌아보면 성이 무너지고, 두 번 돌아보면 나라가 무너진다. 성이 무너지고 나라가 무너질지 어 찌 모르랴만, 그래도 이런 미인은 다시 얻기 어렵다네." 北方有佳人, 絶世而獨立. 一顧傾人城, 再顧傾人國. 寧不知傾城與傾國, 佳人難再得.

해설

운암산에 사는 서사원의 생활과 정취를 그렸다. 서사원은 "세상의 사물을 초월하는 변치 않는 기호가 있고, 산림을 좋아하는 고질병을 안고 있다." 斯遠有物外不移之好, 負山林沉痼之疾. 는 사람으로 자연을 무척 이나 좋아하였다. 때문에 집안에 꽃 같은 아내가 있어도 사흘 이상 집에 머물지 않고 산으로 돌아간다. 산에는 돌아가길 재촉하며 우짖는 두견새도 없고, 고향 생각을 일으키는 서풍도 불지 않는다. 아름다운 자연에 살지만, 그래도 나는 이연년과 같은 사람을 시켜 '북방에 가인 이 있어'北方有佳人라는 곡을 불러주어, 세상에는 여인과의 애정도 있 음을 알려주고 싶다. 집을 떠나 운암산에 자주 가 있는 서사원에게 장난삼아 써준 작품이다. 이로 인해 오히려 서사원의 생활과 그의 취 향이 잘 드러났다.

행향자行香子

— 운암산 가는 길에雲巖道中

구름 낀 산은 비녀를 꽂은 머리 같고
들은 연한 남색 물빛으로 찰랑인다.
봄이 깊어지면서 초록은 깨어나고 붉음은 무르익어
청색 치마에 하얀 소매 여인들
두 셋씩 모여있네.
술을 마시며 참선에 들고
죽순을 먹으며
잠시 참배參拜를 청한다.

고리같이 굽은 산길 지팡이 짚고 걸으며
바위 동굴 둘러본다.
오사모烏紗帽 추켜올리니 백발이 치렁치렁 늘어지누나.
훗날 여기 와서 심으리라
만 그루 계수나무와 천 그루 삼나무를.
작은 꾀꼬리 울음소리
새로운 메추리 울음소리
예전의 제비소리 들리네.

雲岫如簪, 野漲挼藍.¹ 向春闌綠醒紅酣. 靑裙縞袂, 兩兩三三.
把麴生禪,² 玉版局,³ 一時參.

拄杖彎環,[4] 過眼嵌巖.[5] 岸輕烏白髮鬖鬖.[6] 他年來種, 萬桂千杉.
聽小綿蠻,[7] 新格磔,[8] 舊呢喃.[9]

注

1 挼藍(뇌람): 연한 남색. 물의 색깔을 형용한다.

2 麴生(국생): 국 선생. 술을 가리킨다. 「보살만 ―인간 세상 세월이
   당당히 흘러가니」 참조.

3 玉版局(옥판국) 2구: 죽순의 맛으로 참선의 삼매경을 비유한 일화
   를 가리킨다. 소식蘇軾이 유기지劉器之를 청하여 자주 염천사廉泉寺
   의 옥판 화상玉版和尚을 참견했다. 한번은 죽순을 구워 먹게 되었는
   데, 유기지가 죽순의 맛이 뛰어나다고 느껴 이름을 묻자 소식이 다
   음과 같이 말했다. "옥판이라 하오. 이 노사는 설법을 잘 하여 사람
   들에게 참선의 즐거운 맛을 얻게 해준다오."卽玉版也. 此老師善說法,
   要能令人得禪悅之味. 이에 유기지가 농담인 줄 알게 되었다. 『냉재야
   화』冷齋夜話 참조.

4 彎環(만환): 고리처럼 굽이지다. 여기서는 산길을 형용한다.

5 嵌巖(감암): 바위의 굴.

6 岸(안): 위로 올리다. ○ 輕烏(경오): 가벼운 오사모烏紗帽. ○ 鬖鬖
   (삼삼): 치렁치렁. 머리털이 늘어진 모양.

7 綿蠻(면만): 꾀꼴꾀꼴. 꾀꼬리 울음소리를 형용한 의성어.

8 格磔(격책): 꺽꺽. 메추리 울음소리를 형용한 의성어.

9 呢喃(니남): 지지배배. 제비 울음소리를 형용한 의성어.

해설

운암산 가는 도중의 정취를 그렸다. 상편은 봄이 온 들판의 청신하
고 생기 있는 모습을 묘사하였다. 상편에서 하편에 걸쳐 술과 죽순으

로 삶의 진정한 의미를 명상하고, 숲을 가꾸며 한적한 생활을 보내겠
다는 뜻을 나타내었다.

동선가洞仙歌

— 부석산장은 내 친구 월호도인 하동숙의 별장이다. 산이 나부산과 비슷하므로 부석산이라 이름 지었다. 하동숙이 일찍이 『유산차서방』을 지어 나에게 보여주며 사를 지어달라기에 「동선가」를 지어 주었다. 하동숙이 최근 나부산을 유람하다가 한 노인을 만났는데, 눈썹이 진하고 두건을 썼다고 한다. 그는 하동숙에게 "응당 늙어서 만날 것이오."라고 말했다는데, 아마 신선인 듯하다浮石山莊, 余友月湖道人何同叔之別墅也. 山類羅浮, 故以名. 同叔嘗作遊山次序榜示余, 且索詞, 爲賦洞仙歌以遺之, 同叔頃遊羅浮, 遇一老人, 龐眉幅巾, 語同叔云: "當有晚年之契." 蓋仙云[1]

소나무 관문에 계수나무 고개
푸른 봉우리를 바라보면 길이 보이지 않는다.
힘써 초서로 명승지를 기록하여 책으로 내놓았구나.
한 해가 저무는 빈산
깊은 산골짜기로 누가 찾아오랴
반드시 내가
비바람 치는 대석루大石樓에 취해 누워있기를 바라리라.

신선이 바닷가에서
그대 손을 잡던 그해
웃으며 그대 데리고 산속으로 들어갔지.
첩첩의 봉우리는 폭포를 감춰놓고
신선술을 닦는 동굴은 빈 채로 쓸쓸해

신선은 선생이 명승 유람만 많이 한다고 탓하리라.
신선은 그대가 야밤에 나부산으로 돌아갈까봐
기나긴 구름과 안개로 산장을
두세 겹으로 가로막았구나.

松關桂嶺, 望靑蔥無路. 費盡銀鉤榜佳處.² 悵空山歲晚, 窈窕誰來,³ 須著我, 醉臥石樓風雨.⁴

仙人瓊海上, 握手當年, 笑許君携半山去. 劉疊嶂卷飛泉,⁵ 洞府淒涼,⁶ 又却怪先生多取. 怕夜半羅浮有時還,⁷ 好長把雲煙, 再三遮住.

注

1 何同叔(하동숙): 하이何異. 자가 동숙이다. 무주撫州 숭인崇仁 사람. 1154년 진사과에 급제한 후, 석성 주부石城主簿, 천주 지주泉州知州, 보장각 직학사寶章閣直學士 등을 역임하였다. 『월호시집』月湖詩集을 남겼으며, 『송사』宋史에 전기가 있다. ○ 羅浮(나부): 광동성에 소재한 산. 동진 때 갈홍葛洪이 여기서 신선술을 터득했다고 한다. 산 위에는 동굴이 있으며, 도교의 제7 동천이다. ○ 遊山次序榜(유산차서방): 하동숙이 지은 책 이름. 『직재서록해제』直齋書錄解題에 『하씨산장차서본말』何氏山莊次序本末이 저록되어 있다. 하동숙의 별장 이름이 '삼산소은'三山小隱인데, 삼산이란 부석산浮石山, 암석산巖石山, 영롱산玲瓏山으로 모두 함께 모여 있다.

2 銀鉤(은구): 은 갈고리. 초서 서체를 비유한다. ○ 榜(방): 글을 지어 보이다. 부제에서 말한 『유산차서방』을 가리킨다.

3 窈窕(요조): 산이 조용하고 깊은 모양.

4 石樓(석루): 나부산에 있는 대석루大石樓. 여기서는 부석산에 있는

유사한 누각으로 보인다.

5 劖(참): 찌르다.

6 洞府(동부): 신선이 사는 곳. 나부산이 도교의 제7 동천이라는 뜻도 중의적으로 말하고 있다.

7 怕夜半(파야반) 3구: 나부산은 나산羅山과 부산浮山을 합한 말이다. 나산 꼭대기는 비운봉飛雲峰으로 한밤에 해를 볼 수 있다. 그 아래 는 부산과 연결되어 들보와 같은 다리가 있는데 철교鐵橋라 한다. 부산의 꼭대기는 연래봉蓮萊峰으로 철교의 서쪽에 있다.

해설

친구 하동숙의 부석산장에 대해 썼다. 부석산이 울창한 숲으로 길이 보이지 않고 골짜기가 깊은 모습을 그리고, 친구가 산장의 명소를 순서대로 쓴 책을 소개하였다. 하편은 주로 하동숙이 유람에 몰두하고 신선술은 소홀히 하는 일을 신선이 책망한다는 것을 가정하여, 부석산의 아름다움과 산장의 운무를 묘사하였다.

천년조千年調

— 산길을 만들다가 석벽이 나왔기에 '창벽'이라 이름지었다. 예상치 않
  은 일이라, 하늘이 내리신 것이라 생각하여 기뻐하며 짓다開山徑得
  石壁, 因名曰蒼壁, 事出望外, 意天之所賜邪, 喜而賦[1]

왼손으로 하늘의 무지개를 잡고
오른손으로 명월을 끼고
나는 풍륭豐隆더러 앞서 인도하게 하며
천궁의 문을 열라고 소리치노라.
하늘의 위아래를 주유하며
적요한 하늘로 들어가노라.
둘러보니 현포玄圃와
만 섬의 폭포와
천 길 바위.

천상의 균천악鈞天樂이 들리는
요지瑤池의 연석으로 나를 초청하였지.
천제는 나에게 즐거이 술을 권하고
나에게 '창벽'을 하사하였지.
들쭉날쭉한 모습으로 우뚝 솟았으니
마침 나의 골짜기에 놓여있구나.
나의 말이 고향을 그리워하고
마부도 집 생각에 슬퍼하여
황홀한 가운데 세상에 내려왔다네.

左手把靑霓,² 右手挾明月. 吾使豐隆前導,³ 叫開閶闔.⁴ 周遊上
下, 徑入寥天一.⁵ 覽玄圃,⁶ 萬斛泉,⁷ 千丈石.

鈞天廣樂,⁸ 燕我瑤之席.⁹ 帝飮予觴甚樂, 賜汝蒼璧. 嶙峋突
兀,¹⁰ 正在一丘壑. 余馬懷,¹¹ 僕夫悲, 下怳惚.

注

1 意天之所賜邪(의천지소사사): 생각하니 이 바위는 하늘이 내린 것
   인가.

2 靑霓(청예): 무지개.

3 豐隆(풍륭): 우레의 신. 굴원의 「이소」에 "나는 구름의 신 풍륭을
   불러 구름을 타고, 복비가 있는 곳으로 찾아가네."吾令豐隆乘雲兮, 求
   宓妃之所在.라는 구절이 있다.

4 閶闔(창합): 천궁의 문. 굴원의 「이소」에 "나는 천제의 수문장에게
   문을 열라 명하나, 그는 하늘 문에 기대어 나를 바라보기만 하네."
   吾令帝閽開關兮, 倚閶闔而望予.라는 구절이 있다.

5 寥天一(요천일): 고요한 하늘. 『장자』「대종사」大宗師에 "자연의 추
   이에 몸을 맡겨 따르면, 곧 적요한 하늘 속으로 들어간다."安排而去
   化, 乃入於寥天一.는 말이 있다.

6 玄圃(현포): 懸圃(현포)라고도 쓴다. 전설에 나오는 지명으로 곤륜
   산의 꼭대기에 신선이 거주하는 곳. 굴원의 「이소」에 "아침에 남쪽
   창오에서 출발하여, 저녁에 서쪽 곤륜산 현포에 이르네."朝發軔於蒼
   梧兮, 夕余至乎縣圃.라는 구절이 있다.

7 萬斛(만곡): 지극히 많은 양. 1곡斛은 10말.

8 鈞天廣樂(균천광악): 천상의 음악.

9 燕(연): 宴(연)과 같다. 잔치. ○瑤(요): 요지瑤池. 전설에 나오는 연
   못으로 곤륜산에 있다.

10 嶙峋(인순): 산세가 가파르고 중첩된 모양. ○ 突兀(돌올): 툭 튀어
  나오다.
11 余馬懷(여마회) 3구: 정신이 어질한 가운데 천상에서 인간 세상으
  로 돌아오다. 굴원의 「이소」 말미에 "마부도 슬퍼하고 내 말도 아쉬
  워, 돌아본 채 움츠리며 나아가질 않네."僕夫悲余馬懷兮, 蜷局顧而不
  行.라는 구절을 이용하였다.

해설

  '창벽'이라는 바위를 발견하고, 선계를 다녀오는 유선遊仙의 상상력
으로 바위의 유래를 가정하였다. 상편에서 '창벽'이 천상을 주유한 모
습을 그리고, 하편에서 천제가 하사한 '창벽'이 지상에 내려온 상황을
썼다. 어휘와 구조를 굴원의 「이소」離騷에서 많이 가져와, 자신을 굴원
의 처지로 삼는 우의寓意도 곁들였다.

임강선臨江仙

— '창벽'이 처음 발견되었을 때 실제보다 과장되게 알려져 객들이 보러오면서 적취암, 청풍협, 암석산, 영롱산보다 뛰어나리라 생각하였다. 보고 나서는 다만 우뚝 솟아난 정도에서 그치자 크게 웃고 돌아갔다. 주인이 장난삼아 전어轉語 하나를 지어 '창벽'을 위해 해명한다

蒼壁初開, 傳聞過實, 客有來觀者, 意其如積翠、淸風、巖石、玲瓏之勝, 旣見之, 乃獨爲是突兀而止也, 大笑而去. 主人戲下一轉語, 爲蒼壁解嘲[1]

나 '창벽'이 작다고 비웃지 마소
높고 험한 기세는 하늘을 만질 듯하오.
나를 알아주는 사람은 오직 주인 어르신이니
태산과 화산에 겨눌 장대한 마음이 있으나
영롱산玲瓏山과 교묘함을 다툴 마음은 없다오.

하늘이 '고산'高山 같은 창벽을 만든 뜻을 누가 알리오
양웅을 청해 「해조」를 지어서 비웃음을 해명하리라.
그대들 공자가 당시 곤궁했던 때를 보오
제자들은 자공이 공자보다 더 현명하다고 했지만
공자는 스스로 주공을 배우려 했다오.

莫笑吾家蒼壁小, 稜層勢欲摩空.[2] 相知惟有主人翁. 有心雄泰華,[3] 無意巧玲瓏.[4]

天作高山誰得料,[5] 解嘲試倩揚雄.[6] 君看當日仲尼窮. 從人賢子貢,[7] 自欲學周公.

1 積翠(적취): 적취암. 연산현 서쪽 3리에 소재한 바위로, 조진신의 장원 영역에 있다. 「귀조환 —내 웃나니 공공이 무엇 때문에 화가 나서」 참조. ○ 淸風(청풍): 청풍협淸風峽. 연산현 서북 5리에 있는 장원산狀元山의 협곡. 「만강홍 —두 협곡에 바위가 험준한데」 참조. ○ 巖石玲瓏(암석영롱): 암석산과 영롱산. 하동숙의 별장 '삼산소은' 三山小隱이 있는 부석산浮石山 옆에 소재한다. ○ 轉語(전어): 불교 용어. 심기心機를 바꾸어 깨달음에 이르게 하는 기봉機鋒이 있는 말. 깨달음의 말.

2 稜層(능층): 산과 바위가 높고 험한 모습. ○ 摩空(마공): 摩天마천 과 같다. 하늘에 닿다. 하늘을 만지다.

3 泰華(태화): 태산과 화산.

4 玲瓏(영롱): 부제에서 말한 영롱산.

5 高山(고산): 높은 산. 여기서는 '창벽'을 가리킨다.

6 解嘲(해조) 구: 양웅揚雄을 청하여 「해조」를 지어 반박하다. 서한 문인 양웅이 「해조」를 지어, 높은 재능에도 낮은 관직에 머물러 있느냐는 객의 힐난에 사회의 모순과 권귀에 아부하지 않기 때문이라며 반박하였다. 여기서는 양웅으로 자신을 비유하였다.

7 從人(종인) 구: 제자들이 자공을 공자보다 현명하다고 여기다. 『논어』「자장」子張에 숙손무숙叔孫武叔이 "자공이 공자보다 현능하다."子貢賢於仲尼고 말하자, 자공이 궁궐의 담장에 비유하여 자신은 낮아서 안이 훤히 보이지만, 공자는 높아서 잘 보이지 않기 때문에 그리 말한다고 하였다. 또 숙손무숙이 공자를 폄훼하자 자공은 공자는 해와 달과 같아서 손상시킬 수 없다고 말했다. 또 진자금陳子禽이 "공자가 어찌 선생보다 현능하리오?"仲尼豈賢於子乎라고 말하자 자공이 공자는 사다리를 놓아도 올라갈 수 없는 하늘과 같다고 말하였다.

　바윗돌 '창벽'을 노래하였다. 그 과정은 바로 앞의 작품 및 이 작품의 부제에 자세하다. 여기서 초점은 '창벽'을 자신의 분신으로 생각하며, 자신을 양웅에 비유하여 세상 사람들의 비웃음을 해명하였다는 점이다. 그러므로 이 작품은 '창벽'을 통해 자신의 불우함을 해명하고 위로하는 작품이라 할 수 있다.

하신랑賀新郎

—읍에 있는 정자들은 내가 이 사조詞調로 모두 읊었다. 하루는 홀로
  정운정에 앉아 있는데 물소리와 산빛이 다투어 와 즐거웠다. 생각하
  기에 시내와 산이 전례에 따라 사를 짓기 바라는가 싶어, 마침내 몇
  구절을 지었는데, 도연명이 친구를 그리는 뜻과 방불하기를 바란다
  邑中園亭, 僕皆爲賦此詞. 一日, 獨坐停雲, 水聲山色, 競來相娛, 意溪山欲
  援例者, 遂作數語, 庶幾彷彿淵明思親友之意云[1]

심하구나, 나의 노쇠함이여!
슬프구나, 평생의 친구가 흩어졌으니
지금 몇이나 남았는가!
부질없이 늘어뜨린 백발 삼천 장
인간 만사를 웃어버리노라.
묻노니 무엇이 그대를 기쁘게 하는가?
내 보기에 청산이 수려하니
청산도 나를 보고 그렇게 생각하리라.
마음과 외모
서로 비슷하구나.

동창 아래 술 한 잔 놓고 머리 긁적이며
생각건대 도연명이 「높은 구름」停雲 시 지을 때
지금의 이 기분이리라.
당시 강좌江左에서 취중에도 명리를 구한 사람들

어찌 탁주의 오묘한 이치를 알았으랴.

머리 돌려 구름이 날고 바람이 일어나라 외치노라.

내가 고인을 못 보는 건 한스럽지 않으나

고인이 내 미친 모습 못 보는 게 한스럽구나.

나를 진정 아는 사람은

그대들 두세 명뿐.

甚矣吾衰矣. 悵平生交遊零落, 只今餘幾! 白髮空垂三千丈, 一
笑人間萬事. 問何物能令公喜? 我見靑山多嫵媚, 料靑山見我應
如是. 情與貌, 略相似.

一尊搔首東窓裏. 想淵明停雲詩就, 此時風味. 江左沉酣求名
者,² 豈識濁醪妙理. 回首叫雲飛風起. 不恨古人吾不見,³ 恨古人
不見吾狂耳. 知我者, 二三子.

注

1 邑中(읍중): 연산현鉛山縣의 중심지를 가리킨다. ○ 僕(복): 저. 자신
  에 대한 겸칭. ○ 援例(원례): 전례에 따라. 읍의 정자를 노래한 일을
  가리킨다. ○ 淵明思親友(연명사친우): 도연명이 친구를 생각하다.
  그의 작품 「높은 구름」 서문에서 "친구를 생각한다"思親友고 하였다.

2 江左(강좌): 장강의 동쪽. 지금의 화동 지방을 가리킨다. 서진이 비
  한족의 공격으로 망하자 황실은 남도하여 남경에 수도를 정하고 동
  진을 세운 후 유송, 제, 양, 진 등 남조가 이어졌다.

3 不恨(불한) 2구: 동진과 유송 때 활동한 장융張融의 말을 이용하였
  다. "내가 고인을 보지 못한 것은 한스럽지 않으나, 고인이 나를
  못 보는 게 한스럽다."不恨我不見古人, 所恨古人不見我. 『남사』「장융
  전」 참조.

　표천에 있는 정운정停雲亭에 대해 지었다. 정자 자체보다는 자신의 평생의 감회를 중심으로 썼다. 비록 도연명의 「높은 구름」의 구성을 모방했지만, 언어가 훨씬 활달하고 감정의 흐름이 강렬하다. 높은 뜻도 이루지 못하고 지음도 드문 적막 속에서 부질없이 늙게 된 상황을 탄식하였다. 신기질의 대표작 가운데 한 수이다. 1201년(62세)에 지었다.

하신랑 賀新郎
― 다시 앞의 운을 사용하여 再用前韻

새는 날다가 지치면 돌아올 줄 알아라.
웃노니 도연명의 쌀독에 곡식이
얼마큼 있었겠나.
연사蓮社의 고사高士들이 노옹을 붙들고 현담을 나누려 해도
도연명은 내가 취했으니 어찌 이들 일을 논하랴 라고 말했네.
그러나 술을 사와 다시 따르니 노옹은 기뻐했다네.
한번 그의 그윽한 운율의 문장을 읽으니
동쪽 울타리에 취해 누운 정취가 이와 비슷하리라
천년 이래
누가 그와 같으랴.

백 척 높은 누대 위에 누울만한 진등陳登이
새로 지은 시로 다정히 나에게 묻기를
정운당停雲堂의 정취가 어떠하냐고.
높은 북하문北夏門이 무너져 내리는데
어찌 기둥 하나로 버틸 수 있으랴.
도연명이 일찍이 '아침 꽃 저녁에 진다'고 했으니
속인들이 벼슬하라는 말을 어찌 들을 수 있으랴
청산을 돌아보며 '나와 비교해 어떠한가'라 말할 뿐.
잠시 노래로 화답하리
초나라 광인 접여接輿에게.

鳥倦飛還矣. 笑淵明餅中儲粟,[1] 有無能幾. 蓮社高人留翁語,[2] 我醉寧論許事. 試沽酒重斟翁喜. 一見蕭然音韻古, 想東籬醉臥 參差是.[3] 千載下, 竟誰似.

元龍百尺高樓裏,[4] 把新詩懇懇問我, 停雲情味.[5] 北夏門高從拉 攞,[6] 何事須人料理. 翁曾道'繁華朝起'.[7] 塵土人言寧可用, 顧靑山 與我何如耳. 歌且和,[8] 楚狂子.

注

1 笑淵明(소연명) 2구: 도연명의 생활이 청빈함을 말한다. 도연명의 「귀거래사 서문」 첫머리에 "나는 집이 가난하여 갈고 심어도 자급에 부족하였다. 어린 아이들은 방에 가득한데 두멍에는 곡식이 없었다."余家貧, 耕植不足以自給. 幼稚盈室, 餅無儲粟.는 말이 있다.

2 蓮社(연사): 동진의 혜원慧遠이 여산 동림사에서 결사한 모임. 혜원 법사와 여러 현사들이 연사蓮社를 결성하고는 도연명을 불렀다. 도연명이 말하기를 "만약 술 마시는 걸 허락하면 가리다."고 하였다. 사람들이 허락하여 마침내 참가하였다. 『연사고현전』蓮社高賢傳 참조.

3 東籬醉臥(동리취와): 동쪽 울타리 아래 취해 눕다. 도연명은 "귀하거나 천하거나 가리지 않고 사람이 와 술이 있으면 곧 차렸다. 도연명이 먼저 취하면 곧 객에게 말하였다. '내가 취하여 자려고 하니 그대는 가도 좋소.'"貴賤造之者, 有酒輒設, 潛若先醉, 便語客: "我醉欲眠, 卿可去." 『송서』「도잠전」 참조. ○ 參差(참치): 비슷하다.

4 元龍(원룡): 삼국시대 진등陳登. 원룡은 진등의 자이다. 난세에 사람들은 모두 자신의 이익만을 도모하는데 진등은 나라를 걱정하며 세상을 구하려고 있기에, 유비劉備는 그를 백 척 누각 꼭대기에 모시고 싶다고 말했다. 『삼국지』「진등전」陳登傳 참조.

5 停雲(정운): 도연명이 지은 시 제목. 또 신기질이 표천에 세운 당실

에 정운당停雲堂이 있다.

6 北夏門(북하문) 2구: 시국이 험난하니 나무 하나로 큰 건물을 지탱하기 어렵다. 『세설신어』「임탄」任誕에 나오는 일목난지一木難支 고사를 가리킨다. 위 명제의 사위인 임개任愷는 가충賈充과 불화하여 면직 당했다. 그가 권세를 잃자 더 이상 검약하지 않고 무절제하게 생활하였다. 혹자가 임개의 친구인 화교和嶠에게 말했다. "경은 어찌하여 임개가 타락하는 걸 보고만 있고 구하지 않는 거요?"卿何以坐視元裒敗而不救? 이에 화교가 대답하였다. "임개는 마치 북하문이 스스로 와르르 무너지려고 하는 것과 같아서 기둥 하나로 지탱하기 어렵소."元裒如北夏門, 拉攞自欲壞, 非一木所能支.

7 繁華朝起(번화조기): 번성한 꽃이 아침에 피다. 도연명의 「꽃핀 나무」榮木에 "번성한 꽃이 아침에 피었다가, 저녁에는 없는 걸 탄식하노라."繁華朝起, 慨暮不存.라는 구절이 있다.

8 歌且(가차) 2구: 초나라 광인 접여의 「봉혜가」鳳兮歌에 화답하다. 곧 벼슬을 그만둔다는 뜻. "초나라 광인 접여가 노래를 하면서 공자 앞을 지나갔다. '봉이여, 봉이여! 어이하여 덕이 쇠락했나? 과거는 돌이킬 수 없지만 미래는 따라잡을 수 있다네. 그만두어라, 그만두어라! 지금의 위정자는 모두 위태롭구나!'"楚狂接輿歌而過孔子曰, "鳳兮鳳兮! 何德之衰? 往者不可諫, 來者猶可追. 已而已而! 今之從政者殆而!" 『논어』「미자」微子 참조.

해설

정운당의 정취를 노래했다. 상편은 도연명의 「높은 구름」을 연상하며 그의 생활과 풍도를 그리워하였다. 하편은 자신의 뜻을 나타낸 것으로, 세속의 일을 버리고 '아침 꽃이 저녁에 져' 빠르게 세월이 흐르니, 더 이상 출사하지 않고 대자연과 함께 하겠다고 확인하였다. 말미

의 초나라 광인 접여와 화답한다는 표현도 은거하며 살겠다는 뜻을
강조하였다. 1201년(62세) 봄에 지었다.

유초청柳梢青

― 신유년 생일 전 이틀, 한 도사가 장생술을 말하는 꿈을 꾸었는데, 꿈속에서 이치로써 통렬하게 비판하고 그를 물리쳤다. 깨어나 여덟 가지 '어렵다'는 말로 읊다辛酉生日前兩日, 夢一道士話長年之術, 夢中痛以理折之, 覺而賦八難之辭¹

연단은 만들지 말라 '어렵다'.
황하는 막을 수 있다 해도
금단金丹은 만들기 '어렵다'.
오곡을 먹지 않는 벽곡辟穀은 하지 말라 '어렵다'.
바람을 들이쉬고 이슬을 마시면서
오랫동안 배고프면 참기 '어렵다'.

그대에게 권하노니 신선 찾아 멀리 가지 말라 '어렵다'.
어느 곳에 서왕모가 있는지 알기 '어렵다'.
불로초 캐러 가지 말라 '어렵다'.
사람은 땅속에 묻히는데
나만 하늘로 오르기 '어렵다'.

莫鍊丹難.² 黃河可塞, 金可成難.³ 休辟穀難.⁴ 吸風飮露,⁵ 長忍飢難.

勸君莫遠遊難.⁶ 何處有西王母難. 休採藥難. 人沉下土, 我上天難.

注

1 八難(팔난): 여덟 가지 난점. 원래 이 말투는 『한서』「고조본기」高祖
本紀에 장량이 유방에게 제시한 여덟 가지 어려운 일을 가리킨 데서
유래했다.

2 鍊丹(연단): 도가에서 말하는 금단을 만드는 기술. 납이나 동을 결
정, 여과, 증류, 승화 등의 방법으로 황금으로 만들어 복용하면 장
생불사한다고 여겼다. 소식의 「오덕인에게 부치며 겸하여 진계상에
게 보내다」寄吳德仁兼簡陳季常에 "동파 선생은 돈 한 푼도 없어, 십
년 동안 집안에서 불로 납을 태웠지. 황금은 만들 수 있고 황하도
막을 수 있지만, 오로지 양쪽 귀밑머리만은 검게 할 방도가 없구
나."東坡先生無一錢, 十年家火燒凡鉛. 黃金可成河可塞, 唯有雙鬢無由玄.라
는 구절이 있다.

3 黃河(황하) 2구: 황하의 물길이 막히고, 황금이 만들어져도 신선은
만나기 어렵다.

4 辟穀(벽곡): 도교에서 말하는 오곡을 먹지 않고 장수하는 기술. 『사
기』「유후세가」에 장량이 "벽곡을 배워 도인술로 몸을 가볍게 했다."
乃學辟穀, 道引輕身.는 구절이 있다.

5 吸風飮露(흡풍음로): 바람을 들이쉬고 이슬을 마시다. 『장자』「소요
유」에 다음 글이 있다. "막고야의 산에 신선이 있는데, 피부는 빙설
과 같고, 처녀처럼 몸매가 부드럽다. 오곡은 먹지 않고 바람을 들이
쉬고 이슬을 마신다."藐姑射之山, 有神人居焉, 肌膚若冰雪, 綽約若處子.
不食五穀, 吸風飮露.

6 遠遊(원유): 굴원의 「원유」遠遊에 나오는 적송자를 가리킨다. "적송
자의 맑은 행적을 듣고서, 그가 남긴 교훈을 따르고 싶구나."聞赤松
之淸塵兮, 願承風乎遺則. 이에 대해 주희는 『초사집주』에서 "적송자는
신농씨 때의 우사雨師이다. …곤륜산 위에 가서 자주 서왕모의 석실

에 머물며 비바람에 따라 위아래로 오갔다. 염제의 딸이 그를 따르다 신선이 되어 함께 떠났다."고 주석하였다.

도교에서 말하는 장생불사가 허황된 일임을 설파하였다. 상편에선 연단과 벽곡辟穀을 부정하고, 하편에선 구선求仙과 채약을 부정하였다. 여덟 개의 '난'難 자로 압운하고 있어 강한 인상을 남긴다. 같은 글자로 압운하는 이러한 형식은 독목교체獨木橋體, 독운체獨韻體, 일자운一字韻, 복당체福唐體 등으로 불린다. 송대에 황정견黃庭堅, 방악方岳, 조장경趙長卿, 유극장劉克莊 등도 이 형식으로 시를 지었다. 1201년(62세)에 지었다.

강신자江神子

—시종이 선생의 생일을 자축하는 사를 지으라 하여侍者請先生賦詞自壽

해와 달이 지붕 모서리를 베틀의 북처럼 오가는 것이
너무 바쁘지만
어찌 멈추게 할 수 있으랴.
어느 누굴 불러
하늘의 희화와 항아에게 권할 수 있을까.
조용히 와서 잠시 머물며
맛있는 술잔 기울이고
좋은 노래 듣는 게 좋지 않느냐고.

사람살이는 고금에 걸쳐 사라지지 않고
쌓여 왔으니
모래처럼 많구나.
그러나 몸이 강건하지 않으면
오히려 탄식하게 된다네.
장생술은 배울 수 없다고 말하지 않지만
배운다 하더라도 그 후에
무엇을 하겠는가?

兩輪屋角走如梭,¹ 太忙些, 怎禁他. 擬倩何人, 天上勸羲娥:² 何
似從容來少住, 傾美酒, 聽高歌.

人生今古不消磨, 積敎多, 似塵沙. 未必堅牢, 剗地事堪嗟.³ 莫道長生學不得, 學得後, 待如何!

注

1 兩輪(양륜): 두 개의 바퀴. 해와 달을 가리킨다. 이 구절은 왕안석의 「손님이 왔으니 응당 술을 마셔야」客至當飮酒의 뜻을 이용하였다. "하늘이 두 윤광을 들고, 나의 지붕 모서리를 돌며 달리누나. 홍안의 젊은 때부터, 백발이 될 때까지 나를 비추네."天提兩輪光, 環我屋角走. 自從紅顔時, 照我至白首.

2 羲娥(희아): 희화羲和와 항아嫦娥. 해와 달을 가리킨다.

3 剗地(잔지): 오히려. 반대로.

해설

자수사自壽詞로 자신의 생일에 대한 감회를 읊었다. 축수사는 대부분 타수사他壽詞인데 비해 자수사는 북송 말기 주자지周紫芝가 「수조가두 ―백발 삼천 장」을 쓴 이래로 소수의 사인들이 썼다. 자신의 생일에 대해 쓰기 때문에 장수, 공업, 부귀 등에 대한 기원보다는 인생과 생명에 대한 솔직한 생각을 드러내는 경우가 많다. 이 작품도 비록 희화와 항아를 불러 해와 달의 운행을 멈추게 하고 싶지만, "사람살이는 고금에 걸쳐 사라지지 않고"人生今古不消磨, 소식이 「적벽부」에서 말했듯 불변의 관점에서 보면 "사물과 내가 모두 무궁하다."物與我皆無盡也 그러니 장생을 추구할 이유가 무엇이며, 장생한다고 해도 결국 자신의 뜻을 이룰 수 없는 현실인데 무슨 소용이 있는가! 장생에 대한 비판이면서 동시에 정치현실에 대한 비판이기도 하다.

임강선臨江仙

― 임술년 생일에 감회를 쓰다壬戌歲生日書懷

예순세 해 동안의 수많은 일들
처음부터 끝까지 회한의 일들 돌이키기 어려워라.
이미 예순두 해의 잘못을 알았으나
다만 오늘 옳다고 생각하는 일을 할 뿐
그 결과는 후일에 다시 따져봐야 하리라.

옳은 건 적고 잘못이 많은 것은 오직 술뿐이니
어찌 반드시 지나고 나서야 비로소 알게 되랴.
지금부터는 작년과 같이 하지 말아야 하니
병중에도 손님을 가지 못하게 붙들고 술 마셨고
취해서 시를 주고받았지.

六十三年無限事, 從頭悔恨難追. 已知六十二年非.[1] 只應今日
是, 後日又尋思.
少是多非惟有酒, 何須過後方知. 從今休似去年時: 病中留客
飮, 醉裏和人詩.

注

1 六十二年非(육십이년비): 지금 63세이니 지금까지 살아온 62년이
   잘못이다. 춘추시대 거백옥蘧伯玉은 나이 오십이 되어 사십구 년

동안의 삶이 잘못되었음을 알았다^{蘧伯玉年五十而有四十九年非}고 했다. 『회남자』「원도훈」^{原道訓} 참조.

해설

생일을 맞이하여 인생을 돌아보고 이후의 일을 생각하였다. 상편은 지난날을 되돌아보고, 하편은 시비에 대해서는 술이 원인이므로 병중에도 술을 마시고 취하여 시를 짓지 않겠다고 하였다. 작년에는 술을 마셔 시비에 말린 일이 많았다는 말이기도 하다. 여기서 술은 굴원이 「어부」^{漁夫}에서 말한 "세상이 모두 탁한데 나 홀로 맑고, 뭇 사람이 모두 취했는데 나 혼자 깨어있어서, 그 때문에 추방당했습니다."^{擧世皆濁我獨淸, 衆人皆醉我獨醒, 是以見放.}는 뜻을 환기하는 것으로, 자신의 평생의 추구에 대한 자조적이고 역설적인 표현이라 할 수 있다. 1202년 (63세) 여름에 지었다.

임강선臨江仙

취하여 모자를 삐뚜로 쓰고 다니면서 시 읊고 꽃놀이 하다가
오히려 꽃을 불러 의논하네.
살면서 어찌 꼭 취향醉鄕에서 노닐어야 하느냐고.
술을 적게 따르더라도 내버려두고
화답시를 짓느라고 바쁘지 말 것이라.

술 한 말에 시 백 편이 나오는 풍월은
다른 늙은이가 잘하도록 내버려두고
오늘부턴 삼만 육천 번 술 마시면
검디검은 머리 위의 머리카락
버들가지처럼 길어지리라.

醉帽吟鞭花不住,¹ 却招花共商量. 人生何必醉爲鄕.² 從敎斟酒
淺,³ 休更和詩忙.
　一斗百篇風月地,⁴ 饒他老子當行.⁵ 從今三萬六千場.⁶ 靑靑頭上
髮, 還作柳絲長.

注

1 花(화): 꽃놀이하다. 질탕하게 놀다.
2 醉爲鄕(취위향): 취향醉鄕. 술에 취한 뒤 가게 되는 정신적인 경계.
　당대 초기 왕적王績의 「취향기」醉鄕記에 "완적과 도연명 등 십여 명

이 함께 취향에서 노닐었다."阮嗣宗, 陶淵明等十數人, 并遊於醉鄕.는 말
이 있다.

3 從教(종교): 내버려두다. 방임하다.

4 一斗百篇(일두백편): 술 한 말을 마시면 시 백 편을 쓰다. 두보의
「음중팔선가」飮中八仙歌에 "이백은 술 한 말에 시 백 편을 써내려"李
白一斗詩百篇라는 말이 있다.

5 饒(요): 시키다. 내버려두다.

6 三萬六千場(삼만육천장): 삼만 육천 번의 술자리. 사람의 일생인
백 년 동안 매일 술자리를 갖는다는 뜻이다. 이백의 「양양가」襄陽歌
에 "백 년은 삼만 육천 일, 하루에 모르지기 삼백 잔은 마셔야 하
리."百年三萬六千日, 一日須傾三百杯.란 구절이 있다. 소식의 「만정방」
滿庭芳에도 "백 년 동안, 온통 취한다고 한다면, 삼만 육천 번의 술
자리라네."百年裏, 渾教是醉, 三萬六千場.라는 구절이 있다.

해설

술을 끊지 못하는 갈등을 제재로 하여 썼다. 만년에는 병으로 술을
끊었지만 번번이 술을 마시게 되어 작은 고민거리가 되었다. 이 작품
역시 음주와 꽃구경, 그리고 시 짓기 사이의 고민을 다루었다. 술에
취하다 보면 술을 꼭 마셔야 하느냐는 생각이 들고, 시를 잘 지어야
한다는 생각이 들면 그건 시인들에게 맡겨두고 자신은 술을 마셔야겠
다고 다짐한다. 노년이 되어 자잘한 일에 대한 모순된 감정이 잘 드러
나 있다.

임강선臨江仙

― 머리에 꽂은 꽃이 여러 번 떨어져 장난삼아 짓다簪花屢墮, 戲作

메꽃이 피고 봄이 흐드러졌는데
황량한 정원에 있으니 생각이 끝이 없다.
오늘 아침 지팡이 짚고 서쪽 마을 찾아가
도엽도桃葉渡 나루에 가 급히 사공을 부르는 건
모란을 보기 위해 서두르는 거라네.

어제저녁 몰아친 비바람에 아랑곳하지 않고
의연히 울긋불긋한 꽃이 줄지어 피었구나.
백발로 젊은이들 노는 마당에 끼어 있으려니
꽃가지가 머리에 꽂혀 있지 않은 것은
모자창이 길기 때문이라 핑계 대네.

鼓子花開春爛熳,¹ 荒園無限思量. 今朝拄杖過西鄉. 急呼桃葉
渡,² 爲看牡丹忙.

　不管昨宵風雨橫, 依然紅紫成行. 白頭陪奉少年場. 一枝簪不
住,³ 推道帽簷長.

注

1 鼓子花(고자화): 메꽃. 꽃이 북처럼 생겨 이름 붙여졌다. 나팔꽃과
　마찬가지로 새벽에 피어 저녁이면 시드는 꽃이라 '주안화'晝顏花라

불리기도 한다.

2 桃葉渡(도엽도): 양주의 장강 건너에 있는 육합현六合縣의 나루. 양
  주는 모란과 작약이 유명하다. 여기서는 꽃구경의 뜻을 나타냈다.

3 一枝(일지) 구: 부제에서 말한 머리가 성기어 꽃을 꽂지 못하는 뜻
  을 나타냈다. 그 표현은 두보의 「중양절 남전 최씨 별장」九日藍田崔
  氏莊에서 유래했다. "숱이 적어진 머리라 맹가처럼 모자 날릴까 부
  끄러워, 웃으며 옆 사람에게 바로 씌워 달라 청하네."羞將短髮還吹帽,
  笑倩傍人爲正冠.

해설

  노년의 멋과 풍도를 나타내었다. 봄이 한창인 때 메꽃을 보고는 꽃
구경을 하고 싶어 나루 건너 모란이 핀 곳을 찾아갔다. 젊은이들로
가득한 곳에서 자신의 등장이 생소한데, 머리에 꽂은 꽃이 자주 떨어
지자 애써 모자 창이 길어서 그렇다고 둘러대는 모습이 여유 있고 해
학적이다.

수룡음水龍吟

―부선지 통판과 헤어지며. 이때 부선지는 조정의 부름을 받았다別
傅倅先之. 時傅有召命[1]

비바람 치는 중양절에 다만 걱정하니
나는 그대가 그리워도 보지 못하고 늙어가리라.
떠날 날은 정해졌는지?
수레는 몇 량이고
노정은 얼마나 먼가?
친구에게서 편지가 와서
도성에선 벌써
소환 조서가 내려왔다고 소식을 전하네.
묻건대 언제 돌아오는가?
그대 집안에 상나라 부열傅說이 한 일처럼
다만 잠시 기다리면
가뭄에 내리는 단비가 될 것이네.

이제부터 난초가 피어나고 혜초가 자라나도
나는 누구와 더불어 이 방초를 즐기리오?
스스로 졸렬한 나를 가여이 여기니
공명은 나를 피해
마치 새처럼 날아가버렸네.
다만 좋은 벗이 있어

동쪽 길과 서쪽 거리에서 만나니

마치 하늘이 교묘하게 안배한 듯하네.

지금에 이르러 교묘하고 다행한 것은

예전처럼 또 졸렬한 것이니

나의 평생을 웃노라.

只愁風雨重陽, 思君不見令人老. 行期定否? 征車幾輛, 去程多

少? 有客書來, 長安却早, 傳聞追詔. 問歸來何日? 君家舊事,² 直

須待, 爲霖了.

從此蘭生蕙長, 吾誰與玩茲芳草?³ 自憐拙者, 功名相避, 去如

飛鳥. 只有良朋, 東阡西陌, 安排似巧. 到如今巧處, 依前又拙, 把

平生笑.

注

1 傅先之(부선지): 부조傅兆. 선지는 그의 자字. 신주 연산鉛山 사람.

1181년 진사에 급제하고 호주 통판湖州通判을 역임했다. 권저창勸儲

倉을 지어 기황이 들 때를 대비하였다. 倅(쉬)는 부직副職을 의미한

다.

2 君家(군가) 3구: 상나라 부열傅說의 전고를 사용하였다. 부선지는

부열과 같은 성씨이기 때문에 '그대 집안'君家이라고 하였다. ○ 舊

事(구사): 다음 구의 爲霖(위림)을 가리킨다. ○ 爲霖(위림): 장마비

가 내리다. 비를 가리킨다. 『상서』「열명」說命에서 은나라 무정武丁

이 부열傅說에게 "만약 큰 가뭄이 들면 너를 단비로 삼겠다."若歲大

旱, 用汝作霖雨.는 말이 있다.

3 吾誰(오수) 구: 굴원의 『구장』「사미인」思美人에 나오는 "내 옛 성

현과 함께 할 수 없어 슬프니, 나는 누구와 더불어 방초사이에서

노닐랴?"惜吾不及古人兮, 吾誰與玩此芳草?란 말을 이용하였다.

　　도성의 소환 명령을 받고 떠나는 부선지를 보내며 쓴 송별사이다. 부선지는 그동안 호주 통판을 역임하고 연산으로 돌아와 있었는데, 이제 조정에서 불러 새로운 임지로 가게 된 것이다. 상편은 비바람 때문에 전송하지 못하는 상황에서 그의 안부를 묻고, 도성에서의 재촉을 예상하며, 또 이후 부열처럼 재상이 되기를 기원하였다. 하편은 좋은 벗을 보내는 슬픔을 극력 토로하였다.

수룡음 水龍吟

늙어서야 도연명을 알게 되었으니
꿈속에서 한번 보니 마치 그 사람인 듯.
깨어나 깊이 한스러워
술잔을 멈추고 마시지 않고
노래하려다가 다시 그친다.
서풍에 백발을 날리며
오두미에 허리를 굽히는 일
참을 수 없었으리라.
묻노니 북창 아래 높이 베개 베고
동쪽 울타리 아래 취했으니
응당 별도의
귀거래의 뜻이 있었으리라.

이 노옹은 죽지 않았다고 믿나니
지금도 여전히 살아있는 듯 늠름한 생기.
우리들 마음은
고금에 걸쳐 오래도록
「고산」과 「유수」의 뜻과 통하고 있구나.
사안謝安은 나중에 부귀하게 되었어도
어쩔 수 없이 부귀하게 된 것이니
응당 부귀에 덤덤했으리라.

동산에서 사안은 무슨 일로 출사했는가?
당시에도 또한 말했지
창생을 위해 출사한 것이라고.

老來曾識淵明, 夢中一見參差是. 覺來幽恨, 停觴不御, 欲歌還
止. 白髮西風, 折腰五斗, 不應堪此. 問北窓高臥,[1] 東籬自醉,[2] 應
別有, 歸來意.

須信此翁未死. 到如今凜然生氣.[3] 吾儕心事,[4] 古今長在, 高山
流水.[5] 富貴他年, 直饒未免,[6] 也應無味. 甚東山何事, 當時也道,
爲蒼生起.

注

1 北窓高臥(북창고와): 북창 아래 베개를 높이 베고 눕다. 도연명의
「아들 도엄 등에게 주는 글」與子儼等疏에 다음 표현이 있다. "나는
항상 말하기를 '오뉴월에 북창 아래에 누워 있을 때 시원한 바람이
불어오면 내가 바로 복희씨 이전 시대의 사람인 듯하다'고 하였다."常
言'五六月中, 北窓下臥, 遇涼風暫至, 自謂是羲皇上人.'

2 東籬自醉(동리자취): 동쪽 울타리 아래에서 스스로 취하다. 도연명
의 「술을 마시며」飮酒에 "동쪽 울타리 아래 국화를 따고"采菊東籬下
란 시구가 있다.

3 凜然生氣(늠연생기): 살아 있는 듯 늠름한 생기. 유화庾龢가 말했
다. "염파와 인상여는 비록 천 년 전에 죽은 사람이라 해도, 늠름히
언제나 살아 있는 듯 생기가 있다."廉頗、藺相如雖千載上死人, 懍懍恒如
有生氣. 『세설신어』「품조」品藻 참조.

4 吾儕(오제): 우리들.

5 高山流水(고산류수): 「고산」과 「유수」라는 악곡. 백아伯牙가 거문

고를 탈 때마다 종자기鍾子期가 그 뜻을 알아맞춘 고사로부터 지음
知音을 의미한다. 산수를 즐기며 산수 속에 은거하는 마음을 의미하
기도 한다.

6 直饒(직요): 비록. 설사. 이 구는 본래 부귀에 뜻이 없으나 형세가
어쩔 수 없이 그리 될 듯하다는 뜻이다. 『세설신어』「배조」排調에
나오는 동진의 사안謝安의 고사에서 나왔다. 사안의 가문에 빈객이
점점 많아지자 유 부인劉夫人이 사안에게 농담 삼아 말하였다. "대
장부가 설마 이리 해선 안 되겠지요?"大丈夫不當如此乎? 이에 사안이
말했다. "다만 면하기 어려울 듯해 두렵소."但恐不免耳.

해설

도연명의 은일 정신을 깊이 탐구하였다. 상편에서 도연명의 은일을
극력 추앙하면서 벼슬을 버리고 은거한 것은 다만 자연에 대한 경도만
이 아니라 "응당 별도의, 은거의 뜻이 있었으리라"應別有, 歸來意 보았다.
하편에서 사안의 예를 가져와 한 걸음 더 들어가 논했다. 사안은 부귀
에 대해 추구하지 않지만 부귀하게 된다면 "면하기 어렵다"며 받아들일
뜻이 있었고, 창생을 위해서 출사한다고 했지만, 신기질은 이 두 가지마
저 일종의 속념이라 보고 부정하였다. 왜냐하면 대다수 사람들은 이러
한 태도로 자신의 욕망을 가리고 있기 때문이다. 나아가 신기질 자신이
고토 회복과 남송의 부흥을 꾀하려 평생 추구했다는 점에서 사안과
비슷한 처지에 있다. 때문에 자신의 그러한 뜻마저 부정할 수 있는 것
은 도연명처럼 당시 정치현상에 대한 불만, 즉 어두운 현실에 대한 비판
이 있기 때문임을 깨닫게 되었다. 때문에 도연명은 아직도 살아있는
듯 늠름한 생기가 있고, 그와 천고의 지음이 될 수 있는 것이다. 도연명
의 삶과 은거의 뜻을 고인과 자신의 구체적 상황 속에서 간파하고 표현
한 역작이자, 신기질의 사상을 이해할 수 있는 중요한 작품이다.

자고천鷓鴣天
— 부선지 제거의 '눈을 읊다'에 화답하며和傅先之提擧賦雪

샘터 가에서 "나 홀로 깨끗하다"고 길게 읊으니
기쁘게도 그대 보내온 노래가 눈과 밝음을 다투는구나.
물가 갈매기가 있어도 빛깔이 없어서 놀라고
더구나 모래 위에 게가 기어가는 소리가 나는 게 괴이하다.

상쾌한 기운을 보태고
웅혼한 감정을 일으킨다.
여섯 모가 난 눈송이로 인해 진평陳平의 육출기계六出奇計가 생각난다.
오히려 새들이 숲으로 날아들다가
누각의 운모 병풍을 깨뜨려버리는구나.

泉上長吟我獨淸,¹ 喜君來共雪爭明. 已驚並水鷗無色, 更怪行
沙蟹有聲.²
添爽氣, 動雄情. 奇因六出憶陳平.³ 却嫌鳥雀投林去, 觸破當樓
雲母屛.

注

1 我獨淸(아독청): 나 홀로 깨어있다. 『초사』「어부」漁父에 "세상이 모
두 혼탁한데 나 홀로 맑고, 사람들이 모두 취했는데 나 홀로 깨어있
소."擧世皆濁我獨淸, 衆人皆醉我獨醒.란 말을 이용하였다.

2 行沙蟹有聲(행사해유성): 모래 위를 게가 기어가는 소리. 눈 내리
  는 소리를 비유하였다.
3 奇因(기인) 구: 눈꽃이 잎이 여섯인 꽃에 비유하여 육출화六出花라
  고 한 점에서 서한 초기 진평陳平이 제시한 여섯 가지 기이한 계책
  인 육출기계六出奇計를 연상하였다.

해설

눈을 노래한 영설사詠雪詞이다. 상편은 부선지의 고결함을 눈으로
비유한 후, 대설이 주는 시각적, 청각적 착각을 통해 눈의 색채와 소리
를 나타내었다. 하편은 눈이 주는 장쾌한 심정을 표현한 후, 역시 새의
착시를 통해 장대한 설경을 나타내었다. 눈으로 덮인 산과 운모 병풍
속의 설경이 같은 것으로 여기고, 새가 운모 병풍에 뛰어듦으로써 산
의 설경 전체가 운모 병풍과 같음을 역설적으로 표현하였다. 장대한
풍경 속에 기려한 이미지들로 사람과 자연이 혼연일체가 되었다.

하신랑賀新郎

— 엄화지는 옛 것을 좋아하고 박식하고 단아하다. 엄씨는 원래 장씨였
으므로, 장자와 엄자릉의 네 가지 일인 복상, 호량, 제택, 엄뢰를 네
장의 그림으로 그리고선 나에게 사를 지어달라고 부탁하였다. 나는
말하기를, 촉 땅 엄군평의 고결함은 양웅이 "비록 수후隋侯의 구슬
과 화씨和氏의 벽옥이라 할지라도 어찌 이보다 낫겠는가"라고 했고,
반고가 양웅이 서술한 「왕길과 공우 등의 전기」 서문을 취하면서,
엄군평의 이름을 열전에 감히 나열하지 않은 것은 존중하기 때문이
라고 하였다. 그러므로 나는 엄화지가 엄군평의 화상도 그려 네 장
의 그림 사이에 둔다면 엄씨의 높은 절조는 갖추어질 것이라고 보았
다. 「유연비」를 지어 노래 부르도록 한다嚴和之好古博雅, 以嚴本莊姓,
取蒙莊, 子陵四事: 曰濮上、曰濠梁、曰齊澤、曰嚴瀨, 爲四圖, 屬余賦詞. 余
謂蜀君平之高, 揚子雲所謂"雖隋和何以加諸"者, 班孟堅獨取子雲所稱述爲
王貢諸傳序引, 不敢以其姓名列諸傳, 尊之也. 故余以謂和之當並圖君平像,
置之四圖之間, 庶幾嚴氏之高節者備焉. 作乳燕飛詞使歌之[1]

장자는 복수濮水 강가에서 낚싯줄만 보고 있었고
또 엄자릉은 연못가에 양가죽 입고 풍도가 있었으니
둘 다 정신이 고고孤高했지.
한나라 공경들의 황금 관인이
낚싯대와 비교해 어느 게 작은가?
그저 훑어보곤 일소一笑에 부치네.
혜자가 어찌 호량濠梁의 즐거움을 알리오
동강桐江의 천 길 높은 조대를 바라보니

안개 너머
새와 물고기의 즐거움을 아는 사람이 몇이런가.

예부터 고사高士는 적었으니
자세히 품평하면 장자와 엄자릉은
소부와 허유 같은 부류였지.
그러나 요 임금에게 알려진 뒤 귀를 씻었으니
필경은 세속의 먼지에 더렵혀진 셈.
인간 세상에 명성 구하기를 빗자루처럼 여긴
촉 땅에서 은거한 엄군평을 나는 사랑하니
문 앞에 아예 징초하는 수레가 오지 않도록 했다네.
그대 나를 위해
장자, 엄자릉, 엄군평 세 노인을 그려주게나.

濮上看垂釣. 更風流羊裘澤畔, 精神孤矯. 楚漢黃金公卿印,² 比
着漁竿誰小? 但過眼才堪一笑. 惠子焉知濠梁樂, 望桐江千丈高
臺好.³ 煙雨外, 幾魚鳥.

古來如許高人少. 細平章兩翁似與,⁴ 巢由同調.⁵ 已被堯知方洗
耳,⁶ 畢竟塵汚人了.⁷ 要名字人間如掃. 我愛蜀莊沉冥者,⁸ 解門前
不使徵車到.⁹ 君爲我, 畫三老.¹⁰

注

1 嚴和之(엄화지): 미상. ○ 嚴本莊姓(엄본장성): 한 명제漢明帝의 이
　름이 유장劉莊이므로 당시 장씨莊氏는 피휘하기 위하여 엄씨嚴氏로
　바꾸었다. 즉 명제 이후 엄씨는 원래 장씨였던 것이다. 그 후 많은
　사람들이 원래 성씨인 장씨로 회복하였다. ○ 蒙莊(몽장): 장자莊子.

장자는 몽蒙 땅 사람이므로 몽장蒙莊이라 불렸다. ○ 子陵(자릉): 엄자릉嚴子陵. 즉 엄광嚴光. 회계 여요余姚 사람으로 유수劉秀와 동문 수학하였다. 나중에 유수가 광무제로 즉위하자 이름을 바꾸고 은거하였다. 『후한서』「일민전」逸民傳 참조. ○ 濮上(복상): 장자가 복수濮水에서 낚시하고 있을 때 초나라 왕이 대부 두 사람을 먼저 보내 모시고 싶다고 하였지만, 장자는 낚싯대를 잡은 채 돌아보지도 않았다. 『장자』「추수」 참조. ○ 濠梁(호량): 호수濠水의 다리. 장자와 혜자가 호수濠水의 다리 위에서 물고기의 즐거움에 대해 변론하였다. 『장자』「추수」 참조. ○ 齊澤(제택): 광무제가 엄자릉을 찾던 중 제나라의 소택지에서 양가죽을 입고 있는 걸 찾아낸 일을 가리킨다. 『후한서』「일민전」 참조. ○ 嚴瀨(엄뢰): 도성에 간 엄자릉에게 간의대부를 제수했으나 받지 않고 부춘산에 들어가 밭을 갈고 낚시하며 살았다. 후인들은 그 낚시한 곳을 엄릉뢰嚴陵瀨 또는 엄뢰嚴瀨라고 하였다. 『후한서』「일민전」 참조. ○ 蜀君平(촉군평): 촉 땅에 사는 엄준嚴遵. 은거하며 출사하지 않고 저서를 쓰는 것을 일로 삼았다. 성도 시장에서 점복을 하며 살았는데, 하루에 백 냥이 들어오면 문을 닫았다. 『고사전』高士傳 참조. ○ 揚子雲(양자운): 서한 말기의 문장가 양웅揚雄. ○ 隋和(수화): 수후隋侯의 구슬과 화씨和氏의 벽옥. 모두 세상에 진귀한 보물이다. ○ 班孟堅(반맹견): 동한의 역사가 반고班固. ○ 王貢(왕공): 왕길王吉과 공우貢禹. ○ 乳燕飛(유연비): 사패 이름. 곧 「하신랑」賀新郎의 다른 이름.

2 楚漢(초한) 2구: 한대 공경들의 황금 관인보다 엄자릉의 낚싯대가 더 덕망이 높다. 북송 초기 범중엄范仲淹이 엄자릉의 낚시터에 와서 지은 시에 다음 구절이 있다. "한 세조 광무제의 공신 서른여섯, 영대가 어찌 조대보다 높겠는가."世祖功臣三十六, 靈臺爭似釣臺高.

3 桐江(동강): 부춘강富春江. 엄자릉의 낚시터가 있는 곳이다.

4 平章(평장): 품평하다. ○ 兩翁(양옹): 두 노옹. 장자와 엄자릉.

5 巢由(소유): 소부巢父와 허유許由. 두 사람 모두 고사高士이다.

6 堯知方洗耳(요지방세이): 요 임금이 소부에게 제위를 양보하자, 소부가 받지 않고 허유에게 양보하였다. 허유가 자신의 귀가 더럽혀졌다고 여기고는 귀를 씻었다. 『고사전』 참조.

7 塵汚人(진오인): 먼지가 사람을 더럽히다. 『세설신어』「경저」輕詆의 고사에서 유래했다. 동진 때 유량庾亮의 권한이 막중해지자 왕도王導를 압도하기에 족했다. 유량이 석두성에 있을 때 왕도는 야성에 앉아있었는데, 큰 바람이 먼지를 일으키자 왕도가 부채로 먼지를 털며 말했다. "유량의 먼지가 사람을 더럽히는군."庾公權重, 足傾王公. 庾在石頭, 王在冶城坐. 大風揚塵, 王以扇拂塵曰: "元規塵汚人." 후세에는 권세가의 기세를 비유하였다.

8 蜀莊沉冥(촉장침명): 촉 땅의 장씨, 즉 엄군평은 은거하며 자취를 드러내지 않는다.

9 解門前(해문전) 구: 문 앞에 징초하는 수레가 오지 못하게 하다. 『한서』「왕공양공포전」王貢兩龔鮑傳 서문에 엄군평과 관련된 다음 기록이 있다. 두릉의 이강李彊은 평소 양웅과 친했는데, 나중에 익주목이 되었다. 이강이 기뻐하며 양웅에게 말했다. "내가 정말로 엄군평을 얻게 되었소." 양웅이 말했다. "그대는 예의를 갖추어 맞이하시오. 그 사람은 만날 수는 있어도 복종시킬 수는 없소이다." 그러나 이강은 그렇게 생각하지 않았다. 이강이 촉 땅에 이르자 엄군평은 예의를 갖추어 만났으나 끝내 출사하지 않았다.

10 三老(삼로): 세 노인. 장자, 엄자릉, 엄군평을 가리킨다.

해설

엄씨 가문에 관련된 인물인 장자, 엄자릉, 엄군평에 대해 평하고,

시인의 은거에 대한 태도를 나타내었다. 제작 동기는 부제에 잘 드러나 있다. 특히 이들의 고결한 정신은 모두 벼슬에 나가지 않았다는 점에서 공통적인데, 이러한 각도에서 보면 엄군평은 아예 출사의 권유를 꺼내지 못하게 하였으니, 귀를 씻어야 하는 허유에 비해서 더욱 고명하다고 하였다. '명성을 빗자루처럼 여기는' 태도를 높이 칭송하였다.

남향자南鄕子

— 고안 호조로 부임하는 조국의를 보내며. 조국의는 조무가 낭중의 아들
이다. 조무가는 일찍이 고안 막부에서 관직을 지냈으며 지은 시가 많다
送趙國宜赴高安戶曹. 趙乃茂嘉郎中之子. 茂嘉嘗爲高安幕官, 題詩甚多[1]

날마다 노래자老萊子처럼 오색 옷 입고 효도했으며
더구나 밀랍으로 봉황을 만들어 형제들과 즐기는 풍류도 있었지.
무릎 위 왕탄지王坦之와 같은 자식을 부친이 떠나보내는 이유를
알아야 하니
사람들에게 아름다운 나무를 보게 하기 위함이라네.

부친의 시詩를 많이 기억해야 하니
푸른 물에 붉은 연꽃 핀 막부에서 옛 부친의 작품을 찾아보게.
봄 적삼 입고 말 타고 돌아오는 길엔 꽃 가득하리니
기약하세
다음 해 삼짇날 곡수에 술잔 띄우며 시를 짓고 놀자고.

日日老萊衣,[2] 更解風流蠟鳳嬉.[3] 膝上放敎文度去,[4] 須知: 要使
人看玉樹枝.[5]
剩記乃翁詩,[6] 綠水紅蓮覓舊題.[7] 歸騎春衫花滿路, 相期: 來歲
流觴曲水時.

注

1 趙國宜(조국의): 조무가趙茂嘉의 아들. ○ 高安(고안): 균주筠州 고

안군高安郡. 송대에는 강남서로江南西路에 속했다. 지금의 강서성

고안현高安縣. ○ 戶曹(호조): 관직 이름. 호적을 담당한다. ○ 趙茂

嘉(조무가): 진사 급제. 향리에 겸제창兼濟倉을 설치하여 사람들의

칭송을 받았으며, 이 일로 직비각直秘閣에 제수되었다.

2 老萊衣(노래의): 노래자老萊子의 오색 옷. 춘추시대 초나라의 노래

자는 일흔에도 오색 옷을 입고 아이와 같이 재롱부리며 부모의 환

심을 샀다. 『효자전』孝子傳 참조.

3 蠟鳳(납봉): 밀랍으로 만든 봉황. 남조 제나라의 왕승작王僧綽이 촛

농을 모아 봉황을 만들었다. 동생 왕승달王僧達이 이를 가지고 망가

뜨려도 아까워하지 않았다. 『남사』「왕승건전」王僧虔傳 참조.

4 膝上(슬상) 구: 동진 때 왕탄지王坦之의 고사를 가리킨다. 왕탄지가

환온의 장사長史로 있을 때, 환온이 자신의 아들을 위해 왕탄지의

딸을 며느리로 청하였다. 왕탄지는 부친 왕술王述에 문의한 후 알려

주겠다고 하였다. 왕탄지가 집에 돌아가니 부친 왕술은 왕탄지를

애지중지하여 비록 성인이어도 그를 무릎 위에 안았다. 왕탄지가

환온이 자신의 딸을 며느리로 청한다고 하자 왕술은 무릎에서 밀치

며 반대하였다. 『세설신어』「방정」方正 참조. ○ 文度(문도)는 왕탄

지의 자字.

5 玉樹(옥수): 훌륭한 자제를 비유한다. 사안謝安이 아들과 조카들에

게 "자제들은 어떤 일을 하여 자신의 좋은 이름을 펼치고자 하나?"

子弟亦何豫人事, 而正欲使其佳?라고 묻자 조카 사현謝玄이 "비유하자면

마치 지란과 옥수가 섬돌이 있는 뜰에 자라게 하고 싶은 것과 같습

니다."譬如芝蘭玉樹, 欲使其生於階庭耳. 『세설신어』「언어」 참조.

6 乃翁(내옹): 이 노옹. 조무가를 가리킨다.

7 綠水紅蓮(녹수홍련): 푸른 물에 붉은 연꽃. 막부를 가리킨다. 왕검

王儉의 막부가 연화지蓮花池에 있었기에 이름 붙여졌다. 남조의 송

제宋齊 때 유고지庾杲之가 왕검의 막부에 장사長史로 초빙되자 안륙후安陸侯 소면蕭緬이 왕검에게 편지를 써서 부용과 같다면서 칭송하였다. 『남사』「유고지전」 참조. 여기서는 조무가가 고안의 막부에 있었던 일을 가리킨다.

해설

고안高安으로 부임하러 떠나는 조국의를 보내며 지은 송별사이다. 고안은 조국의의 부친 조무가가 막부에서 근무한 곳이기에 이들 부자 간의 관계에 집중하여, 조국의를 칭송하고 임기를 원만히 마치고 돌아오기를 기원하였다.

영우락永遇樂

— 매화와 눈을 읊다賦梅雪

이상하구나 매화
꽃가지 하나가 눈 속에서 피었는데
뜻밖에 이처럼 필 듯 말 듯하며 근심하는구나.
무얼 근심하는지 물어도 말이 없는데
아마도 질투하는 듯하구나
하늘에서 날리는 눈송이가 자기보다 더 하얗기 때문이리라.
강산은 하룻밤 사이에
만 이랑 넓은 들에 경요 옥을 깔았으니
어찌 이것을 질투할 수 있으랴.
자세히 보니 눈 때문에 매화의 풍류가 더해져
자신의 품격이 더욱 빼어나게 되었구나.

저녁 무렵이 되어 누각 위에선
꽃을 마주하고 거울을 보며
매화장梅花粧을 흉내 내어 화장하네.
매화는 애써 흰 눈과 아름다움을 다투었는데
어찌 알았으랴 오히려
사람이 꽃을 아름답다고 질투할 줄을.
무정한 매화에게 묻지 말게
수많은 일들을

잠시 눈을 밟고 매화를 찾아 나서야 하리.

시내 다리를 건너서 밤이 되면

또 하얀 달을 부르려 한다.

怪底寒梅,[1] 一枝雪裏, 直恁愁絶.[2] 問訊無言, 依稀似妬, 天上飛
英白.[3] 江山一夜, 瓊瑤萬頃, 此段如何妬得. 細看來風流添得, 自
家越樣標格.

晚來樓上, 對花臨鏡, 學作半粧宮額.[4] 着意爭妍, 那知却有, 人
妬花顔色. 無情休問, 許多般事, 且自訪梅踏雪. 待行過溪橋夜半,
更邀素月.

注

1 怪底(괴저): 이상하다. 괴상하다. 괴이쩍다. 과연. 어쩐지. 당연히.

2 直恁(직임): 결국 이렇게. 뜻밖에 이처럼.

3 飛英白(비영백): 날리는 꽃잎이 하얗다. 눈을 비유하였다.

4 半粧(반장): 얼굴의 반만 화장하다. 남조 양 원제梁元帝는 한 눈이
애꾸눈이었으므로, 그의 서비徐妃가 반면만 화장한 일이 있다. 여기
서는 박장薄粧하다는 뜻으로 사용하였다. ○ 宮額(궁액): 매액梅額
또는 매화장梅花粧이라고도 한다. 남조 송 무제宋武帝의 딸 수양공
주壽陽公主가 인일人日에 함장전 처마 아래 누워 있는데 매화가 공
주의 이마에 떨어졌다. 꽃잎이 다섯으로 털어도 떨어지지 않았다.
황후가 그대로 두라고 하여 얼마간 보았는데, 사흘이 지나 씻으니
비로소 떨어졌다. 궁녀들이 이를 기이하게 여겨 다투어 흉내 내었
는데, 이를 매화장이라 하였다. 『태평어람』太平御覽에서 인용한
『잡행오서』雜行五書 참조.

　매화를 노래한 영매사詠梅詞이다. 매화의 눈에 대한 질투와 여인의
매화에 대한 질투라는 관계를 설정하여, 하나의 역동적인 관계에서
매화와 눈의 아름다움을 바라보았다. 이러한 '아름다움의 다툼'爭姸으
로 인해 서로는 더욱 빛나며 생동감 있게 드러났다. 말미에서 사람이
매화를 찾아감으로써 이러한 다툼은 원만하게 화해되고 마무리된다.

하신랑賀新郎

— 열두째 동생 신무가를 보내며. 소쩍새와 두견새는 사실은 두 가지 다른 종류의 새라는 말이 「이소 보주」에 보인다別茂嘉十二弟. 鵜鴂杜鵑實兩種, 見離騷補注[1]

푸른 숲에 소쩍새 울음 듣나니
어지 견디랴 자고새 울음소리 멈추고
두견새 울음소리 애절한 것을.
봄이 돌아가 흔적이 없을 때까지 울어
향기로운 꽃 모두 시드는 걸 한스러워하는구나.
아무리 한스러워도 인간 세상의 이별의 한에는 미치지 못하리라.
왕소군이 말 위에서 비파 뜯으며 가는 변방은 어둡고
또 장문궁의 물총새 깃털 장식한 가마는 궁궐을 떠났지.
날아가는 제비를 보며
장강莊姜은 돌아가는 첩과 이별했다네.

이릉李陵 장군은 백 번 전투에 몸과 명성이 부서지고
다리 위에서 고개 돌려 만 리 멀리 바라보며
친구 소무蘇武와 영원히 이별하였지.
역수易水 강가의 가을 찬바람 소소히 불 때
좌중의 빈객들 의관이 눈처럼 하얗고
바로 형가荊軻의 비장한 노래는 아직 끝나지 않았었지.
우는 새가 인간 세상의 이같이 많은 한을 안다면

생각건대 맑은 눈물이 아니라 피눈물을 흘리며 울리라.
그대 떠나고 나면 누가 나와 함께
밝은 달 아래 취할 것인가?

綠樹聽鵜鴂. 更那堪鷓鴣聲住, 杜鵑聲切. 啼到春歸無尋處, 苦
恨芳菲都歇. 算未抵人間離別. 馬上琵琶關塞黑,² 更長門翠輦辭
金闕.³ 看燕燕,⁴ 送歸妾.
將軍百戰身名裂.⁵ 向河梁回頭萬里, 故人長絶. 易水蕭蕭西風
冷,⁶ 滿座衣冠似雪. 正壯士悲歌未徹. 啼鳥還知如許恨,⁷ 料不啼
清淚長啼血. 誰共我, 醉明月?

注

1 茂嘉(무가): 신무가辛茂嘉. 신기질의 족제이다. 생애 사적은 미상.
   ○ 十二弟(십이제): 열두 째 동생. 숫자는 항제行第이다. 동일 증조
   曾祖 할아버지 아래의 형제들 사이의 차례로, 당송대에는 이로써
   이름을 대신하였다. ○ 離騷補注(이소보주): 북송 홍흥조洪興祖의
   저서. "두견새와 소쩍새는 다른 두 가지 사물이다."子規、鵜鴂二物也.
   고 하였다.

2 馬上(마상) 구: 서한 왕소군王昭君이 한나라를 떠나는 슬픔을 가리
   킨다. 서한 원제元帝 때인 기원전 33년, 흉노의 왕 호한야呼韓邪가
   한나라에 구혼할 때, 왕소군은 궁에 들어간 지 여러 해 지나도 왕을
   만날 수 없자 자원하였다. 원제는 이때에서야 비로소 왕소군의 용
   모가 뛰어남을 알고 후회했지만 이미 호한야에게 응낙했기에 어쩔
   수 없이 보내야 했다. 왕소군은 호지로 들어가는 말 위에서 비파를
   타며 고국에 대한 원망을 나타냈다.

3 更長門(갱장문) 구: 서한 진 황후陳皇后가 장문궁에 유폐되어 있다가 떠난 일을 가리킨다. 한 무제漢武帝가 위자부衛子夫를 총애하면서 아들이 없는 진 황후陳皇后는 총애를 잃게 되었고, 이에 진 황후는 위자부를 질투하여 해치려 하다가 발각되어 장문궁에 유폐되었다. 이 구에 대해 왕소군이 궁궐을 떠나는 묘사라고 보는 해석도 있다. ○ 翠輦(취련): 물총새 깃털로 장식한 가마.

4 燕燕(연연) 2구: 춘추시대 위나라 장공의 처 장강莊姜이 돌아가는 첩을 보낸 일을 가리킨다. 『시경』 「연연」燕燕에 "제비들이 날아가니, 그 깃털이 들쭉날쭉. 이 사람이 돌아가니, 들에서 멀리 보내네."燕燕 於飛, 差池其羽. 之子於歸, 遠送於野.란 구절이 있다. 『모시서』에서는 이를 "위衛나라 장강이 돌아가는 첩을 보냈다."衛莊姜送歸妾也라 해제하였다. 『좌전』 '은공 3~4년'조를 보면, 위 장공衛莊公의 처 장강이 아들이 없자, 장공의 첩 대규戴嬀의 아들 완完을 아들로 삼았다. 완이 즉위한지 얼마 지나지 않아 정변에서 살해되었기에 대규는 진陳나라로 돌아가게 되었고, 이때 장강이 그녀를 들에서 송별하였다.

5 將軍(장군) 3구: 서한 이릉李陵이 소무蘇武를 보낸 일을 가리킨다. 한 무제 때 이릉이 흉노의 병력을 분산시킨다며 자청하여 5천의 군사를 이끌고 나갔으나, 흉노의 8만 대군에 포위되었다. 흉노 1만 명을 죽였으나 자신의 군사도 반이 죽고 군량도 떨어지고 구원병도 오지 않아 흉노에 항복하였다. 한편 소무는 흉노에 사신으로 나갔다가 억류되어 귀순할 것을 강요받았으나 굴하지 않고 북해北海(바이칼호)의 서쪽에서 방목하며 지냈다. 19년이 지난 후 소제昭帝 때 한나라가 흉노와 화친하게 되면서 귀국할 수 있었다. 이때 이릉이 다리 위에서 소무를 전송하였다. 『문선』에는 이릉 명의의 「소무에게 주는 시」與蘇武가 있는데, "손을 잡고 다리에 오르니, 나그네는 저물어 어디로 가는가?"携手上河梁, 遊子暮何之?라는 구절이 있다.

6 易水(역수) 3구: 전국시대 연나라 형가荊軻가 진왕(나중의 진시황)을
살해하러 역수 강가에서 떠나던 일을 가리킨다. 이때 강가에서 연
나라의 태자 희단姬旦이 송별연을 차렸고 고점리高漸離가 축筑을 치
고 형가가 「역수가」易水歌를 불렀다. "바람 우수수 불고 역수 차가
운데, 장사 한 번 떠나면 다시 돌아오지 못하리."風蕭蕭兮易水寒, 壯士
一去兮不復還.
7 如許恨(여허한): 많은 한. 앞에서 말한 인간 세상에서 일어난 여러
가지 이별의 한들.

  신무가를 보내며 지은 송별사이다. 청대 장혜언張惠言은 신무가가
죄를 지어 폄적된 것으로 추측하였다. 이백李白의 「의한부」擬恨賦와 같
이 전적으로 한스러운 일을 모았다. 비록 이별의 아쉬움을 노래하고
있지만, 그 중심은 다섯 가지 이별의 사례를 통해 시인의 심중의 울분
을 나타내는 데 있다. 왜냐하면 이들 다섯 가지 이별의 심각함에 비해
신무가와의 이별은 아무래도 가볍기 때문이다. 세 명의 여인과 두 명
의 장사壯士의 사례는 모두 국가와 관련이 있으며, 때문에 금나라에
대해 시종 수세에 몰린 남송의 처지에 분개하며, 이를 개선하려 하지
않는 위정자들에 대한 항의로 볼 수 있다. 청대 말기 진정작陳廷焯은
필력이 도약하고 침울돈좌의 미감이 있어 이 작품을 『가헌사』 가운데
가장 뛰어난 작품으로 쳤다.

영우락 永遇樂

— 장난삼아 '신'후 자를 읊다. 전근 가는 열두 째 동생 신무가를 보내
며戲賦辛字, 送茂嘉十二弟赴調[1]

뜨거운 태양과 가을의 서릿발처럼
충성어린 마음과 정의로운 담력이
천 년 동안 우리 족보에 내려오지.
성씨가 언제 시작되었는지 모르지만
'신'辛자를 자세히 따져보겠으니
아우야, 듣고 웃어주게나.
어렵게 간'신'艱辛히 일 하고
슬프고 쓰라린 비'신'悲辛의 맛 보았으니
모두가 '신'산辛酸한 '신'고辛苦의 세월이었네.
그렇지만 못된 사람에겐 아주 '신'랄辛辣하게 대했으니
빻은 산초와 육계를 먹고 매워서 토할 듯했다네.

세상에는 응당
향기롭고 달콤하고 진하고 감미로운 맛이 있건만
우리 집안에는 들어오지 않았지.
다른 집의 아배兒輩들과 비교해 보면
오히려 주렁주렁 달린 것은
인끈에 늘어뜨린 빛나는 황금 관인이네.
아우에게 이 일을 부탁하니

지금부터 나랏일에 힘써 곧장 성공하기를
비바람 치는 밤 침상을 마주했던 일은 그리워하지 말게.
다만 신발 가죽처럼 주름진 얼굴 되도록 힘쓰며
나의 오늘 이 장난말을 기억해주게.

烈日秋霜,² 忠肝義膽, 千載家譜. 得姓何年, 細參辛字,³ 一笑君
聽取: 艱辛做就, 悲辛滋味, 總是辛酸辛苦. 更十分向人辛辣, 椒
桂搗殘堪吐.⁴

世間應有, 芳甘濃美, 不到吾家門戶. 比着兒曹,⁵ 纍纍却有, 金
印光垂組. 付君此事,⁶ 從今直上, 休憶對床風雨. 但贏得鞾紋縐
面,⁷ 記余戲語.

注

1 赴調(부조): 조정된 임지로 가다. 이때 신무가는 계림桂林으로 부임
하러 갔다.

2 烈日秋霜(열일추상): 뜨거운 햇빛과 가을의 서리. 사람의 성격이
강렬하고 정직함을 비유한다. 『신당서』「단수실안진경전」段秀實顔
眞卿傳에 "비록 천오백 년이 지나도 영렬들의 말들은 마치 가을의
된서리와 뜨거운 햇빛과도 같아, 두렵고도 우러를 만하다."雖千五
百歲, 其英烈言言, 如嚴霜烈日, 可畏而仰哉!란 말이 있다.

3 細參(세참): 자세히 헤아리다.

4 椒桂(초계): 산초와 육계肉桂.

5 比着(비착): 비교하다. ○ 兒曹(아조): 아배兒輩. 사람들에 대한 비
칭으로 남들을 얕잡아 부르는 말.

6 此事(차사): 이 일. 곧 계림으로 전근 가는 일.

7 鞾紋縐面(화문추면): 억지로 온화하게 웃는 얼굴을 하다. 가죽신의

주름처럼 쪼글쪼글해지다. 북송 때 전원균田元均은 삼사三司에 있으면서 벼슬을 청하는 사람들에 대해 깊이 염증을 느끼고 따르지 않으면서도 또한 엄격하게 거절하지도 못해 언제나 온화한 얼굴로 억지로 웃었다. 그는 "삼사에 수년간 있으면서 자주 억지로 웃다보니 얼굴이 가죽신처럼 주름이 졌다."고 말했다. 구양수 『귀전록』歸田錄 권2 참조.

해설

계림으로 전근 가는 족제 신무가를 보내며 송별사 삼아 썼다. 상편에선 성씨인 '신'辛 자를 가지고 어렵고 맵고 올곧게 살아온 자신의 삶을 되돌아보았다. 비록 집안의 전통이라고 말하지만 사실 신기질 자신의 삶을 요약하였다고 할 수 있다. 하편에선 부귀를 가진 영화로운 가문과 비교하여 세속에 영합하지 않는 집안의 전통을 상기시키면서, 열심히 노력하여 성공할 것을 축원하였다. '신'자를 사용하여 주제를 강조하였다.

서강월西江月

― 아이들에게 보이며, 집안일을 맡기다示兒曹, 以家事付之

만사는 안개처럼 홀연히 지나가고
내 몸은 부들과 버들처럼 먼저 시드는구나.
지금은 무슨 일을 하기에 가장 알맞은가?
취하기 좋고, 놀기 좋고, 잠자기 좋구나.

일찌감치 조세를 납부하고
또 수입에 맞춰 지출을 해야 하느니라.
이 늙은이 예전처럼 관리해야 하는 것은
대나무를 관리하고, 산을 관리하고, 시내를 관리하는 것이라네.

萬事雲煙忽過, 一身蒲柳先衰. 而今何事最相宜? 宜醉宜遊宜睡.
早趁催科了納,¹ 更量出入收支. 乃翁依舊管些兒: 管竹管山管水.

注

1 催科(최과): 조세를 재촉하다. ○ 了納(료납): 관청에 납부하다.

해설

　자식들에게 집안일을 맡기는 노년의 한가한 마음을 썼다. 상편 말미의 세 가지 하기 좋은 일과 하편 말미의 세 가지 관리해야 할 일은 각기 여유와 정취가 있다.

감황은感皇恩
— 연산현령 진급지의 생일을 축하하며壽鉛山陳丞及之[1]

부귀를 논할 필요 없으니
그대는 원래부터 가지고 있었으니까.
잠시 사를 지어 그대의 생일을 축하하네.
당시 신선의 계수 꽃가지를 꺾어
부자父子가 나란히 과거급제한 건 세상에 드문 일이라.
사람들은 말하지 대궐에 들어가
다음 해 또다시 급제하리라고.

높은 신하들이 앞에 늘어선 조회에서
주공周公이 절을 하고
노공魯公이 같은 날 함께 들어 뒤에서 절을 하리라.
이때 사람들이 부러워하리라
검은 머리 붉은 얼굴이 여전한 것을.
친지와 벗들이 와서 기쁘게 축하하니
술을 사양하지 말게나.

富貴不須論, 公應自有; 且把新詞祝公壽. 當年仙桂, 父子同攀
希有. 人言金殿上, 他年又.
　冠冕在前,[2] 周公拜手. 同日催班魯公後. 此時人羨, 綠鬢朱顔依
舊. 親朋來賀喜, 休辭酒.

注

1 陳丞及之(진승급지): 현령 진급지. 이름은 진의陳擬. 자가 급지이
다. 복건성 동북 연해에 있는 나원羅源 사람. 부친과 함께 향시에
급제하였다. 벼슬은 통직랑通直郎에 이르렀다.

2 冠冕(관면) 3구: 신하들이 도열해 있을 때 주공이 앞에서 절하고
노공이 뒤에서 절하며 존중을 나타내다. 이와 관련된 기록은 『춘추
공양전』 '문공 13년'조에 있다. "주공은 어찌하여 노나라에서 대묘라
칭하였나? 노공으로 봉한 것은 주공을 위해서였기 때문이다. 주공
이 앞에서 절하고, 노공이 뒤에서 절하며 말하기를 '살아서는 주공
을 봉양하고, 죽어서는 주공을 주인으로 삼으라'고 하였다."周公何以
稱大廟於魯? 封魯公以爲周公也. 周公拜乎前, 魯公拜乎後, 曰: 生以養周公, 死
以爲周公主. ○ 催班(최반): 조회 시 황제가 입조할 때 신하들이 엄숙
하게 선두를 따라 자리에 드는 일.

해설

연산현의 현령 진급지의 생일을 축하한 축수사이다. 축수사는 필연
적으로 장수와 부귀와 공명을 기원하는 것이어서, 형식적인 축원의
틀에서 벗어나기가 어렵다. 이 작품에서는 진급지가 부친과 함께 향시
에 등과한 것을 제재로 삼았으며, 이후 회시에서도 급제하기를 기원하
였다. 하편은 앞으로 조정에서 대신들의 존중을 받고 건강하고 젊어지
기를 기원하였다.

추노아醜奴兒
— 연산의 진부에 화운하며 2수和鉛山陳簿韻二首[1]

아호산 아래 역참 길
명월이 관문을 비추는구나.
명월이 관문을 비추는데
몇 차례 가을바람에 낙엽이 바스락거린다.

빙설 같은 새로 지은 그대의 사詞를 누가 알아주나
필묵에서 한기가 일어나는구나.
필묵에서 한기가 일어나니
일찍이 그대 말했지 이별의 시름 천만 가지라고.

鵝湖山下長亭路,[2] 明月臨關. 明月臨關. 幾陣西風落葉乾.
新詞誰解裁冰雪,[3] 筆墨生寒. 筆墨生寒, 曾說離愁千萬般.

注

1 陳簿(진부): 미상.

2 鵝湖山(아호산): 신주信州 연산현鉛山縣 동북에 위치한 산. 주위 둘
레가 40여 리 된다. 산 아래는 동진 때 공씨龔氏가 산에서 거위를
키웠기에 이름 지어진 아호가 있다.

3 冰雪(빙설): 빙설문冰雪文. 뛰어난 문장을 가리킨다. 맹교孟郊의
「별장으로 돌아가는 두로책을 보내며」送豆盧策歸別墅에 "한 권의 빙

설문, 속기를 피하고자 항상 가지고 다닌다."一卷冰雪文, 避俗常自携.
는 구절이 있다.

해설

진부의 작품에 화답한 사이다. 상편은 헤어지는 객사를 그렸다. 서
풍에 낙엽이 바스락거리는 가을밤, 밝은 달빛 아래 객사의 모습이 드
러났다. 하편은 진부의 작품을 칭송하였다. 진부의 작품 가운데는 이
별의 노래도 있는데, 거기에 "이별의 시름은 천만 가지 종류"離愁千萬般
라는 구절을 끌어와 석별의 정을 실었다.

추노아醜奴兒

해마다 매화를 찾아 웃어야 하니
어슴푸레한 밤의 성긴 꽃가지.
어슴푸레한 밤의 성긴 꽃가지
봄바람에 향기 가득하고 초승달 떠 있을 때.

매화를 읊은 시 부쳐오는 사람도 없어
눈 속에서 차가운 혼 더욱 곱구나.
눈 속에서 차가운 혼 더욱 고와
그 향기 옥계玉溪 강가의 안개 속 마을에 떠도는구나.

年年索盡梅花笑,¹ 疎影黃昏.² 疎影黃昏, 香滿東風月一痕.
淸詩冷落無人寄, 雪艷冰魂.³ 雪艷冰魂, 浮玉溪頭煙樹村.⁴

注

1 索盡梅花笑(색진매화소): 매화와 함께 실컷 웃어야 한다. 두보의
「동생 두관이 남전에 가서 처자를 데리고 강릉에 갔다기에 기뻐
부치다」舍弟觀赴藍田取妻子到江陵喜寄에 나오는 "처마를 오가며 매화
와 함께 웃으니, 찬 꽃술 성긴 가지 반쯤 피어 웃음을 참지 못하는
구나."巡檐索共梅花笑, 冷蕊疎枝半不禁.란 표현을 이용하였다. ○ 索
(색): 모름지기. 응당. 반드시. 찾다.
2 疎影黃昏(소영황혼): 달빛 어둑할 때의 성긴 꽃가지. 임포林逋의

「동산의 작은 매화」山園小梅에 나오는 이미지이다.

3 雪艷冰魂(설염빙혼): 눈 속에서 매화는 더욱 선연하다. ○ 冰魂(빙혼): 매화의 모습을 형용한 표현. 지극히 맑음을 나타낸다.

4 玉溪(옥계): 신주에 있는 신강信江. 회옥산懷玉山에서 흘러나오기에 옥계라고도 한다.

해설

매화를 노래한 영매사이다. 상편은 주로 매화가 핀 모습을 직접적으로 묘사한 반면, 하편은 매화의 신운神韻을 간접적으로 나타내었다. '옥계', 즉 신강信江이라는 구체적인 지명으로 인해 매화의 이미지가 더욱 선명해졌다.

임강선臨江仙

— 기사의 첨 노인 생일을 축하하며 장난삼아 짓다戲爲期思詹老壽[1]

손수 심은 문 앞의 오구나무
지금 천 척 높이로 창창하구나.
전원은 조상 때부터 밭 갈고 누에 치던 곳이라.
술잔과 소반이 차려진 바람 맑고 달 밝은 밤
퉁소와 북소리 속 자손들이 바쁘구나.

일흔다섯 해 동안 변고 없이 살아온 사람
양 살쩍에 서리가 내려도 무방하리.
푸른 창에선 지금도 시첩侍妾이 붉은 화장을 하니
다시 오늘부터
삼만 육천 번 취해야 하리.

手種門前烏桕樹,[2] 而今千尺蒼蒼. 田園只是舊耕桑. 杯盤風月
夜, 簫鼓子孫忙.

七十五年無事客, 不妨兩鬢如霜. 綠窓剗地調紅粧. 更從今日
醉, 三萬六千場.

注

1 期思(기사): 연산현에 있는 마을 이름. 표천 근처에 소재했다. 「심
   원춘 —미인이 있으니」에 자세하다. ○ 詹老(첨로): 첨씨 성을 가진

노인. 미상.

2 烏桕樹(오구수): 오구나무.

　　기사 마을에 사는 첨 노인의 생일을 축하하였다. 짤막한 한 편의
사로 첨 노인의 생애가 손에 잡힐 듯 구체적으로 형상화되었다. 말미
에서 오늘부터 매일 한 번씩 술에 취하여 백 년 동안 하라는 말은,
곧 앞으로 즐거이 백 년을 더 살기 바란다는 뜻이다. 언어와 표현이
소박하고 명징하다.

옥루춘玉樓春

―구강에서 관음상이 새겨진 수석을 가져다 준 사람이 있어 사를 지어 읊다 有自九江以石中作觀音像持送者, 因以詞賦之[1]

그대는 향초 우거진 비파정琵琶亭 옆에서

향로봉 마주하고 웃으며 살았지.

우연히 옥계玉溪 동쪽 이곳에 다시 왔으니

백발이 아니라면 누가 노인이라고 볼 것인가.

보타대사 관세음은 신통력이 오묘해

수석에 새겨진 형상 빛나고 뚜렷해라.

가져다 주셨으니 어찌 감사 인사 없겠는가

자비롭고 좋은 얼굴 오래오래 사시오.

琵琶亭畔多芳草,[2] 時對香爐峰一笑.[3] 偶然重傍玉溪東, 不是白頭誰覺老.

補陀大士神通妙,[4] 影入石頭光了了. 肯來持獻可無言, 長似慈悲顏色好.

注

1 九江(구강): 지금의 강서성 구강시九江市.

2 琵琶亭(비파정): 강서성 구강시 장강 강가에 소재한 정자. 당대 백거이가 분포湓浦의 포구에서 손님을 보내다가 밤에 비파소리를 듣고 「비파행」琵琶行을 지었기에 후인들이 이름 붙였다.

3 香爐峰(향로봉): 구강의 서남, 여산의 북쪽에 솟은 봉우리로, 그 모
습이 향로와 같다 하여 붙은 이름이다.

4 補陀大士(보타대사): 보타산의 대사. 곧 관세음보살. 관세음보살이
인도의 보타낙가산補陀落伽山에서 설법하였다.

해설

관음보살의 형상이 새겨진 수석을 증정 받고 쓴 사이다. 먼저 구강
의 비파정에 살던 사람이 옥계까지 온 경위를 쓰고, 이어서 관세음의
모습을 묘사하고, 말미에서 증정한 사람을 축원하였다.

작교선鵲橋仙

― 백로에게 贈鷺鷥

시냇가의 백로야
이리 와라, 내 너에게 말할 게 있으니.
"시내 속 물고기 수를 셀만 하구나.
주인이 너를 아끼듯 너도 물고기를 아껴서
나와 외물이 즐거이 함께 살아야 하리.

먼 포구에는 흰 모래
외떨어진 모래톱 거무스름한 갯벌에는
뛰노는 새우와 춤추는 미꾸라지 아주 많단다.
네 맘대로 날아가 포식하고 돌아오면
바람에 날리는 머리 위 깃털을 바라보리라."

溪邊白鷺, 來吾告汝: "溪裏魚兒堪數.¹ 主人憐汝汝憐魚, 要物
我欣然一處.

白沙遠浦, 靑泥別渚, 剩有鰕跳鰍舞. 聽君飛去飽時來, 看頭上
風吹一縷."²

注

1 堪數(감수): 헤아릴 수 있다. 시내에 물고기가 적고 물이 맑은 것을
  나타낸다.
2 一縷(일루): 백로의 머리꼭지에 있는 흰 깃털.

　물가에서 백로와 대화하는 방식으로 선악에 대한 선명한 의식을 표현하였다. 가까이 있는 물고기는 아껴서 잡아먹지 말고, 멀리 있는 새우와 미꾸라지는 마음껏 포식하라는 대비로 두 부류를 나누고 있다. 말미의 두 구에서 개선하는 용사勇士의 이미지를 부여한 것을 보면, 물고기를 선한 세력으로 보고, 새우와 미꾸라지를 악한 세력으로 비유하는 걸 알 수 있다.

하독신河瀆神
— 여성산의 사당, 화간체를 본떠서女城祠, 效花間體[1]

향기로운 푸른 풀 우거져
먼 포구에서 애끊게 그리워하네.
산머리에 올라 구름 깃발 보이는지 바라보고
혜초로 싼 고기에 계피 향 술 차리고 돌아오길 기다리네.

구슬퍼라, 처마 앞에서 제비 한 쌍 춤추고
동풍이 불어와 단비가 흩어지는구나.
향기는 사라지고 촛불은 꺼진 데다 음악도 그쳐
문밖으로 지는 해에 고금을 탄식하네.

芳草綠萋萋, 斷腸絶浦相思. 山頭人望翠雲旗, 蕙肴桂酒君歸.[2]
惆悵畵簷雙燕舞, 東風吹散靈雨.[3] 香火冷殘簫鼓, 斜陽門外今古.

注

1 女城(여성): 여성산. 연산현 동쪽 30리에 소재한 산. 산의 형태가
  여인의 유방과 같아서 붙인 이름이다. 표천에서 가깝다. ○ 花間體
  (화간체): 만당 오대에 유행했던 사체詞體 또는 유파. 후촉 조숭조趙
  崇祚가 『화간집』花間集을 편찬한 데서 붙인 이름이다. 만당의 온정
  균溫庭筠을 중심으로 그의 작풍을 따르는 여러 사인들이 여인의 염
  정과 풍월의 우미함을 농염濃艶하고 기려綺麗한 필치로 묘사한 것을

특징으로 한다.

2 蕙肴桂酒(혜효계주): 혜초로 싼 고기와 계피로 만든 술. 굴원의 『구가』「동황태일」東皇太一에 "혜초로 싼 고기 난초에 받치어, 향기로운 계주와 초장 함께 올리자."蕙肴蒸兮蘭藉, 奠桂酒兮椒漿.란 구절이 있다.

3 靈雨(영우): 좋은 비. 단비. 『시경』「정지방중」定之方中에 "단비가 내렸기에, 수레꾼에게 명하네."靈雨旣零, 命彼倌人.라는 구절이 있다.

해설

여성산의 사당에 있는 선녀의 그리움을 노래하였다. 사당에 있는 선녀는 소상塑像이나 화상畵像이 있을 터인데, 그녀의 입장과 심정에서 오지 않는 '심중인'心中人를 그리워하고 기다리는 마음을 그렸다. '화간체'의 시조 온정균溫庭筠도 『화간집』에 그의 「하독신」 3수를 남기고 있는데, 그 내용은 선녀의 이별과 슬픔을 다루었다. 이 작품 역시 이러한 전통을 따르고 있다.

자고천鷓鴣天
― 석문 가는 길石門道中[1]

산 위의 폭포는 만 섬의 구슬을 쏟아내고
천 길 벼랑에선 족제비와 날다람쥐 뛰논다.
산길 따라 가다보면 다시 길이 막히고
사람 소리 들리는 듯 귀 기울이면 다시금 조용해라.

한적한 외나무다리
멀리 보이는 탑.
개울 남쪽 높은 대숲에 초막이 있구나.
지팡이에 짚신 신고 자주 온다 탓하지 마오
이곳은 이 노인에게 딱 맞는 곳이라오.

山上飛泉萬斛珠, 懸崖千丈落鼪鼯.[2] 已通樵逕行還礙,[3] 似有人
聲聽却無.

閑略彴,[4] 遠浮屠. 溪南修竹有茅廬. 莫嫌杖屨頻來往, 此地偏宜
着老夫.

注

1 石門(석문): 연산현 여성산女城山 부근에 소재한다. 표천에서 가깝다.
2 鼪鼯(생오): 족제비와 날다람쥐.
3 樵逕(초경): 나무꾼들이 다니면서 생긴 산길.

4 略彴(약박): 작은 외나무다리.

산중의 정취를 노래하였다. 주로 표천에서 석문 가는 도중의 그윽하고 초발峭拔한 풍광을 신선한 필법으로 그려내었다. 도중에 깊은 산길을 걷고, 외나무다리를 건너고, 멀리 탑을 바라보고, 시내 남쪽의 대숲 속 집을 바라본다. 말미에서 자신의 등장을 나타내고 있어 절로 은거의 즐거움을 표현하였다.

가헌사稼軒詞 권5

양절(兩浙)과 연산(鉛山) 시기, 총 24수
1203년(송 영종 가태 3)부터 1207년(송 영종 개희 3)까지

완계사浣溪沙
— 상산 가는 길에 눈에 보이는 대로常山道中卽事[1]

북쪽의 높은 밭 답수차 바쁘게 밟고
서쪽의 시냇가 벼가 익어 햅쌀을 맛보았으니
담장 너머 술을 사와 잔 물고기 익힌다.

어디서 비가 내려 갑자기 서늘해졌나
더구나 구름은 그림자도 남기지 않고 삽시간에 지나갔다.
참외 파는 사람이 대숲 옆 마을 지나간다.

北隴田高踏水頻,[2] 西溪禾早已嘗新,[3] 隔牆沽酒煮纖鱗.
忽有微涼何處雨, 更無留影霎時雲. 賣瓜人過竹邊村.

注

1 常山(상산): 지금의 절강성 상산현. 경내에 상산이 있어 이름 지어
 졌다. 꼭대기에 호수가 있기에 호산湖山이라고도 한다. 신주에서 소
 흥에 가려면 거쳐야 하는 곳이다.
2 踏水頻(답수빈): 답수차踏水車를 자주 밟아 논에 물을 댐.
3 嘗新(상신): 햅쌀을 맛보다.

해설

 향촌의 여름 풍광을 청신하게 묘사하였다. 비록 지나가는 길에 본

모습이지만 빠르고도 상쾌하게 그려내었다. 밭과 논에서 일하는 농민들이 생선을 안주삼아 술을 마시는 모습이 선명하다. 환한 대낮 소나기가 흔적 없이 지나가는 절강의 특징적인 여름 날씨 속에 이 모든 풍광을 통과하며 참외 파는 사람이 외를 팔며 외치는 소리가 들리는 듯하다.

대호와 표천에서 은거하며 세월을 보내던 신기질이 새로 소흥부 지사 겸 절동 안무사로 임명되어 가면서 지었다. 신기질의 임용은 당시 시국의 영향이 컸다. 1194년 영종寧宗의 즉위에 공을 세운 한차주韓侂胄가 이제 재상이 되면서 자신의 입지를 강화하기 위하여 북벌을 주장하고 항금파抗金派 세력을 키워나갔다. 이 과정에서 신기질이 소흥부 지사 겸 절동 안무사로 발탁되었다. 1203년(64세) 여름에 지었다.

한궁춘漢宮春
— 회계 봉래각에서 비를 바라보며會稽蓬萊閣觀雨[1]

진망산秦望山 위에서
바라보니 어지러운 구름에서 쏟아지는 소나기가
강과 호수를 뒤집을 기세다.
알 수 없어라, 구름이 비가 되는지
비가 구름이 되는지.
광활한 하늘 만 리
서풍이 불어 삽시간에 변화무쌍해라.
머리 돌려 달 밝은 하늘에 바람 소리
인간 세상의 온갖 소리 듣는다.

누가 약야계若耶溪 시냇가에서
미인을 서쪽으로 가게 해서
고소대姑蘇臺에서 사슴이 놀게 했던가?
지금도 고국에선 사람들이
배 타고 돌아오길 바라리라.
한 해도 저무는데
묻노니 어찌하여 슬瑟을 연주하고 피리를 불지 않는가?
그대 보지 못하는가, 왕씨와 사씨의 정자와 누각은 없고
차가운 안개 속 나무에 까마귀만 우는 것을.

秦望山頭,² 看亂雲急雨, 倒立江湖. 不知雲者爲雨,³ 雨者雲乎. 長空萬里, 被西風變滅須臾. 回首聽月明天籟,⁴ 人間萬竅號呼.⁵ 誰向若耶溪上,⁶ 倩美人西去, 麋鹿姑蘇? 至今故國人望, 一舸歸歟. 歲云暮矣,⁷ 問何不鼓瑟吹竽? 君不見王亭謝館,⁸ 冷煙寒樹啼鳥.

注

1 會稽(회계): 지금의 절강성 소흥시. ○ 蓬萊閣(봉래각): 회계 와룡 산 아래에 있는 누각. 유명한 유람지이다.

2 秦望山(진망산): 회계 동쪽 40리에 소재한다. 진시황이 이 산에 올 라 동해를 바라보았기에 이름 지어졌다.

3 不知(부지) 2구: 『장자』「천운」天運에 나오는 "구름이 비가 되게 하 는가? 비가 구름이 되게 하는가?"雲者爲雨乎? 雨者爲雲乎?라는 구절을 이용하였다. 구름과 비를 구분할 수 없도록 온통 비가 오며 흐릿한 모양을 가리킨다.

4 天籟(천뢰): 자연계의 소리. 바람소리, 새소리, 물소리 등을 통칭한 다. 『장자』「제물론」齊物論에 천뢰天籟, 지뢰地籟, 인뢰人籟에 대한 묘 사가 있는데, 이에 대해 사씨師氏는 "바람소리가 천뢰이고, 물소리 가 지뢰이고, 생황이나 피리 소리가 인뢰다."風聲爲天籟, 水聲爲地籟, 笙竽爲人籟.고 하였다. 여기서는 바람소리.

5 萬竅(만규): 만 개의 구멍. 장자의 개념으로, 소리는 구멍에서 나며, 인간 세상의 온갖 구멍에 바람이 불어 스치면서 갖가지 소리가 난 다고 보았다. 『장자』「제물론」 참조.

6 誰向(수향) 3구: 월나라 범려范蠡가 미인계를 써서 오나라를 멸망 시킨 일을 가리킨다. ○ 若耶溪(약야계): 회계 남쪽에 소재한 시내. 서시가 빨래하던 곳이라고 전해져 완사계浣紗溪라고도 한다. ○ 美人 西去(미인서거): 서시가 서쪽에 있는 오나라에 가다. ○ 麋鹿姑蘇

(미록고소): 소주蘇州의 고소산에 있는 고소대姑蘇臺가 사슴들이 노는 곳이 되다. 오나라가 멸망했음을 비유한다. 오자서는 오왕에게 서시를 받아들이지 말 것을 간언하면서 한 말에서 유래했다. "소신은 지금 고소대에 사슴들이 노는 것이 보입니다."臣今見麋鹿遊姑蘇之臺也.

7 云(운): 조사. 뜻이 없이 어조만 나타낸다.

8 王亭謝館(왕정사관): 왕씨의 정자와 사씨의 관사. 왕씨와 사씨는 동진의 양대 권문세족으로 그 자제들은 대부분 회계에 살았다. 삼짓날 왕희지와 사십여 명이 모여 곡수유상曲水流觴과 음주부시飲酒賦詩하던 곳도 회계의 난정蘭亭이었고, 사안謝安이 은거하던 동산도 회계에 있었다.

해설

회계에서 비 오는 날 풍광을 둘러보고 오월의 역사를 회고하였다. 상편은 비가 오다 개는 회계의 변화무쌍한 날씨를 그렸다. 이는 비록 풍경이지만 흥망이 잦은 국가를 비유한 것으로도 읽을 수 있다. 하편에서 바로 춘추시대 오월의 흥망을 말하고 있기 때문이다. 회계는 월나라의 도성이 있던 곳으로, 현지 사람들은 배 타고 떠난 범려와 서시가 돌아오길 기다린다. 이러매 어찌 남조의 권문세족처럼 음악을 즐기며 세월을 보낼 것인가. 자신을 말하지만 사실은 위정자를 넌지시 가리키고 있다. 1203년 가을에 지었다.

한궁춘漢宮春
― 회계 추풍정에서 회고하며會稽秋風亭懷古[1]

정자에 가을바람이 소슬하게 부는데
기억하건대 작년에도 설렁설렁
내 초막에 불었었지.
눈을 들어 돌아보니 산하는 비록 달라도
풍경은 다르지 않구나.
여름이 자신의 사명을 완수하고 떠나니
부채도 사람에게 버려졌음을 알겠노라.
바람은 쉬지 않고 불고 석양은 예와 같은데
우禹 임금의 유적은 아득히 찾을 길 없어라.

천 년 전에 한 무제가 지은 「추풍사」가 남아 있어
풍류 넘치는 시구는
사마상여의 작품에 비길 수 있구나.
지금 나뭇잎 떨어지고 강물 차가운데
멀리 바라보아도 고인은 보이지 않으니 나를 시름겹게 하는구나.
친구가 편지를 보내왔으니
"우물쭈물하다가 지금이 순채국과 농어회가 제철인 걸 잊지 말게."
누가 알아주랴, 서늘한 밤 등불을 대하고
사마천의 『사기』를 읽는 나를.

亭上秋風, 記去年嫋嫋,² 曾到吾廬. 山河擧目雖異,³ 風景非殊. 功成者去, 覺團扇便與人疎. 吹不斷斜陽依舊, 茫茫禹跡都無.⁴

千古茂陵詞在,⁵ 甚風流章句,⁶ 解擬相如.⁷ 只今木落江冷, 眇眇愁余.⁸ 故人書報: "莫因循忘却蓴鱸."⁹ 誰念我新涼燈火, 一編太史公書.¹⁰

注

1 秋風亭(추풍정): 소흥시에 있는 정자. 신기질이 창건했다.

2 嫋嫋(뇨뇨): 하늘하늘. 살랑살랑. 미풍이 부는 모습을 형용한 말. 굴원의 『구가』 「상부인」湘夫人에 "가을바람 하늘하늘 불고"嫋嫋兮秋風라는 말이 있다.

3 山河(산하) 2구: 회계와 표천의 산하가 비록 달라도 풍경은 같다. 이는 서진에서 남하한 동진의 사대부들이 남경 신정新亭에서 마주 보며 울던 일을 환기하며, 남송이 강남에서 일시적 안일을 취하는 일을 비유한다. 「수룡음 一천마가 강을 건너 남으로 내려온 이래」 참조.

4 禹跡(우적): 우 임금의 유적. 일찍이 월 땅의 묘산苗山에 와 지명을 회계會稽라 바꾸었으며, 그곳에서 죽었다. 북송 태조 때 회계산에 우묘禹廟를 세웠다.

5 茂陵詞(무릉사): 한 무제의 「추풍사」秋風辭. 첫머리에 "가을바람 불어오니 흰 구름 날리는데, 낙엽이 떨어지고 기러기가 남으로 돌아가네."秋風起兮白雲飛, 草木黃落兮雁南歸.란 구절이 있다. ○ 茂陵(무릉): 한 무제의 능묘. 섬서성 서안에 소재한다. 여기서는 무제를 가리킨다.

6 甚(심): 진실로. 정말로. ○ 風流(풍류): 문장이 아름답고 운미가 깊다.

7 解擬(해의): 비교할 수 있다. ○ 相如(상여): 사마상여.

8 眇眇愁余(묘묘수여): 멀리 바라보나 보이지 않아 나를 시름겹게 한다. 굴원의 『구가』 「상부인」에 "요 임금의 딸 상부인이 북쪽 강안에 강림했으나, 희미한 모습에 나 상군을 근심스럽게 하네."帝子降兮北渚, 目眇眇兮愁予.라는 구절이 있다.

9 因循(인순): 연기하다. 미루다. 미루다가 놓치다. ○ 蒓鱸(순로): 순채와 농어. 즉 순채국과 농어회. 서진의 장한張翰이 고향 오 지방의 순채국과 농어회가 생각나 벼슬을 버리고 고향으로 돌아갔다. 앞의 「목란화만 —늙어가노라니 흥이 줄어드는데」 참조. 이 구절은 표천으로 돌아와 은거하라는 뜻이다.

10 太史公書(태사공서): 사마천이 지은 『사기』를 가리킨다.

해설

   회계 추풍정에서 옛사람을 회고하였다. 회계와 관련된 인물로는 우 임금이고, 추풍과 관련해서는 한 무제이다. 상편에서는 주로 가을 서풍에 초점을 맞추어 고향을 생각하고 역사를 기억했다. 하편은 한 무제의 「추풍사」로부터 그가 사마상여를 신임한 일로부터 강성한 국가를 만들었던 군주에 대한 지향을 드러냈다. 서늘한 가을 밤 『사기』를 읽는 마음은 여전히 이러한 역사에 대한 깊은 근심 때문일 것이다. 전편에 걸쳐 암시성이 강한 언어로 이상과 현실의 모순에서 오는 고민을 비장하게 나타냈다. 이 작품에 대한 구숭丘崈, 강기姜夔, 장자張鎡의 화운사和韻詞가 지금 전한다.

한궁춘 漢宮春

— 이겸선 제거의 화운에 답하며 答李兼善提擧和章[1]

마음은 외로운 스님과 같은데
더구나 무성한 숲과 높은 대나무 우거진
산 위의 절에 있다네.
유마힐이 분명 병들지 않았으니
누가 문수사리를 보내랴.
예부터 백발이 되면
사귐에 있어 말은 친하나 마음은 멀다는 걸 탄식하는데
산개傘蓋를 기울여 마음을 터놓고 말할 자는
지금 그대밖에 없어라.

내가 가장 좋아하는 건 「양춘」과 같은 그대의 절묘한 시
서풍에 불려 떨어지면
쇠와 옥이 부딪치는 쨍그랑 소리가 나리라.
간밤에 강으로 돌아가는 꿈을 꾸었더니
꿈 속에서 어르신들 기쁘게 나를 맞아주셨지.
갈대꽃 깊은 곳에서
아이들 불러 불 피우고 농어를 삶으라 했었지.
돌아가 은거하면 그뿐, 절교하는 데에 어찌
혜강嵇康처럼 산도山濤에게 편지 쓸 필요 있으랴.

心似孤僧, 更茂林修竹, 山上精廬. 維摩定自非病,² 誰遣文殊. 白頭自昔, 歎相逢語密情疎. 傾蓋處論心一語,³ 只今還有公無.

最喜陽春妙句,⁴ 被西風吹墮, 金玉鏗如.⁵ 夜來歸夢江上, 父老歡予. 荻花深處,⁶ 喚兒童吹火烹鱸. 歸去也絶交何必,⁷ 更修山巨源書.

注

1 李兼善(이겸선): 이협李浹. 이언영李彦穎의 아들. 젊어서 태학을 방문하여 여러 생도들이 그의 재능을 두려워하였다. 승무랑承務郎, 회서 혜민국淮西惠民局, 휘주徽州 지주, 절동 상평창 제거 등을 역임하였다.

2 維摩(유마) 2구: 유마힐이 병이 들어 누워있으면서 널리 설법을 하자, 석가모니가 문수사리를 보내 문병하게 했다. 여기서는 신기질 자신을 유마힐로 비유하고 조정을 석가모니로 비유하여, 자신이 병이 없으니 조정에서 사람을 파견하지 않을 것이라며, 조정을 완곡히 비판하였다.

3 傾蓋(경개): 수레의 산개를 서로 맞대거나 한쪽으로 기울다. 처음 만나 친해진 경우를 형용한다. ○ 論心(논심): 마음을 터놓고 이야기하다.

4 陽春(양춘): 고아한 악곡 「양춘」과 「백설」. 여기서는 이겸선이 창화한 작품을 가리킨다.

5 金玉鏗如(금옥갱여): 쇠와 옥이 부딪쳐 쨍그랑거리는 소리가 난다. 동진의 손작孫綽이 「천태산부」天台山賦를 지어 범계范啓에게 주면서 "그대가 한번 땅에 던져보게. 쇠와 옥이 부딪치는 소리가 날 걸세." 卿試擲地, 要作金石聲.라고 하였다. 『세설신어』「문학」 참조.

6 荻花(적화) 2구: 만당 정곡鄭谷의 「어부」漁者에 나오는 "한 자 크기

의 농어를 새로 낚아 올렸더니, 아이 손자들이 갈대꽃 사이에서 불을 피우더라."一尺鱸魚神釣得, 兒孫吹火荻花中.를 이용하였다.

7 絶交(절교) 2구: 삼국시대 위나라의 죽림칠현 가운데 산도山濤는 사마씨司馬氏가 실권을 잡은 조정에서 이부시랑吏部侍郞이 되자 혜강嵇康을 추천하였다. 혜강은 산도가 자신이 어떤 사람인지 모른다며 「산도에게 주는 절교 편지」與山巨源絶交書를 썼다.

해설

만년에 관직에 있으며 겪는 갈등을 토로하였다. 신기질이 소흥 지부 겸 절동 안무사가 된 것은 1203년 6월로, 겨우 반년이 지난 그해 12월 직위를 떠나 조정에 가게 된다. 장기간 은거하고 있던 신기질이 불려 나오면서 주위에 많은 말이 있었고, 중앙의 정치 형세도 흔들리고 있었기에 애초에 소흥 지부는 불안정하였다. 이때 심경은 상편에서 말한 대로 고적하기 이를 데 없다. 그런 중에도 이겸선의 만남은 크게 위로가 되었다. 하편에서는 이겸선의 작품을 칭송하면서, 전원으로 돌아가려는 뜻을 나타내었다. 말미에서 자신을 추천해준 한차주를 뜻을 같이 할 수 없는 사람으로 보고, 이제는 절교할 뜻과 은퇴의 결심을 나타내었다. 1203년(64세)에 지었다.

한궁춘漢宮春

— 오자사 총간의 화답에 답하며答吳子似總幹和章[1]

영달하면 하늘에 올라
바로 금마문金馬門 지나 옥당玉堂에 들어가지만
곤궁하면 띠풀 집에 산다.
크고 작음의 차별을 버리고 소요하며 유유자적하면 그만이니
어찌 붕새와 메추리가 다르겠는가.
그대는 별처럼
하늘에서 여기저기 흩어져 찬란히 빛나는구나.
이에 비해 나는 황량한 풀 위의 반딧불처럼
맑은 빛이 잠시 반짝이다가 사라진다네.

천 년 전 장한張翰이 아직도 있어
송강松江 가는 길에서 나에게 말하기를
지금은 어찌 사느냐고 묻더라.
백발이 되어서도 하산하여 벼슬하기를 좋아한다면
장한은 분명 나에게 화를 내리라.
"인생은 잠시 그저 그런대로 사는 것이지
어찌 생선을 먹는데 꼭 농어회를 먹어야 하랴."
또한 스스로 웃나니, 그대 시에서 불현듯
만 권의 책을 가슴에 가지고 있음을 깨닫노라.

達則靑雲,[2] 便玉堂金馬;[3] 窮則茅廬. 逍遙小大自適,[4] 鵬鷃何殊.
君如星斗, 燦中天密密疎疎. 荒草外自憐螢火, 淸光暫有還無.

千古季鷹猶在,[5] 向松江道我,[6] 問訊何如. 白頭愛山下去, 翁定
嗔予: "人生謾爾,[7] 豈食魚必鱠之鱸." 還自笑君詩頓覺, 胸中萬卷
藏書.

注

1 吳子似(오자사): 오소고吳紹古. 자가 자사子似이다. 강서 파양鄱陽
사람. 육상산陸象山에게 배웠으며, 연산현위鉛山縣尉로 있을 때 신기
질과 교왕이 깊어 자주 창화하였다. ○ 總幹(총간): 군사 업무를 총
괄하는 직책.

2 達(달): 현달하다. ○ 靑雲(청운): 고관으로 오르다.

3 玉堂金馬(옥당금마): 옥당전과 금마문. 한대의 궁전과 궁문 이름.
옥당은 당송 이후 한림원翰林院을 가리킨다. 금마문은 한 무제漢武
帝가 미앙궁未央宮 앞의 금마문에 문인을 발탁하여 고문에 응하게
한 일에서, 뛰어난 문인들이 활동하는 장소를 가리키며, 후세에 한
림원을 가리킨다. 양웅 「해조」解嘲에 "금마문을 거쳐 옥당에 오르
다."歷金馬, 上玉堂.는 말이 있다.

4 逍遙(소요) 2구: 『장자』「소요유」에 나오는 우화를 가리킨다. 곤鯤
이 붕鵬으로 변하여 날개를 구만 리로 펼치며 날아가지만, 메추리는
이를 비웃으며 쑥대밭에서 날아다닌다. 장자의 사상은 제물의 관점
에서 본다면 곤붕의 거대한 비행과 메추리의 담장을 넘나드는 비행
모두 각자 자족적인 행위라고 볼 수 있다.

5 季鷹(계응): 서진의 장한張翰. 계응은 자. 낙양에 있던 장한이 가을
바람이 불자 오 지방의 순채국蓴羹과 농어회鱸魚膾가 생각난다는 것
을 빌미로 벼슬을 그만두고 고향으로 회 먹으러 돌아갔다. 『세설신

어』「식감」 참조.

6 松江(송강): 오송강吳淞江. 고대에는 입택笠澤이라 칭했다. 소주蘇州
의 태호太湖에서 발원하여 상해를 지나 바다로 들어가며, 농어가
많이 나며 맛있기로 유명하다. 이곳은 고대의 오중吳中 지역으로,
장한은 오중 사람이었다.

7 謾爾(만이): 잠시 이럴 뿐이다.

해설

유가의 궁달과 도가의 소요의 관점을 통합하면서 은거에 대한 지향
을 나타냈다. 이어서 장한의 순채국과 농어회 전고로 늙어서도 벼슬길
에 나온 자신을 책망하였다. 송강에서 장한을 만난다는 설정은 작자가
그만큼 고인을 가까이 불러내 자신의 문제를 묻고 답하였음을 말해주
는 표시이기도 하다.

상서평 上西平
— 회계 추풍정에서 눈을 감상하며會稽秋風亭觀雪

사통팔달의 거리에
은 술잔은 말을 쫓아가고
흰 띠는 수레를 따라가네.
그 누가 경옥 같은 눈을 애석하게 여길 줄 아는가.
대숲 밖은 어떠한가
조용히 들으면 사각사각 게가 모래 위를 기어가는 소리.
내가 좋아하는 건
바다 끝 산머리에 천지에 옥이 자라 펼쳐진 모습.

싸우는 듯 분분하고
춤추는 듯 아리땁고
막 곧바르게 내리다가
또 비스듬히 날리네.
그림을 그린다면 나는 도롱이 쓴 어부가 되리.
추위 속에 시를 읊는 나를 웃으리니
양고주羊羔酒가 없지만 그런대로 차를 달이노라.
일어나 눈길 닿는 데까지 바라보다가
아득한 하늘에 돌아가는 까마귀를 헤아리노라.

九衢中,[1] 杯逐馬,[2] 帶隨車. 問誰解愛惜瓊華.[3] 何如竹外, 靜聽
窣窣蟹行沙.[4] 自憐是, 海山頭種玉人家.[5]

紛如鬪, 嬌如舞, 才整整, 又斜斜. 要圖畵還我漁簑. 凍吟應笑,
羔兒無分謾煎茶.[6] 起來極目, 向彌茫數盡歸鴉.

注

1 九衢(구구): 여러 방향으로 통하는 거리. 번화한 거리를 말한다.

2 杯逐馬(배축마) 2구: 한유韓愈의 「눈을 읊으며 장적에게」詠雪贈張籍
의 "수레를 따라가니 흰 띠가 뒤집히고, 말을 쫓아가니 은 술잔이
흩어진다."隨車翻縞帶, 逐馬散銀杯.의 구절을 이용했다. 눈 위에 생긴
말발굽 자국과 수레바퀴 자국을 형용한다.

3 瓊華(경화): 옥. 눈의 결정이 옥처럼 정결함을 비유한다.

4 窣窣(솔솔): 사각사각. 눈이 내릴 때 나는 소리를 형용한 의성어.
여기서는 게가 모래밭을 기어가는 소리로 눈 내리는 소리를 형상화
했다. 북송 말기 고원지高元之의 시에 "창에 뿌려지며 누에가 잎을
먹는 소리, 대숲으로 내리며 게가 모래 위를 기어가는 소리."灑窓蠶
食葉, 入竹蟹行沙.라는 표현이 있다.

5 種玉人家(종옥인가): 양백옹楊伯雍이 옥을 심어 벽옥을 길러낸 이
야기를 가리킨다. 간보干寶의『수신기』권11에 나온다. 무종산無終
山은 높이 80리로 물이 없었다. 양백옹이 물을 길러 비탈길 머리에
서 행인들에게 마시게 하였다. 삼년 후 어떤 사람이 와서 마시더니
자갈 한 되를 주면서 높고 좋은 돌밭에 가서 심으라고 하였다. "옥
이 그 속에서 자랄 것이오." 양공이 아직 장가들지 않은 걸 보고
또 말했다. "그대는 나중에 분명 좋은 아내를 얻을 것이오." 말을
마치자 보이지 않았다. 이에 양공이 그 돌을 심었다. 몇 년 후 종종
가서 보니 돌 위에 작은 옥들이 자라 있었지만 사람들은 알지 못했

다. 서씨가 있었는데 우북평의 큰 가문으로 그 딸의 품행이 좋았다. 사람들이 배필로 구했으나 대부분 허락하지 않았다. 양공이 시험삼아 서씨에게 그 딸을 배필로 삼고 싶다고 말했다. 서씨는 미친 놈이라 여기고 웃으며 말하기를 "흰 벽옥 한 쌍을 가져오면 응당 혼인을 허락하리다."고 하였다. 양공이 옥을 심은 밭에 가보니 흰 벽옥이 다섯 쌍이나 있어 이를 빙례로 삼았다. 서씨가 크게 놀라 마침내 딸을 양공에게 시집보냈다.公汲水作義漿於坂頭, 行者皆飮之. 三年, 有一人就飮, 以一斗石子與之, 使至高平好地有石處種之, 云: "玉當生其中." 楊公未娶, 又語云: "汝後當得好婦." 語畢不見. 乃種其石. 數歲, 時時往視, 見玉子生石上, 人莫知也. 有徐氏者, 右北平著姓, 女甚有行, 時人求, 多不許. 公乃試求徐氏. 徐氏笑以爲狂, 因戲云: "得白璧一雙來, 當聽爲婚." 公至所種玉田中, 得白璧五雙, 以聘. 徐氏大驚, 遂以女妻公. 여기서는 땅에 옥 같은 백설이 가득 깔린 걸 비유한다.

6 羔兒(고아): 양고주羊羔酒. 양술. 『본초강목』本草綱目에는 북송 선화 연간에 화성전和成殿에서 양고주羊羔酒를 담은 방법을 싣고 있다. 찹쌀과 양고기를 누룩과 함께 빚었다.

해설
눈 내리는 광경을 노래한 영설사詠雪詞이다. 시각 이미지와 청각 이미지를 동원하기도 하고, 사실적으로 묘사하기도 하면서 눈 내린 겨울날의 추위 속 한일閑逸한 정취를 나타내었다.

만강홍滿江紅

도성의 대로에서 먼지를 날리며
십 리 길거리 달리는 화려한 수레를 바라보노라.
봄이 아직 저물지도 않았는데 놀랍게도 벌써 누대와 정자는
붉은 꽃이 시들고 녹음이 짙어졌구나.
그런데도 빗속에 잠든 해당화는 아직도 취해 있고
버들가지가 바람에 춤추어도 「절양류」 노래 부르기 어렵구나.
꾀꼬리에게 묻노니 고향의 소식 말해줄 수 있느냐?
예전에 낯익었던 새여.

바위의 샘물에선
오리들이 헤엄치리라.
둥지 튼 숲 아래에선
새들이 깃들어 살리라.
한스러운 건 도미꽃이 늦게 피어
붉은 옥 같은 꽃 속에 있는 것.
연사蓮社의 모임은 지난 꿈이 되었으니 어찌 말할 수 있으며
난정蘭亭의 글씨는 어디에 있는지 찾을 길 없어라.
다만 객지의 회포에 부질없이 그네에 기대어있으면서
그네를 탈 마음이 없구나.

紫陌飛塵,¹ 望十里雕鞍繡轂. 春未老已驚臺榭, 瘦紅肥綠.² 睡雨海棠猶倚醉,³ 舞風楊柳難成曲. 問流鶯能說故園無? 曾相熟.

巖泉上, 飛鳥浴. 巢林下, 棲禽宿. 恨荼蘼開晚,⁴ 謾翻紅玉. 蓮社
豈堪談昨夢,⁵ 蘭亭何處尋遺墨?⁶ 但羈懷空自倚秋千, 無心蹴.

注

1 紫陌(자맥): 도성의 길.

2 瘦紅肥綠(수홍비록): 시든 붉음에 살찐 초록. 꽃이 시들고 녹음이
짙어지다. 이러한 표현은 이청조李淸照「여몽령」如夢令에 "아는가,
아는가, 분명 푸름이 짙고 붉음이 시들었으리라."知否, 知否, 應是綠肥
紅瘦.란 구절에서도 볼 수 있다.

3 睡雨海棠(수우해당): 해당화가 빗속에서 잠을 자다. 이 이미지는
소설『양태진외사』에서 현종이 양귀비를 보고 "어찌 귀비가 취했다
하느냐, 진정 해당화가 잠에서 덜 깨어났을 뿐이로다."豈是妃子醉,
直海棠睡未足耳!라고 말한 데서 시작되었다.

4 恨荼蘼(한도미): 하얀 도미꽃은 봄꽃 가운데 가장 늦게 핀다.

5 蓮社(연사): 동진의 혜원慧遠이 여산 동림사에서 결사한 모임. 여기
서는 은거한 사람들과의 모임을 가리킨다.

6 蘭亭(난정): 동진의 왕희지王羲之 등 42명이 모여 계제禊祭를 올리
고 곡수유상의 술을 마시고 시를 지은 곳. 여기서는 문인들과의 모
임을 가리킨다.

해설

도성에서의 적막한 심사를 그렸다. 1204년(65세) 봄, 소흥부에서 올
라온 신기질은 영종寧宗을 알현한 후 아직 진강부鎭江府 지부로 나가기
전에 잠시 도성 임안臨安에 머문다. 이때 도성의 부호들을 향해 봄이
이미 지났는데 아직 해당화처럼 봄꿈에 취해 있다고 비판하며, 객지에

서 고향을 그린다. 하편은 주로 고향의 경물을 상상하며 돌아가고픈 마음을 그렸다. 도성의 사치스런 모습과 표천의 소박한 자연이 대조를 이루며 작자의 현실에 대한 불만이 은연중에 드러났다.

생사자生查子

매실은 꽃이 떨어질 때 열렸다가
곧이어 황매가 된다.
안개와 비가 갠 적 없어
봄 내내 강가에서 사는 것과 같다.

부귀는 사람들을 바쁘게 만들지만
그래도 한가한 때도 있다.
길가의 꽃이 되지 말아라
사람들이 늘 보는 것만으로도 죽을 수 있으니까.

梅子褪花時, 直與黃梅接. 煙雨幾曾開, 一春江裏活.
富貴使人忙, 也有閑時節. 莫作路旁花, 長敎人看殺.[1]

注

1 看殺(간살): 보는 것만으로도 사람을 죽이다. 보통 간살위개看殺衛
  玠라 한다. 서진의 위개衛玠는 뛰어난 미남자였는데, 언제나 그를
  보려는 사람들이 벽담처럼 둘러싸서, 이에 놀라 병에 걸리고 곧 죽
  었다. 『세설신어』「용지」容止 참조.

해설

인생에 대한 이치를 노래했다. 상편은 매실을 썼고, 하편은 인생을

썼다. 매실은 청매에서 황매가 되기까지 비와 안개로 점점 익어간다. 그러나 사람은 부귀를 추구하느라 바쁘게 살아가고, 부귀하게 되어도 사람들에게 시달림을 당해 죽을 수 있으니, 안빈낙도하고 사는 것이 좋다. 매실과 길가의 꽃을 대비시켜 은거와 출사, 또는 청빈과 부귀를 각각 비유하는 것으로 볼 수 있다. 말미의 2구는 출사나 부귀의 삶이 진솔하지 않는 허례의 모습임을 경계하는 듯하다.

생사자生查子

— 경구 치소에 있는 진표정에 쓰다題京口郡治塵表亭[1]

아득히 만세에 남을 공업

힘들게 애썼던 당시의 노고.

물고기는 절로 깊은 못으로 들어가고

사람은 절로 평지에 살게 되었지.

붉은 해는 또 서쪽으로 지고

흰 물결은 언제나 동쪽으로 흘러간다.

금산金山을 바라보는 것이 아니라

내 절로 우禹 임금을 생각하는 거라네.

悠悠萬世功,[2] 矻矻當年苦.[3] 魚自入深淵, 人自居平土.

紅日又西沉, 白浪長東去. 不是望金山,[4] 我自思量禹.

注

1 京口(경구): 진강부鎭江府의 치소. 지금의 강소성 진강鎭江. ○ 郡治
(군치): 군의 치소治所. 군의 관청 소재지. ○ 塵表亭(진표정): 경구
에 있는 정자. 그 밖의 사항은 미상.

2 悠悠(유유): 오랫동안. 유구하다. 장구하다. 이 구는 우 임금이 치
수 사업으로 만세에 남을 공업을 세웠음을 칭송하였다. 우 임금의
부친 곤鯀이 치수에 성공하지 못해 살해당하자, 우 임금이 부친의

사업을 물려받았다. 힘써 애쓰고 마음을 다해 밖에서 십삼 년을 지냈는데, 집의 문 앞을 지나가도 들어가지 않았다. 『사기』「하본기」참조.

3 矻矻(골골): 힘써 일하는 모양.

4 金山(금산): 진강의 서북 방향 장강 가운데 있는 산. 고대에는 부옥浮玉이라 했으나, 당대 이기李琦가 진해군 절도사로 윤주에 주둔하면서 고승 법해法海가 이곳에서 금을 캐낸 일을 근거로 이름을 금산으로 바꿔줄 것을 조정에 건의했다.

해설

우 임금의 치수에 대한 공로를 칭송하였다. 장강을 낀 진강의 강가에서 다른 사람이 아닌 우 임금을 상기한 것은 막힌 물을 틔운 진정한 영웅에 대한 희구 때문일 것이다. 그것은 동시에 자신의 모습을 투영한 것이기도 하다. 1204년(65세) 늦봄 진강부 지부로 부임한 초기에 지었다.

남향자 南鄉子
— 경구 북고정에 올라 감회가 있어登京口北固亭有懷[1]

고국은 어디에 있는가?
두 눈에 가득한 풍광을 북고루北固樓에서 바라보노라.
천고의 수많은 흥망성쇠
유유히
장강은 끝없이 출렁거리며 흘러간다.

젊을 때 용사 만 명을 거느리고
동남을 차지하여 쉬지 않고 싸웠지.
천하의 영웅 중에 누가 적수인가?
조조와 유비
아들을 낳거들랑 손권과 같아야 하리.

何處望神州?[2] 滿眼風光北固樓. 千古興亡多少事, 悠悠, 不盡長
江袞袞流.
　年少萬兜鍪,[3] 坐斷東南戰未休. 天下英雄誰敵手? 曹劉.[4] 生子
當如孫仲謀.[5]

注

　1 北固亭(북고정): 북고산 위에 있는 정자.
　2 神州(신주): 서북쪽의 중원 땅. 금나라의 강역이 된 중원을 가리킨다.

3 年少(연소): 젊은이. 삼국시대 손권孫權을 가리킨다. 그의 나이 열아홉에 형 손책을 이어 강동을 지휘했다. ○ 兜鍪(두무): 투구.

4 曹劉(조류): 조조와 유비. 앞의 구와 연관해서 보면, 조조와 유비에 맞서 영웅으로 칭할 수 있는 자는 손권뿐이다 라는 뜻. 『삼국지』『촉서』 중의 「선주전」에 다음 기록이 있다. "조조가 일찍이 유비에게 말하였다. '지금 천하의 영웅으로 오직 그대와 나 조조가 있을 뿐이외다.'"曹操曾對劉備說: "今天下英雄, 惟使君與操耳."

5 生子(생자) 구: 조조가 한 말이다. 조조가 일찍이 손권의 함대와 군대가 정연한 것을 보고 탄식하여 말하였다. "아들을 낳거든 응당 손권과 같아야 하리라. 유표의 아들은 개나 돼지 같을 뿐."生子當如孫仲謀, 若劉景升兒子, 豚犬耳. 『삼국지』「손권전」에서 배송지가 인용한 『오력』吳歷 참조.

해설

손권을 추념하며 이루지 못한 고토 회복의 뜻을 아쉬워하였다. 상편은 북고루에서 북방을 바라보며 역사상의 수많은 국가 흥망을 회상하였다. 장강의 변함없는 흐름과 무상한 인간사의 대비는 소식의 「염노교 ─적벽회고」에서 말한 "장강은 동으로 흘러가며, 천고의 풍류 인물을 모두 휩쓸어갔구나."大江東去, 浪淘盡千古風流人物.를 연상시킨다. 하편은 손권의 지략과 용맹을 칭송하였다. 결국 남송의 통치자들이 유표의 아들 유종과 같이 개나 돼지와 같이 나약하고 겁이 많음을 비판하면서, 손권과 같이 대업에 뜻을 두고 남북을 종횡할 사람이 없음을 아쉬워하였다. 신기질 사詞가 지닌 영웅적 기세를 잘 보여주는 작품이다.

서자고瑞鷓鴣
— 경구에서 산중의 친구를 그리며京口有懷山中故人

노년에는 강개한 장단사長短詞 짓지 말고
도연명에 화답하는 시 몇 수 지어야 하리.
스스로 돌아가지 않을 뿐 돌아가려면 아주 쉬우니
지금 만족하지 않는다면 언제 만족할 때 있으랴.

틈을 내어 산중의 친구에게 반드시 가려 하니
이 뜻을 학과 원숭이들에게 알려주어야 하리.
듣자 하니 지금 추수당에서는
친구들이 벌써 「북산이문」을 붙였다 하더이다.

　暮年不賦短長詞,[1] 和得淵明數首詩. 君自不歸歸甚易,[2] 今猶未足足何時.
　偷閑定向山中老, 此意須教鶴輩知.[3] 聞道只今秋水上,[4] 故人曾榜北山移.[5]

注

　1 短長詞(단장사): 장단구長短句. 곧 사詞를 가리킨다. 격률시가 오언
　　과 칠언으로 정연한 데 비해, 사는 구의 길이가 일정하지 않으므로
　　장단구라 하였다.
　2 君自(군자) 구: 최도崔塗의 「봄날 저녁」春夕에서 "스스로 돌아가지

않는 것이지 가려면 곧 돌아가려니, 오호의 안개 낀 풍경을 누구보다 많이 보고자 할 뿐이네."自是不歸歸便得, 五湖煙景有誰爭?를 이용하였다.

3 鶴輩(학배): 학의 무리. 즉 학과 원숭이들. 신기질은 대호에 처음 은거할 때「심원춘 —세 갈래 길이 이제 만들어졌으나」에서 "세 갈래 길이 이제 만들어졌으나, 학이 원망하고 원숭이가 놀라는 건, 가헌 선생이 아직 오지 않았기 때문."三徑初成, 鶴怨猿驚, 稼軒未來.이라고 노래하였다.

4 秋水(추수): 신기질의 표천에 있는 추수당秋水堂을 가르킨다.

5 北山移(북산이): 남제 공치규孔稚珪가 지은「북산이문」北山移文. 공치규가 함께 은거하기로 했지만 벼슬을 한 주옹을 풍자하여 지은 글이다.

해설

출사하여 관직에 매인 몸으로 벼슬을 버리고 은거하려는 갈등을 나타내었다. 돌아갈 수 있지만 돌아가지 않고 있고, 반드시 가겠지만 아직 틈을 못 내는 심리를 잘 나타내고 있다. 장단사長短詞, 곧 사詞는 사람의 굴곡 많은 심사를 직접적으로 드러내기 좋고, 오언고시五言古詩는 담담하고 한적한 정취를 완곡하게 나타내기에 적합하다는 뜻도 들어가 있다. 말미에서 친구들이 작자의 출사를 두고 힐난한다는 뜻을 나타내고 있어, 관직에 있으면서도 돌아가지 못하는 갈등을 뚜렷이 나타내었다. 1204년(65세) 진강부 지주로 있을 때 지었다.

서자고瑞鷓鴣

— 경구에서 병중에 일어나 연창관에 올라 우연히 짓다京口病中起登
連滄觀偶成[1]

젊은 날엔 사람들이 나의 명성을 알까 두려워했는데
늙어가면서 출사와 은거는 내 바람과는 어긋나는구나.
예전부터 은거할 뜻이 있었는데
지금 친구는 당연히 돌아와야 한다고 권하네.

어느 누가 나를 위해 안심법安心法을 찾아주리오?
객이 와서 나의 생기가 막혔음을 보고서는
오히려 웃는구나, 태수가 어찌 갈매기와 같을 수 있냐고.
만경 넓은 청강淸江 위를 나는 흰 갈매기.

聲名少日畏人知, 老去行藏與願違.[2] 山草舊曾呼遠志,[3] 故人今
又寄當歸.[4]

何人可覓安心法?[5] 有客來觀杜德機.[6] 却笑使君那得似:[7] 清江
萬頃白鷗飛!

注

1 連滄觀(연창관): 경구에 소재한 명승지.

2 行藏(행장): 다니기와 숨기. 즉 벼슬에 나감과 은거함. 『논어』「술
이」述而에 "쓰이면 행하고 안 쓰이면 숨는다."用之則行, 舍之則藏.란

말에서 나왔다. 여기서는 출사의 뜻으로 쓰였다.

3 山草(산초) 구: '원지'라는 이름의 약초로 은거의 뜻을 나타냈다. 산초는 소초小草를 가리킨다. 『세설신어』「배조」排調에 나오는 '일물이명'一物二名 전고를 이용하였다. 사안謝安이 동산에서 은거하려 했으나 조정에서 자주 징초가 내려와 환온桓溫의 사마司馬로 가게 되었다. 당시 환온에게 어떤 친구가 '원지'遠志라는 약초를 주었는데, 환온이 사안에게 "이 약초는 소초小草라고도 부른다는데 어찌하여 한 가지 물건이 두 가지 명칭이 있단 말이오?"此藥又名小草, 何一物而有二稱?라고 물었다. 사안이 즉답을 못하는데, 옆에 학륭郝隆이 바로 대답하였다. "그건 쉽게 알 수 있소. 집에 있으면 원대한 뜻이 있는 것이고, 출사하면 작은 풀이 되기 때문이오."此甚易解, 處則爲遠志, 出則爲小草. '집에 있다'處는 것은 은거를 의미하고, 은거는 '원대한 뜻'遠志이 있다고 여겼다.

4 當歸(당귀): 약초 이름. 당귀. '응당 돌아가야 한다'는 뜻이다. 삼국시대 태사자太史慈가 조조가 보내온 대그릇에 담긴 편지를 받았는데, 편지에는 아무 말도 없고, 대그릇에 당귀가 들어 있었다. 『오서』「태사자전」참조.

5 安心法(안심법): 마음을 진정시키는 법. 선종의 이조二祖 혜가慧可가 마음이 불안하오니 스승께서 안심시켜 달라고 하자 달마達摩가 그 마음을 가지고 오면 안심시키겠다고 했다. 혜가가 "아무리 찾아도 그 마음을 찾을 수가 없습니다."覓心了不可得라고 했다. 이에 달마가 "나는 너에게 이미 안심의 경지를 주었다."我與汝安心竟고 하였다. 『전등록』권3 참조.

6 杜德機(두덕기): 생기生機를 막다. 『장자』「응제왕」應帝王에 나오는 우언에서 유래한 말이다. 신무神巫 계함季咸은 사람의 생사화복을 볼 줄 알았다. 계함이 열자列子와 함께 호자壺子를 만나고 나와서

열자에게 말하기를 호자가 곧 죽을 것이라고 했다. 열자가 이를 호자에게 고하니 호자가 말했다. "방금 내가 그에게 대지의 상相을 보여주며 흔들리지 않고 움직이지 않았다. 아마도 그가 나의 생기를 막는 두덕기를 보았을 것이다."鄕吾示之以地文, 萌乎不震不止. 是殆見吾杜德機也.

7 使君(사군): 주군州郡의 장관. 태수. 여기서는 진안부 지주인 신기질 자신을 가리킨다. 지주는 한대의 태수에 해당한다.

해설

출사와 은거의 갈등을 썼다. 상편에서 약초 이름으로 은거의 바람을 나타냈고, 하편에서 달마의 안심법安心法으로 출처出處(벼슬과 은거) 문제로 배회하는 자신의 마음을 나타내고, 장자의 두덕기杜德機로 뜻을 이룰 수 없는 현실에 대한 좌절감을 나타냈다. 그러니 은거를 하려고 해도 기심機心(욕심)을 버린 갈매기처럼 될 수 없음을 탄식하였다. 1204년 1월에 신기질은 회계에서 도성에 올라간 후, 곧 진강부 지부로 전근되어 3월에 부임하였다. 만년의 신기질의 정신적 자화상을 잘 보여준 작품이다.

서자고瑞鷓鴣

번잡한 온갖 일들 언제 끝나려나?
한번 산을 나오니 자유롭지 못해라.
추수당秋水堂 안에서 바라보이는 산 위로 솟는 달
정운당停雲堂 아래에 핀 가을 국화.

인연을 따르는 도리를 반드시 깨달아야 되고
과분한 공명은 억지로 구하지 말아야 하리.
먼저 자기 한 몸의 걱정도 다 없애지 못하면
걱정 위에 또 쌓이는 새로운 걱정을 어찌 견디랴.

膠膠擾擾幾時休?[1] 一出山來不自由. 秋水觀中山月夜,[2] 停雲堂
下菊花秋.[3]
　隨緣道理應須會, 過分功名莫强求. 先自一身愁不了, 那堪愁上
更添愁.

注

1 膠膠擾擾(교교요요): 안절부절. 어지럽고 불안한 모양. 여기서는
번잡한 일을 가리킨다. 「복산자 —온갖 군현 다녔기에 수레 오르기
겁이 나고」에서도 벼슬살이를 "안절부절 떠도는 벼슬살이 물러나
니"乞得膠膠擾擾身라고 하여 자신의 관료 생활을 '교교요요'로 형용
하였다.

2 秋水觀(추수관): 추수당秋水堂. 신기질의 표천에 있는 당실 이름.
3 停雲堂(정운당): 신기질의 표천에 있는 당실 이름.

  번잡한 일로 일어나는 어지러운 마음을 토로하였다. 이는 하편의
제1, 2구에서 인연에 따르지 못했고, 공명을 지나치게 구하려 했기
때문이라고 간접적으로 말하였다. 이는 자신을 발탁한 한차주韓侂胄에
대한 실망에 따른 것으로, 북벌 정책의 입안과 시행이 한차주 자신의
정치적 계산일 뿐 주도면밀한 진행이 아니었거니와, 신기질에 대해서
도 바둑판 위의 바둑알로 여길 뿐 진정성이 없었다. 때문에 걱정 위에
새로운 걱정을 더하게 되었다.愁上更添愁 당시 그가 은거를 얼마나 희
구했는지는 상편의 표천에서 본 '산 위로 솟는 달'山月夜과 '가을 국화
菊花秋'를 그리는 데서 뚜렷이 알 수 있다.

영우락 永遇樂

— 경구 북고정에서 고인을 그리며 京口北固亭懷古

천고의 강산
영웅을 찾아보아도
손권孫權 같은 사람 찾을 곳 없구나.
춤추고 노래하던 누대와 정자
걸출한 영웅의 풍채는 모두
비바람에 휩쓸려 불려갔어라.
석양 속의 풀과 나무
백성들이 사는 거리와 골목
바로 유유劉裕가 일찍이 살았던 곳이라고 사람들이 말하네.
당시 창 휘두르며 철마 탄 모습 생각하니
만 리를 삼키는 기세는 호랑이 같았으리.

원가元嘉 연간에 송 문제宋文帝가 경솔하게 북벌하여
곽거병처럼 낭거서狼居胥에서 하늘에 고하는 공을 세우려 하였으나
오히려 패배하여 황망하게 내려와 북방을 바라보았지.
강남에 내려온 지 사십삼 년
바라보면 아직도 기억하나니
양주 일대에 올랐던 봉화.
차마 고개 돌려 볼 수 없나니
강 건너 불리사佛狸祠에서

사당의 까마귀와 제사 지내는 북소리 시끄럽구나.

누가 물어보랴, 염파廉頗가 늙었어도

아직도 밥을 잘 먹느냐고.

千古江山, 英雄無覓, 孫仲謀處.¹ 舞榭歌臺, 風流總被, 雨打風
吹去. 斜陽草樹, 尋常巷陌, 人道寄奴曾住.² 想當年金戈鐵馬, 氣
吞萬里如虎.

元嘉草草,³ 封狼居胥,⁴ 贏得倉皇北顧.⁵ 四十三年,⁶ 望中猶記,
烽火揚州路.⁷ 可堪回首, 佛狸祠下,⁸ 一片神鴉社鼓. 憑誰問廉頗
老矣,⁹ 尚能飯否.

注

1 孫仲謀(손중모): 삼국시대 오나라를 세운 손권孫權. 자가 중모仲謀
이다. 일찍이 경구京口에 도성을 세웠다가 나중에 건강으로 천도하
였다. 중원의 조조에 맞섰다.

2 寄奴(기노): 남조 유송劉宋을 세운 유유劉裕. 아명이 기노寄奴였다.
유유의 조상은 서진 말기 남으로 내려와 경구에서 살았다. 유유는
경구에서 군사를 일으켜 북벌하여 남연南燕과 후진後秦 등 중원의
대부분 지역을 수복하고 남조의 내전을 종식시켰으며, 동진을 멸망
시키고 유송을 세웠다.

3 元嘉(원가): 송 문제宋文帝 유의륭劉義隆의 연호. 당시 북방에서는
탁발씨가 통일하여 북위北魏를 세웠다. 450년(원가 27) 문제는 왕현
모王玄謨를 시켜 북벌을 시켰으나, 준비가 부족한데다 성급히 전공
을 탐하여 패하였다.

4 封狼居胥(봉랑거서): 서한 곽거병霍去病이 흉노를 추격하여 낭서거
(지금의 내몽고자치구 서북부)의 산에서 하늘에 제사하고 돌아오다. 송

문제의 북벌을 가리킨다.

5 贏得(영득) 구: 송 문제가 북벌에 실패하자 북위 태무제 탁발도拓拔燾가 장강까지 추격하며 강을 건너겠다고 호언하고, 이에 문제가 누대에 올라 북방을 바라보면서 깊이 후회한 일을 가리킨다. 『남사』「송문제기」참조.

6 四十三年(사십삼년): 신기질이 1162년 남도하여 1205년 경구에 부임하기까지의 43년을 가리킨다.

7 烽火揚州路(봉화양주로): 봉화가 양주 일대에서 오르다. 1161년 금나라 황제 완안량完顔亮이 남침하였을 때 상황을 말하였다. ○ 路(로): 송대 행정구역. 양주는 회남동로淮南東路의 치소가 있는 곳이다.

8 佛狸祠(불리사): 북위 태무제 탁발도를 모시는 사당. 450년 탁발도가 송군을 추격하여 장강 북안의 과보산瓜步山(지금의 강소성 육합현 동남)까지 이르러 행궁을 지었다. 나중에 이곳에 불리사佛狸祠를 지었다. 탁발도의 아명이 불리佛狸였다.

9 廉頗(염파): 전국시대 조나라 명장. 만년에 남의 참훼를 받아 위나라로 달아났다. 나중에 조왕이 염파를 중용하려고 사자를 보내 건강한지 묻자, 염파는 바로 한 말의 쌀밥과 열 근의 고기를 먹고 갑옷을 입고 말에 올라 아직 싸울 수 있음을 보였다. 그러나 사신이 뇌물을 받고는 거짓으로 조왕에게 보고하기를 "소신과 잠시 앉아 있는데, 세 번이나 대변을 보러 측간에 갔습니다."고 하여 조왕이 부르지 않았다. 『사기』「염파인상여열전」참조.

해설

금나라와의 급박해진 형세 속에서 고대의 인물을 끌어와 영웅을 노래하고 성급한 북벌이 가져올 패배를 염려하였다. 상편에선 손권과 유유를 등장시켜 북방을 방비한 영웅의 모습을 그렸다. 이에 반해 하편에선 송 문제와 왕현모의 북벌 실패와 대소 신료들의 강화론을 질타하였다. 말미에선 자신을 염파에 비유하며 중용되지 못한 비분을 호소하였다. 1205년(66세) 진강부 지부로 있을 때 지은 것으로, 조정의 성급한 북벌에 회의를 나타내었다. 사실 전공을 탐하던 한차주韓佗冑는 경솔하게 다음해인 1206년 북벌을 시도하여 오히려 1207년 금나라와 화의하고 말았다. 이는 유송의 송 문제와 왕현모의 무모한 북벌로 남송의 영종寧宗과 한차주의 경솔한 북벌을 비유한 셈이다. 전고가 지나치게 많은 점이 있지만, 역사적 현실을 드러내면서 전편에 강개비장한 기운을 담아낸 명편이다. 명대 양신楊愼은 이 작품을 신기질 사 가운데 '제일'第一 뛰어나다고 평가하였다.

옥루춘玉樓春

— 을축년 경구에서 봉사의 직책으로 서쪽으로 돌아가며, 선인기에 이를 무렵乙丑京口奉祠西歸, 將至仙人磯[1]

강가에 늘어선 나무들에 비낀 해
모두가 육조 시대 사람 살던 곳이지.
유유한 역사의 흥망에 관심 없는 건
오로지 모래톱 위 한 쌍의 백로로구나.

선인기仙人磯 아래에는 비바람 많아
돛폭을 내리고 머물고 싶어도 머물 수 없어라.
온몸에 묻은 먼지 모두 떨어내고선
서늘한 날씨에 가을 강물 따라 떠나야 하리.

江頭一帶斜陽樹, 總是六朝人住處.[2] 悠悠興廢不關心,[3] 惟有沙
洲雙白鷺.
　仙人磯下多風雨, 好卸征帆留不住. 直須抖擻盡塵埃, 却趁新涼
秋水去.

注

1 乙丑(을축): 1205년. ○ 奉祠(봉사): 송대에 공신功臣과 학자를 우대
　하기 위하여 각지의 도교道敎 사원寺院에 제사를 맡게 하고 녹祿을
　주던 벼슬. 궁관사宮觀使, 판관判官, 도감都監, 제거提擧, 제점提點,

주관主管 등 직책을 설치하고, 5품 이상의 실무를 볼 수 없거나 은
퇴한 관원을 안치하였다. 궁관사 등 직책이 원래 제사를 주관하므
로 봉사奉祠라 칭하였다. 여기서는 신기질이 제거충우관이 된 일을
가리킨다. ○ 西歸(서귀): 서쪽으로 연산의 표천으로 돌아가다. ○ 仙
人磯(선인기): 지명. 그 장소는 경구나 건강 일대의 장강 강가로 보
인다. 기磯는 강가의 지형이 강 안쪽으로 튀어나간 곳을 가리킨다.

2 六朝(육조): 건강(지금의 남경)에 도읍을 둔 오, 동진, 송, 제, 양, 진
등 여섯 왕조.

3 悠悠(유유) 2구: 역사의 흥망에 관심을 두지 않고 모래톱의 백로에
관심을 두다. 정치에 대해 묻지 않고 은거한다는 뜻.

해설

파직되어 서쪽으로 돌아가며 지은 작품이다. 1205년(66세) 3월 신기
질은 그 추천이 부당하다며 강등되고, 6월에 융흥부隆興府 지부로 발
령이 내려졌다. 그러나 아직 부임하기도 전에 다시 탄핵을 받아 융흥
부 발령이 철회되고 '제거충우관'提擧沖祐觀이란 허직을 받았다. 이렇
게 하여 신기질은 세 번째로 관직을 떠나 은거하게 되었다. 이 작품은
경구를 떠나 표천으로 돌아가는 강가에서 지었다. 육조시대의 잦은
흥망에서 교훈을 얻지 못한 남송에 깊은 좌절을 나타내며, 그동안 관
장官場에서의 먼지를 떨어내고 떠나는 마음을 나타냈다. 이후에도 조
정에서는 병부시랑, 추밀도승지 등의 관직으로 불렀으나 신기질은
1207년(68세) 9월 죽기까지 나가지 않았다.

서자고瑞鷓鴣

— 을축년 봉사의 직책으로 돌아가며, 여간에 배를 대고 지음乙丑奉祠
歸, 舟次餘干賦¹

강가에서 날마다 맞바람 맞으니
초췌하게 돌아가는 병만용邴曼容 같아라.
'정나라 상인'鄭賈은 죽은 쥐인 줄 모르고 응대했고
섭공葉公은 어찌 진짜 용을 좋아하였겠는가.

누구인가, 하는 일 없이 공손연公孫衍을 모시고 술만 마시는 사람은?
봉후封侯를 얻으려 하지 않고 만 그루 소나무와 벗하는 사람은?
우습구나, 천 년 전 "늙은 천리마는 아직도 천리를 달리고 싶어한다"
고 했던 조조曹操
꿈속에서 마주하면 그 역시 늙어 구부정해졌으리라.

江頭日日打頭風,² 憔悴歸來邴曼容.³ 鄭賈正應求死鼠,⁴ 葉公豈
是好眞龍.⁵
孰居無事陪犀首,⁶ 未辦求封遇萬松. 却笑千年曹孟德,⁷ 夢中相
對也龍鍾.⁸

注

1 舟次(주차): 배를 대다. ○ 餘干(여간): 여간현. 요주饒州 남쪽 120
리에 위치한다.

2 打頭風(타두풍): 맞바람. 역풍. 이마를 치는 바람.

3 邴曼容(병만용): 서한 애제哀帝 때 활동한 인물. "뜻을 기르고 스스
로 수양한 사람"養志自修으로, 관직이 육백 석六百石을 넘으면 곧 스
스로 사양하였다. 『한서』「양공전」兩龔傳 참조. 여기서는 신기질이
자신을 병만용으로 비유하였다.

4 鄭賈(정고) 구: 정고구서鄭賈求鼠의 고사를 가리킨다. 정나라 사람
들은 다듬지 않은 옥을 '박'璞이라 하고, 주周나라 사람들은 말리지
않은 쥐를 '박'朴이라 했다. 주나라 사람이 박朴을 품에 품고 정나라
상인鄭賈에게 가서 "박朴을 사려느냐?"고 물었다. 정나라 상인이
'박'璞을 사려고 보니 '박'朴(쥐)이었다. 이에 사지 않았다. 『전국책』
「진책」 참조. 여기서는 남송의 위정자들이 항금抗金의 명분만 추구
하지 실제에 힘쓰지 않음을 비유하였다.

5 葉公(섭공) 구: 섭공호룡葉公好龍 고사를 가리킨다. 섭공은 용을 좋
아해 집안 가득 용을 그려 넣었다. 하늘에 살던 용이 이 소식을
듣고 내려오자, 섭공이 진짜 용을 보고는 놀라 혼비백산하였다. 섭
공은 용과 비슷한 것을 좋아했지 진짜 용을 좋아한 것은 아니었다.
유향劉向의 『신서』新序「잡사」雜事 참조. 이 역시 남송 위정자들의
명분만 추구하는 태도를 비유하였다.

6 犀首(서수): 전국시대 위나라 공손연公孫衍을 가리킨다. 서수犀首는
그가 담당했던 관직이다. 진진陳軫이 "그대는 어찌하여 술 마시기를
좋아하느냐?"公何好飲?고 묻자 "일이 없어서 그렇다."無事也.고 대답
하였다. 『사기』「진진전」 참조.

7 曹孟德(조맹덕): 조조曹操. 여기서는 조조의 「거북은 비록 오래 살
아도」龜雖壽에 나오는 "늙은 천리마 구유에 수그리고 있어도, 뜻은
천 리에 있다."老驥伏櫪, 志在千里.는 뜻을 가지고, 자신이 조조 또는
천리마와 같았지만, 지금은 그저 늙어 지쳐 있음을 나타내었다.

8 龍鍾(용종): 몸이 늙어 행동이 더딘 모양.

[해설]

관직에 대한 기대가 무너진 참담한 심경을 서술하였다. 1205년 6월 탄핵되어 파직되자 진강에서 표천으로 돌아가는 가을에 지었다. 이 작품 역시 전편에 걸쳐 전고가 많다. 병만용은 일정한 직위 이상에 오르지 않았던 은사隱士 기질의 인물이었으며, 공손연은 하는 일 없이 술을 좋아했던 인물로 모두 신기질 자신을 비유하였다. '정나라 상인' 즉 '정고'로 자신을 비유하고, '섭공'으로 한차주를 중심으로 한 위정자를 비유하였다. 동음이어인 '박'을 두고 옥인 줄 알고 응했던 '정나라 상인'이 알고 보니 죽은 쥐인 것을 보고 거절하였는데, 이는 위정자들이 그림으로 나타난 용만 좋아할 뿐 진정한 용은 두려워한 섭공과 같음을 알게 된 것과 같았다. 말미에서 조조가 노래한 천리마를 등장시켜, 뜻이 높아도 이미 늙어버린 자신의 모습을 자조하였다. 정치에 대한 기대가 결국 실망으로 변하게 된 상황 앞에 선, 영웅의 좌절과 분노를 형상화하였다.

임강선臨江仙

늙어가니 온몸 편히 깃들 곳 없는데
하늘은 나를 산림에서만 살라 하네.
백년의 세월은 백년의 마음이라
기쁨이 바뀌어 탄식하기도 하고
병 없이 신음하기도 했다네.

찬물에 참외와 자두를 담가 놓고
시원한 바람에 머리카락 날리며 옷깃을 열어젖히네.
술이 적다고 탓하지 마오, 다시 따르면 되니
좋은 시를 얻으려면
술잔에 가득 따라야 한다오.

老去渾身無着處, 天敎只住山林. 百年光景百年心.¹ 更歡須歎
息, 無病也呻吟.
　試向浮瓜沉李處,² 淸風散髮披襟. 莫嫌淺後更頻斟.³ 要他詩句
好, 須是酒杯深.

注

1 光景(광경): 광음光陰. 시간.
2 浮瓜沉李(부과침리): 물에 뜬 외와 가라앉은 오얏. 조비曹丕의 「오
　질에게 주는 편지」與吳質書에 "맑은 샘에 맛있는 참외가 뜨고, 차가

운 물에 붉은 오얏이 잠긴다."浮甘瓜於淸泉, 沉朱李於寒水.는 말이 있
다. 상쾌한 초여름의 감각을 나타내었다.

3 後(후): 어조사. '~이여' 또는 '아아'와 같이 어기를 나타낸다.

해설

　노년에 깨닫는 인생에 대한 감회와 자기 해탈을 서술하였다. 상편
에서는 일생 동안 평탄하지 않은 마음으로 지내왔음을 술회하고, 하편
에서는 스스로 마음을 풀어보며 위로하였다. 겉으로 드러내는 이러한
태도 속에 깊은 불만과 분개를 나타내었다.

임강선臨江仙
— 정운당에서 우연히 지음停雲偶作

우연히 정운당에 올라가 앉으니
새벽 원숭이와 밤중의 학이 놀라고 의심한다.
주인은 어쩐 일로 먼지가 그리 묻었소?
고개 숙이며 말하노니
"징초를 받았다가 다시 돌아왔소."

북산 아래 노인에게 감사하노니
나에게 따뜻하게 말 한 마디 해주시는구나.
"그대에게 대지팡이와 짚신을 빌려줄테니
이제 곧장 이곳을 떠나
흰 구름 속으로 깊이 들어가게나."

偶向停雲堂上坐, 曉猿夜鶴驚猜.¹ 主人何事太塵埃? 低頭還說
向: "被召又重來."

多謝北山山下老,² 殷勤一語佳哉: "借君竹杖與芒鞋, 逕須從此
去, 深入白雲堆."

注

1 曉猿(효원) 구: 새벽 원숭이와 밤의 학이 놀라고 의심하다. 본뜻은
공치규孔稚珪의 「북산이문」北山移文에 "혜초 휘장이 비자 밤 학이 원

망하고, 산에 은거하는 사람이 떠나자 새벽 원숭이가 놀란다."薫帳
空兮夜鶴怨, 山人去兮曉猿驚는 구절에서 가져왔다. 신기질의 작품에
이 이미지는 자주 사용되었다. 1181년(42세) 신기질이 대호에 집을
세우고「심원춘 ─세 갈래 길이 이제 만들어졌으나」를 지을 때도
"학이 원망하고 원숭이가 놀라는 건, 가헌 선생이 아직 오지 않았
기 때문."鶴怨猿驚, 稼軒未來.이라고 하였다.

2 北山(북산): 공치규가「북산이문」에서 말한 북산. 곧 지금의 남경
에 있는 종산鍾山. 여기서는 정운당의 뒷산.

해설

만년에 전원으로 돌아온 복잡한 심정을 노래했다. 여기에는 원숭이
와 학의 질문에 자신의 뜻을 어기고 벼슬에 나가 물러나온 부끄러움과
함께, 북산의 노인으로부터 들은 말에서 은거의 결심을 나타내었다.

서자고瑞鷓鴣

기사期思의 시냇가를 하루에도 수없이 오가며
녹나무 다리 옆에서 술 몇 잔 마신다.
사람 그림자는 물 따라 흘러가지 않고
취한 얼굴 다시금 청년처럼 붉구나.

가끔 우는 매미 소리에 숲은 더욱 조용하고
반쯤 핀 국화 위로 쓸쓸한 나비 날아가네.
사마상여처럼 끝내 세상에 대해 오만해서가 아니라
다만 병이 많고 재주 없기 때문이라네.

期思溪上日千回, 樟木橋邊酒數杯. 人影不隨流水去, 醉顔重帶
少年來.
　疎蟬響澀林逾靜,¹ 冷蝶飛輕菊半開.² 不是長卿終慢世,³ 只緣多
病又非才.⁴

注

1 響澀(향삽): 울음소리가 쉬다. ○ 林逾靜(임유정): 숲이 더욱 고요
　하다. 남조 양나라 왕적王籍의 「약야계에 들어가며」入若邪溪에 나오
　는 "매미소리가 시끄러우니 숲이 더욱 고요하고, 새가 우니 산이
　더욱 조용하다."蟬噪林逾靜, 鳥鳴山更幽.는 시구를 이용하였다.
2 冷蝶(냉접): 차가운 나비. 홀로 있는 나비.

3 長卿(장경): 서한의 사마상여司馬相如. 자가 장경이다. ○ 慢世(만
세): 오만한 태도로 세상을 대하다. 『세설신어』 주석에서 인용한
『고사전』「사마상여찬」司馬相如贊에 "사마상여는 세상에 오만하고,
예의를 무시하고 스스로 방일하다. 쇠코잠방이를 입고 시장에 있어
도, 그 모습에 부끄러워하지 않았다. 병을 핑계로 벼슬에 나가지
않았으며, 고관들을 멸시하였다."長卿慢世, 越禮自放. 犢鼻居市, 不恥其
狀. 托疾避官, 蔑此卿相.는 말이 있다.
4 多病又非才(다병우비재): 병이 많고 또 재주가 없다. 현종이 왕유
의 거처에 행차했을 때 맹호연도 함께 있었다. 황제가 평소의 시를
지어보라고 하니 맹호연이 "재주가 없어 밝은 군주로부터 내쳐졌
고, 병이 많아 친구도 드물어졌어라."不才明主棄, 多病故人疎.라 읊었
다. 이에 현종이 "경이 벼슬을 구하지 않았지, 짐이 언제 경을 내쳤
는가!"라 반문하였다. 『당시기사』唐詩紀事 참조. 신기질은 자신을
맹호연에 비유하며 자조하였다.

해설

　노년의 냉담한 심경을 나타내었다. 말미의 두 구에서 자신의 뜻을
드러내었다. 시장에서 쇠코잠방이犢鼻褌를 입고 권세가들을 비웃었던
사마상여와 천자의 은택을 받지 못하여 결국 실의에 살아갔던 맹호연
으로 자신의 처지를 비유하였다. 지금 자신의 모습은 청년 때의 사마
상여처럼 자신만만하기보다는 오히려 맹호연과 같은 처지임을 나타내
었다.

귀조환歸朝歡

— 정묘년 미산 이 참정의 석림당에 대해 지어 부침丁卯歲寄題眉山李
參政石林[1]

듣자 하니 민산과 아미산의 만년설은
모두가 민산과 아미산의 바위가 되었다지.
그대 집안에 사관史官이셨던 부친께선
천금을 다 써가며 부지런히 모아
비로소 진정한 석실石室을 세워
빈 마당에 우뚝 솟아올랐지.
당시를 기억하니
『속자치통감장편』을 쓰느라 붓과 벼루가
날마다 구름과 안개에 젖어있었지.

늙은이가 마침 훌쩍이며 우는 산도깨비를 만났는데
밤중에 누가 산을 들고 갔는지 찾을 수 없다고 호소하네.
그대는 여전히 명광전에 들어가
옥 계단 아래 바위처럼 우뚝 서 있구나.
석림당石林堂엔 푸른 낭간 옥이 무수히 많아
풍류에 있어 이덕유李德裕의 평천 별장은 보잘 것 없구나,
다시 읊으려고 하니
"푸른 옥수가 푸르다"고 한
양웅揚雄을 불러야 하리.

見說岷峨千古雪,² 都作岷峨山上石. 君家右史老泉公,³ 千金費盡勤收拾. 一堂眞石室.⁴ 空庭更與添突兀. 記當時, 長編筆硯,⁵ 日日雲煙濕.

野老時逢山鬼泣, 誰夜持山去難覓.⁶ 有人依樣入明光,⁷ 玉階之下巖巖立.⁸ 琅玕無數碧.⁹ 風流不數平泉物.¹⁰ 欲重吟, 靑蔥玉樹,¹¹ 須倩子雲筆.

注

1 眉山李參政(미산이참정): 이벽李璧. 자가 계장季章이고, 호는 석림이다. 미현眉縣의 단릉丹稜 사람. 1205년 금나라에 사신으로 갔다가 돌아와 군사를 움직여선 안 된다고 말하였다. 1206년 진회秦檜를 좌천시켜 설욕하는 뜻을 나타냈다. 1206년 7월부터 1207년 11월 동안 참지정사參知政事를 역임했다. 한차주와 함께 정사를 이끌면서도 여전히 국가의 이익을 위했고, 구종경을 중용하였으나 화를 피하지 못했다. ○ 石林(석림): 석림당. 이벽의 관사에 있는 당실 이름.

2 岷峨(민아): 민산岷山과 아미산峨眉山. 민산은 지금의 사천성 송반현松潘縣 북쪽에 소재하며, 아미산은 지금의 사천성 아미산시에 소재한다. 두 산은 한쌍의 눈썹처럼 마주 하고 있다.

3 右史(우사): 천자의 언행을 기록하던 사관史官. 이벽의 부친 이도李燾는 역사학자로 여러 차례 사관을 지냈다. ○ 老泉公(노천공): 원래 소순蘇洵을 말하나 여기서는 이도를 가리킨다. 소순은 집안에 노인천老人泉이란 샘이 있으므로 스스로 아호를 노천老泉이라 하였다. 이벽李璧 부자와 동생 이식李塾은 모두 문학으로 이름이 알려졌기에 촉 땅 사람들이 그들을 '삼소'三蘇에 비유하였다.

4 石室(석실): 장서실. 책을 보관하는 곳.

5 長編(장편): 이도李燾가 편찬한 역사서『속자치통감장편』續資治通鑑
長編. 건융 연간부터 정강 연간까지를 편년체로 지은 역사서로, 이
도가 근 40년에 걸쳐 저술했다.

6 誰夜(수야) 구:『장자』「대종사」에 나오는 구절을 이용하였다. "배舟
를 골짜기에 감추고, 산山을 못 속에 감춰두면 안전하다고 할 수
있다. 그러나 밤중에 힘 있는 자가 등에 짊어지고 가져갈 수 있다는
것을 어리석은 자는 모른다."藏舟於壑, 藏山於澤, 謂之固矣. 而夜半有力
者負之而走, 昧者不知也. 여기서는 이벽이 집을 떠난 일을 비유한다.

7 明光(명광): 명광전明光殿. 한대 궁전 이름. 여기서는 남송의 조정
을 가리킨다.

8 玉階(옥계) 구: 조정에서의 출중한 모습을 가리킨다. 왕도王導가 왕
연王衍을 품평하여 말하였다. "높이 솟아 우뚝하니, 천 길 암벽이
서있는 듯하다."巖巖淸峙, 壁立千仞.

9 琅玕(낭간): 청색의 옥 이름.

10 平泉物(평천물): 당대 재상을 지냈던 이덕유李德裕가 낙양성 밖에
'평천장'平泉莊 별장을 지어 기화요초를 가꾼 일을 가리킨다.『극담
록』劇談錄 참조. 여기서는 둘 다 풍류가 높지만 평천장보다 석림당
이 뛰어나다고 하였다.

11 靑蔥(청총) 2구: 서진의 좌사左思가 양웅揚雄의 「감천부」甘泉賦를
잘못 평가한 일을 통해 시험감독관이 뛰어난 시문을 몰라보아 낙제
시킨 일을 비유한다. 「감천부」에 "비취 옥수가 푸르고, 벽옥에 말과
물소의 문양이 있구나."翠玉樹之靑蔥兮, 璧馬犀之璘㻞.에 대해 좌사는
「삼도부 서문」三都賦序에서 "양웅은 「감천부」에서 옥수청총玉樹靑蔥
을 나열했는데, 진귀한 것을 거짓으로 칭하여 윤색하였다. 과일나
무는 그 땅이 아니면 자라지 않는 것을 고찰해보면, 신령스런 물건
도 그 땅이 아니면 나지 않는다. 그러므로 언어는 꾸미기 쉽고, 뜻

은 근거 없이 공허하다." 당송 시기에 문인들은 좌사를 비판하는 경우가 많았다. 여기서는 "비취 옥수가 푸르다"는 말로 석림당의 아름다움을 묘사하겠다는 뜻이다.

이벽李璧의 석림당을 노래하였다. 당시 참지정사로 있던 이벽의 정치 노선에 찬동하던 신기질은 그의 인물됨과 장서고인 석림담을 찬미함으로써 자신의 뜻을 나타내보였다. 상편은 석림당을 묘사하면서 이벽의 부친 이도李燾의 업적과 장서루의 건립이 지닌 의의와 역할을 서술하였다. 하편은 주로 이벽의 정치적 치적을 중심으로 석림당의 가치를 칭송하였다. 1207년(68세) 지었다.

동선가洞仙歌
— 정묘년 팔월 병중에 지음丁卯八月病中作

현명함과 어리석음의 차이

그 사이는 얼마나 먼가?

털끝만큼 차이가 나도 천 리가 벌어진다.

자세히 생각해보면 '의로움'과 '이익'은

순舜 임금과 도척盜跖의 차이이나

부지런히

닭이 울 때부터 일을 시작한다는 점에서는 같다.

맛이 달면 결국 상하기 쉬운 것

늙어서야 비로소 알겠나니

군자의 사귐은 물처럼 담담하구나.

삽시간에 모기들이 모여들어

비방의 소리 우레 같았으니

예전의 출사가 잘못이고 지금의 은거가 옳음을 깊이 깨닫노라.

안락와安樂窩에서 태화탕泰和湯을 마시던 소옹邵雍을 부러워하니

지나치게 많이 마시지도 말고

반쯤 취할 따름이로다.

賢愚相去, 算其間能幾? 差以毫釐繆千里.¹ 細思量義利, 舜跖之
分,² 孳孳者, 等是鷄鳴而起.

味甘終易壞,³ 歲晚還知, 君子之交淡如水. 一餉聚飛蚊,⁴ 其響
如雷; 深自覺昨非今是.⁵ 羨安樂窩中泰和湯,⁶ 更劇飲無過, 半醺
而已.

注

1 毫釐(호리): 지극히 작음. 원래 저울의 눈금인 호毫와 이釐를 가리
킨다. 『사기』「태사공자서」에 『주역』을 인용하며 "호리만큼 어긋나
도 천 리의 차이가 난다."失之毫釐, 差以千里.고 하였다.

2 舜跖(순척) 3구: 순 임금과 도척의 거리는 아주 멀다. 『맹자』「진심」
盡心에 다음 구절이 있다. "닭이 울면 일어나 부지런히 선행을 하는
사람은 순 임금의 무리이다. 닭이 울면 일어나 부지런히 이익을 구
하는 사람은 도척의 무리이다. 순 임금과 도척의 다름을 알려거든
다른 것을 볼 것 없이 이익과 선행의 차이를 보면 된다."鷄鳴而起,
孳孳爲善者, 舜之徒也. 鷄鳴而起, 孳孳爲利者, 跖之徒也. 欲知舜與跖之分, 無
他, 利與善之間也.

3 味甘(미감) 3구: 맛의 차이로 소인의 사귐과 군자의 사귐이 다름을
말하였다. 『예기』「표기」表記에 다음 구절이 있다. "그러므로 군자의
접촉은 물과 같고, 소인의 접촉은 단술과 같다. 군자는 담담함으로
이루고, 소인은 단맛으로 어그러진다."故君子之接如水, 小人之接如醴.
君子淡以成, 小人甘以壞. 또 『장자』「산목」山木에도 "군자의 사귐은 물
과 같이 담담하고, 소인의 사귐은 단술과 같이 달다. 군자는 담담함
으로 친해지고, 소인은 단맛으로 끊어진다."君子之交淡若水, 小人之交
甘若醴; 君子淡以親, 小人甘以絶.는 말이 있다.

4 一餉(일향) 2구: 취문성뢰聚蚊成雷의 뜻이다. 모기들이 모여 우렛소
리를 내다. 여러 사람이 폄훼하면 그 해가 크다는 비유이다. 『한서』
「중산정왕승전」中山靖王勝傳 참조.

5 昨非今是(작비금시): 어제는 그르고 오늘은 옳다. 지난날 출사는 그르고 지금 은거는 옳다. 도연명의 「귀거래사」 참조.

6 安樂窩(안락와): 북송 소옹邵雍의 거처 이름. 자신의 호도 안락선생 安樂先生이라 지었다. 술도 약간 얼큰할 정도에서 그쳐 언제나 취하진 않았다. ○ 泰和湯(태화탕): 술을 가리킨다.

해설

처세에 대한 깨달음을 나타내었다. 현능함과 우매함, '의'와 '이익', 군자의 사귐과 소인의 사귐, 출사와 은거 등을 이어서 전개한 것을 보면, 신기질이 평생 고민했던 문제들에 대하여 최종적인 답안을 내놓은 것으로 보아도 좋을 것이다. 그것은 원칙의 문제일 뿐만 아니라 구체적인 역사와 현실 속에서 헤아려 실천하는 문제였기에 어려웠다. 거꾸로 말하면 그는 부지런히 추구하는 사람을 보고 현능하다 생각했고, 자신에 우호적인 한차주가 소인이었는지 몰랐으며, 세 번째 출사가 적절하지 못했음을 비로소 알게 되었던 것이다. 그것은 마치 술에 대취하여 세상에 휩쓸리지도 않고 술을 멀리 하여 깨어있지도 않은, 그런 '물처럼 담백한'淡如水 상태가 가장 어렵고 중요한 것과 같다. 1207년(68세) 8월에 병에 걸렸을 때 지은 것으로 신기질의 마지막 작품이다. 신기질은 한 달 후인 9월에 사망했다.

육주가두六州歌頭

서호의 물결 만 이랑
수많은 궁문 위로 누대가 솟아있다.
봄바람 부는 길에는
붉은 꽃잎이 비단처럼 쌓이고
비취색 구름이 이어져 있다.
높은 누각에서 내려다보면
바람과 달빛은 끝이 없고
하늘은 말끔히 씻겨있고
절경을 펼치어
운몽택
여덟아홉 개를 모은 것보다 넓어
다른 물을 받아들일 필요 없다.
물총새 장식에 옥귀걸이를 단 여인들이
다투어 둑 위에 올라가
느릿느릿 거니는구나.
그대 현능한 군왕郡王의 성대한 연회를 바라보니
산개傘蓋가 구름 위로 치솟고
무희가 백로 떼처럼 춤추고
북소리 둥둥 울리는구나.

가문의 풍도가 오래되었음을 기억하나니

더구나

유람지로

예사롭게 보지 마오.

그대 알지 못하는가

춘추시대 한궐韓厥은

진나라 장군으로

'조씨 고아'趙氏孤兒를 지켰지.

천 년이 지나 충헌공 한기韓琦에 전해져

두 번에 걸쳐 영종英宗과 신종神宗을 옹립하여

큰 공훈을 세웠지.

증손자 때 이르러

마침 웃으며 이야기하는 사이

천하를 바로잡았지.

장강이 띠가 될 때까지 영원토록

춘추시대 진나라와 마찬가지로 송나라는 한씨 가문이 필요하다네.

황실과 더불어

옥진원玉津園에서 오랫동안 즐겁고

남원南園에서 즐거우리.

西湖萬頃, 樓觀矗千門. 春風路, 紅堆錦, 翠連雲, 俯層軒. 風月
都無際, 蕩空蔚, 開絶境, 雲夢澤,[1] 饒八九, 不須呑. 翡翠明璫,[2]
爭上金堤去,[3] 勃窣媻姗.[4] 看賢王高會,[5] 飛蓋入雲煙. 白鷺振振,[6]
鼓咽咽.[7]

　記風流遠, 更休作, 嬉遊地, 等閑看. 君不見: 韓獻子,[8] 晉將軍,
趙孤存; 千載傳忠獻,[9] 兩定策,[10] 紀元勳. 孫又子, 方談笑, 整乾坤.

直使長江如帶,[11] 依前是趙須韓.[12] 伴皇家快樂, 長在玉津邊,[13] 只在南園.[14]

1 雲夢澤(운몽택): 고대 초나라에 있었던 거대한 소택지. 사마상여의 「자허부」子虛賦에 "운몽택과 같은 것 여덟아홉 개를 그 가운데에 들인다 해도 조금도 부족함이 없습니다."呑若雲夢者八九於其胸中, 曾不蔕芥.란 말이 있다.

2 翡翠(비취): 물총새. 그 깃털로 장식품에 사용하였다. ○ 明璫(명당): 귀걸이에 쓰이는 보석.

3 金堤(금제): 둑.

4 勃窣(발솔): 흔들리는 모양. ○ 媻姍(반산): 뒤뚱거리다. 느릿하고 흔들리며 걷는 모양. 이 구는 사마상여의 「자허부」에서 유래했다. "이에 정나라의 아름다운 여인들이 삼베옷을 걸치고 모시와 흰 명주로 만든 치마를 끌고 옵니다. …물총새 깃털의 장식으로 아름답게 꾸미고, 옥으로 꾸민 술을 둘둘 감싸고 있으니, 멀리 흐릿한 모습이 신선인 듯합니다. 그리고 곧 함께 혜포蕙圃에서 밤 사냥을 하고, 느릿느릿 뒤뚱거리며 방둑 위에 오릅니다."於是鄭女曼姬被阿錫, 揄紵縞, …錯翡翠之威庭, 繆繞玉綏, 眇眇忽忽, 若神仙之仿佛, 於是乃相與獠於蕙圃, 媻姍勃窣而上乎金提.

5 賢王(현왕): 한차주韓侂胄를 가리킨다. 1202년 한차주는 평원군왕平原郡王에 봉해졌다.

6 白鷺振振(백로진진): 백로가 떼지어 날다. 여기서는 무희가 손에 백로의 깃털을 들고 춤추는 모양을 형용하였다.

7 咽咽(인인): 절주 있게 울리는 북소리.

8 韓獻子(한헌자) 3구: 춘추시대 진晉나라의 '조씨 고아'趙氏孤兒가 살

아남도록 공을 세운 한궐韓厥을 칭송하여, 한차주를 높였다. 기원전 597년 진 경공晉景公 때 도안고屠岸賈가 조삭趙朔을 죽이려 하였다. 이에 한궐韓厥이 저지하였으나 도안고가 듣지 않자 한궐은 조삭에게 달아나기를 권하였다. 조삭이 달아나며 자신의 후손을 보호해 줄 것을 부탁하자 한궐이 응낙하였다. 결국 도안고가 조씨를 죽이자 한궐은 칭병하며 나가지 않았다. 정영程嬰과 손저구孫杵臼가 조씨의 고아 조무趙武를 숨길 때 한궐이 이를 알고 비호하였다. 나중에 한궐은 상황을 보아 경공에게 조씨가 공훈이 있으나 제사를 받지 못하고 있음을 설득하여 조무가 제사를 잇도록 하였다. 『사기』「한세가」韓世家 참조. ○ 韓獻子(한헌자): 한궐을 가리킨다. 진나라의 경대부로 헌자獻子라 칭하였다.

9 千載(천재) 3구: 북송 한기韓琦의 공을 칭송하여 같은 성씨인 한차주를 높였다. 인종仁宗이 병이 들어 조회를 진행하지 못하자 한기가 중론을 물리치고 황태자 조종실趙宗實을 세웠으니, 곧 영종英宗이다. 4년 후 영종이 병들자 칙명을 받아 조중월趙仲鉞을 태자로 세웠으니, 곧 신종神宗이다. 이처럼 국가의 안정을 위해 큰 공을 세웠으나 자신의 공적을 내세우지 않았다. ○ 忠獻(충헌): 한기의 시호.

10 定策(정책): 황제를 옹립하다. 죽간에 황제를 옹립한 일을 써서 종묘에 고하다.

11 長江如帶(장강여대): 장강이 띠와 같이 작아지도록 영원하라는 기원을 가리킨다. 한대 초기 공신들이 작위를 받을 때 하는 맹서에 "황하가 띠가 되고 태산이 닳도록 나라가 영원히 평안하여 후예까지 전해지리라."使河如帶, 泰山若厲. 國以永寧, 爰及苗裔.는 말이 있다. 『사기』「고조공신후자표」 참조.

12 依前(의전): 앞과 같이. 전국시대 진晉나라와 같이. ○ 趙須韓(조수한): 조씨의 송나라는 한차주 가문이 필요하다.

13 玉津(옥진): 옥진원玉津園. 도성 임안臨安의 용산 북쪽에 소재하였
   다. 소흥 연간(1131~1162)에 축조하였으며, 순희 연간(1174~1189) 효
   종과 신하들이 활을 쏜 곳이다.
14 南園(남원): 한차주의 정원. 광종光宗이 평원군왕 한차주에게 하사
   하였다.

[해설]

　한차주의 공업을 높이 칭송하였다. 특히 한차주가 '소희 내선'紹熙內
禪으로 병든 광종光宗을 물리치고 영종寧宗을 즉위시킨 일을, 북송 때
한기韓琦가 영종英宗과 신종神宗을 두 차례 옹립한 공에 비유하여 높이
칭송하였다.
　한차주는 한기韓琦의 증손이자 한성지韓誠之의 아들로 음서蔭敍의
혜택으로 벼슬을 시작하였다. 1194년(소희 5) 종친인 조여우趙汝愚 등
과 함께 병이 든 광종이 선위하는 형식의 '소희 내선'紹熙內禪으로 영종
寧宗을 옹립하여 즉위시켰기에, 그 공으로 재상이 되고 권력을 장악하
게 되었다. 그러나 자신의 상훈이 작다고 하여 조여우 등을 모함하여
살해하고, 주희와 팽구년 등이 비판하자 이들을 폄적시키고 성리학을
금지시켰다. 나아가 한차주는 자신의 공을 공고히 하기 위해 북벌을
주장하여 관련 인물인 육유와 신기질 등을 끌어들였다. 『송사』에서는
신기질에 대해 "만년에 절의를 손상시켜 영진을 꾀했다"損晚節以規榮進
고 하여 비판적인 논조이다. 그러나 신기질의 만년의 작품을 보면,
정신적인 갈등과 고충을 토로하는 데서 사건의 진정한 면모를 볼 수
있다. 이 작품은 신기질이 소흥부 또는 진강부에 출임하였던 1203년
(64세)에서 1205년(66세) 사이에 지은 것으로 보인다.

서강월西江月

당상의 참모는 작전을 세우고
변방의 용장은 무기를 든다.
천시天時와 지리地利와 인화人和가 모두 갖추어져
"연나라를 정벌해도 됩니까?" 물으니 "된다"고 대답한다.

이날 누대 위의 재상은
후일 산하를 밟고 오르리.
도성 사람 모두가 「대풍가」大風歌를 화답하며
신하들을 이끌고 와 축하하리라.

堂上謀臣帷幄, 邊頭猛將干戈. 天時地利與人和,¹ 燕可伐與曰可.²
此日樓臺鼎鼐,³ 他時劍履山河.⁴ 都人齊和大風歌,⁵ 管領群臣
來賀.

注

1 天時(천시) 구: 이 구는 『맹자』「공손추」에 나오는 "천시는 지리보다
　못하고, 지리는 인화보다 못하다."天時不如地利, 地利不如人和.는 말을
　환기한다.

2 燕可伐(연가벌) 구: 맹자의 말을 사용하였다. 『맹자』「공손추」에
　"심동이 묻기를 '연나라는 정벌해도 됩니까?'라고 하자, 맹자가 '정
　벌해도 된다.'고 대답하였다."沈同以其私問曰: "燕可伐與?" 孟子曰: "可."

는 구절이 있다. 여기서 연燕은 금나라를 비유한다.

3 鼎鼐(정내): 솥과 가마솥. 재상을 가리킨다.

4 劍履(검리): 검리상전劍履上殿. 황제가 대신에게 내리는 일종의 특수한 대우로, 조회 때 검을 차고 신발을 신고 대전에 오를 수 있는 자격을 말한다.

5 大風歌(대풍가): 한 고조 유방이 천하를 통일한 후 고향 패沛(서주)에 갔을 때 지어 부른 노래이다. "큰바람 일자 구름이 흩날리네. 해내에 위엄을 떨친 후 고향에 돌아왔네. 어찌하면 용맹한 장병들 구해 사방을 지킬까." 大風起兮雲飛揚. 威加海內兮歸故鄉. 安得猛士兮守四方! 『사기』「고조본기」 참조.

해설

한차주의 생일을 축하하며 지은 작품이다. 간결하고 강력하게 압축된 이미지와 정서로 북벌의 승리를 상상하여 미리 축송하였다. 상편에서 전투 준비가 끝난 상황을, 하편에선 승전의 축하를 노래했다. 「대풍가」는 한나라의 통일 때 부른 노래이므로, 결국 금나라를 이기고 중원을 회복한 후의 승전가라 할 수 있다. 1204년(65세)에서 1207년(68세) 사이에 지은 것으로 보인다.

청평악清平樂

근래 변경의 북방에서
전해온 진정 좋은 소식.
흉년이 든 적지敵地의 주민에겐 쌀 한 톨 없고
더구나 다섯 선우單于가 다투고 있다네.

태사太師 강태공이 위엄 있고
백만 용사가 당당하구나.
바라보니 황제께서 내리신 황금 도끼
돌아오면 진정한 이성왕異姓王이 되리라.

新來塞北,[1] 傳到眞消息: 赤地居民無一粒, 更五單于爭立.[2]
維師尚父鷹揚,[3] 熊羆百萬堂堂.[4] 看取黃金假鉞,[5] 歸來異姓眞王.[6]

注

1 塞北(새북): 변새의 북쪽. 국경의 북쪽. 여기서는 금나라 강역을 가리킨다.

2 五單于爭立(오선우쟁립): 흉노의 다섯 수장이 다투다. 다섯 선우(왕)는 호한야呼韓邪, 도기屠耆, 호계呼揭, 거리車犁, 오자烏藉를 가리킨다. 『한서』「흉노전」 참조. 여기서는 금나라 내부의 분쟁을 비유한다.

3 維師(유사): 태사太師. ○尚父(상부): 여상呂尚. 즉 강태공. 주 무왕

을 보좌하여 주왕紂王을 토벌하였기에 상부라 존칭하였다. ○ 鷹揚
(응양): 용맹하고 위엄이 있는 모양. 여기서는 한차주를 가리킨다.

4 熊羆(웅비): 곰. 용맹한 병사를 비유한다.

5 黃金假鉞(황금가월): 假黃金鉞(가황금월). 황금 도끼를 하사하다.
도끼는 군왕의 의장 가운데 하나. 대장이 출정 나갈 때 황제가 황월
黃鉞을 하사하여 군권을 넘기는 뜻을 보인다.

6 異姓眞王(이성진왕): 황제와 다른 성씨를 가진 왕을 이성왕異姓王
이라 한다. 여기서는 한차주의 북벌 승리로 얻게 되는 작위가 왕에
이르렀음을 가리킨다.

해설

한차주를 칭송한 작품으로, 1203년(64세)부터 1205년(66세) 사이에
지었다. 사실 이 작품은 역대로 논쟁이 있었다. 송대 초수樵叟와 청대
신계태辛啓泰는 신기질이 한차주를 위해 쓴 것으로 보았지만, 원대 오
사도吳師道는 유과劉過의 작품으로 보았다. 현대에 들어서 이 작품에
대한 의견은 더욱 분분하다. 여기서는 참고로 붙여둔다.

가헌사 稼軒詞 권6

보유(補遺) 총 28수

생사자生査子
― 하중옥에 화답하며和夏中玉[1]

하늘 가득 서리 날리고 흰 달이 밝은데
몇몇 곳에서 다듬이 소리 들려온다.
나그네는 잠들기도 어려운데
가을빛 끝이 없구나.

조만간 중양절이 다가오는데
국화에 노란 꽃술 맺혔구나.
다만 또 높은 곳에 오르면
마시기도 전에 마음 먼저 취할까 두려워라.

一天霜月明, 幾處砧聲起.[2] 客夢已難成, 秋色無邊際.
旦夕是重陽, 菊有黃花蕊. 只怕又登高, 未飮心先醉.

注

1 夏中玉(하중옥): 하중옥에 대한 자료는 현재 양관경楊冠卿이 지은
「수조가두 ―유양 하중옥에게」水調歌頭 ―贈維揚夏中玉밖에 없다. 이
로부터 그가 양주 사람이며 문재文才가 있다는 사실만 알 수 있을
뿐 그 밖의 사항에 대해선 알 수 없다.
2 砧聲(침성): 다듬이 소리.

　고향에 대한 그리움을 노래했다. 간결한 이미지를 함축적으로 전달한다는 점에서 당시唐詩의 여운餘韻이 농후하다. 등광명鄧廣銘 선생은 "남으로 내려온 초기에 지었을 것이다"蓋當南歸之初고 보았다.

보살만菩薩蠻
— 하중옥에 화답하며和夏中玉

그대와 약속한 서루西樓에 가려하나
서루는 바람 세차고 내 적삼도 얇다네.
그대 잠시 배에 오르지 마오
내 눈물 흐를까 두려우니.

바람 앞에 옥피리 가로 부니
소리는 강가의 하늘로 가득 흩어지누나.
밤 내내 나그네는 시름에 겨운데
귀뚜라미 울음소리 그치려 하지 않는구나.

與君欲赴西樓約, 西樓風急征衫薄. 且莫上蘭舟,¹ 怕人淸淚流.
臨風橫玉管, 聲散江天滿. 一夜旅中愁, 蛩吟不忍休.²

注

1 蘭舟(난주): 목련나무로 만든 배.
2 蛩(공): 귀뚜라미.

해설

　친구와의 약속을 지키지 못한 아쉬움을 노래했다. 약속한 '서루'에
가지 못한 이유를 외부 환경인 바람과 내부 환경인 적삼의 얇음으로

처리하였다. 하편에선 나그네의 시름旅中愁을 그렸지만, 친구를 만나지 못하는 안타까움이 섞여 있다. 구체적인 제작 시기는 판정하기 어려우나, 바로 앞의 사와 마찬가지로 남도 초기에 지은 것으로 보인다.

염노교念奴嬌
— 하성옥에게贈夏成玉[1]

젊은 나이에 빼어나고
한 점 마음이 맑으니
하늘이 내린 출중함이로다.
온갖 골짜기와 봉우리가 그대 붓 속에 들어가
평산당平山堂의 풍광을 휩쓸어버리는구나.
눈 속의 성긴 매화
서리 앞의 찬 국화는
여느 꽃들과 크게 다르구나.
사람을 청안靑眼으로 대하니
나의 서툴고 졸렬함을 흔쾌히 받아주는구나.

멀리 후일의 준수한 용모를 상상하니
눈썹은 두 산이 가로 놓인 듯하고
웃으며 말하는 뺨에서 풍취가 일어나리라.
손잡고 시문을 논하니 지극한 정에
얼음과 옥처럼 일시에 마음이 함께 맑아지네.
홍진의 먼지와 피로를 쓸어내고
시원함을 불러들이려면
금초엽金蕉葉 술잔을 가득 채워야 하리.

취향醉鄕 깊은 곳

천지가 얼마나 넓은지 몰라라.

妙齡秀發,² 湛靈臺一點,³ 天然奇絶. 萬壑千巖歸健筆,⁴ 掃盡平
山風月.⁵ 雪裏疎梅, 霜頭寒菊, 迥與餘花別. 識人靑眼,⁶ 慨然憐我
疎拙.

遐想後日蛾眉, 兩山橫黛, 談笑風生頰. 握手論文情極處, 冰玉
一時淸潔.⁷ 掃斷塵勞, 招呼蕭散, 滿酌金蕉葉.⁸ 醉鄕深處,⁹ 不知天
地空闊.

注

1 夏成玉(하성옥): 미상. 바로 앞의 작품에 나오는 하중옥夏中玉의 형
   제로 보인다.

2 妙齡(묘령): 젊은 나이.

3 靈臺(영대): 마음. 『장자』「경상초」庚桑楚에 "마음속에 들어가지 못
   하다."不可內於靈臺란 말이 있다.

4 萬壑千巖(만학천암): 온갖 골짜기와 수많은 봉우리. 고개지가 회계
   에서 돌아오자 어떤 사람이 그곳의 산천은 얼마나 아름답냐고 물었
   다. 고개지가 대답했다. "산이란 산은 모두 빼어남을 겨루고, 골짜
   기란 골짜기는 물줄기들이 다투어 흘러가더이다. 무성한 초목이 그
   위에 마치 구름처럼 덮여 있더이다."千巖競秀, 萬壑爭流, 草木蒙籠其上,
   若雲興霞蔚. 『세설신어』「언어」참조. ○ 健筆(건필): 숙련된 시문.

5 平山風月(평산풍월): 평산당平山堂의 풍광. 평산당은 구양수가 양
   주 수서호瘦西湖에 지었다. 섭몽득葉夢得은 "장려함이 회남에서 제
   일간다."壯麗爲淮南第一고 했다.

6 靑眼(청안): 눈동자를 눈자위의 중앙에 오게 함. 청안은 백안白眼

의 상대말로 상대를 존중하고 좋아함을 의미한다. 삼국시대 위나라 완적阮籍이 모친상 때 친구 혜강嵇康이 조문 오니 청안을 하고, 혜강의 형 혜희嵇喜가 오니 백안을 하였다. 『진서』「완적전」 참조.

7 冰玉(빙옥): 얼음과 옥. 『진서』「위개전」에 위개와 장인 악광을 서술한 부분이 있다. "위개는 풍도와 정신이 빼어나고, 그 장인 악광은 국내에서 이름이 높았다. 이에 의논하는 자들이 장인은 얼음처럼 맑고, 사위는 옥처럼 윤기 있다고 했다."婦公冰清, 女婿玉潤.

8 金蕉葉(금초엽): 술잔.

9 醉鄉(취향): 술에 취한 뒤 고향에 들어가는 것과 같은 정신적인 경계. 당대 초기 왕적王績의 「취향기」醉鄉記에 "취향은 나라의 중심에서 얼마나 먼지 모른다. 그 땅은 끝없이 넓고 구릉과 비탈 등 험한 지역이 없다. …완적과 도연명 등 십여 명이 함께 취향에서 노닐었다."는 말이 있다.

해설

하성옥을 지극히 칭송하였다. 상편은 주로 그의 외적인 면모를 중심으로 외모의 출중함, 문필의 뛰어남, 사귐에 있어 애증이 분명한 점 등을 들었다. 하편은 그의 담소 중의 풍도, 시문을 논하는 모습, 술을 마시며 세속을 잊을 수 있는 능력 등을 들었다. 말미에서 도연명과 완적과 같은 높은 선비가 되기를 바랐다.

염노교念奴嬌
— 왕광문의 두 희첩에게 안부를 묻는 사謝王廣文雙姬詞[1]

서왕모의 두 시녀
하계에 내려갈 마음이 홀연 일어나
함께 신선의 궁궐을 떠나왔다지.
연연燕燕과 앵앵鶯鶯이 나란히 선 듯
틀림없이 두 개의 눈덩이와 꼭 같구나.
같이 가락에 맞추어 노래하고
자리 위에서 함께 춤추니
한 몸인 듯 춤사위가 다르지 않구나.
강가의 매화나무 그림자 속에서
한 쌍의 꽃이 신기하고 기이하구나.

그리고 별원에서 생황에 노래를 부른다는 소식을 들으면
황급히 달려가 알리는데
웃고 말하는 소리 온통 떠들썩하구나.
습취주拾翠洲 강가에서 손잡고 거닐면
마치 도근桃根과 도엽桃葉 자매 같아라.
향기로운 병체련並蒂蓮
두 송이 붉은 작약을
생각지도 않게 모두 꺾어 들었구나.

오늘 밤 원앙금침의 휘장 아래
그림자 마주하고 명월과 함께 하리라.

西眞姊妹,² 料凡心忽起, 共辭瑤闕. 燕燕鶯鶯相並比,³ 的當兩
團兒雪.⁴ 合韻歌喉, 同茵舞袖, 舉措脫體別. 江梅影裏, 迥然雙蕊
奇絶.

還聽別院笙歌, 倉皇走報, 笑語渾重疊. 拾翠洲邊携手處,⁵ 疑是
桃根桃葉.⁶ 並蒂芳蓮, 雙頭紅藥, 不意俱攀折. 今宵鴛帳, 有同對
影明月.⁷

注

1 謝(사): 묻다. ○ 王廣文(왕광문): 미상.

2 西眞姊妹(서진자매): 서왕모의 시녀 동쌍성董雙成과 허비경許飛瓊.

3 燕燕鶯鶯(연연앵앵): 두 여인을 가리킨다. 소식의 시에 "시인이 늙
으니 앵앵이 있고, 공자가 돌아오니 연연이 바쁘다."詩人老去鶯鶯在,
公子歸來燕燕忙.는 말이 있다.

4 的當(적당): 마침. 적합하다.

5 拾翠洲(습취주): 지금의 광주廣州 서남 남해현南海縣에 있었던 나
루. 육구몽陸龜蒙의 「남해에 부임하러 가는 이 명부를 보내며」送李
明府之任南海에 "주민들은 침주포 가까이 가 살기를 좋아하고, 아전
들은 습취주에 많이 간다지."居人愛近沉珠浦, 候吏多來拾翠洲.라는 구
절이 있다.

6 桃根桃葉(도근도엽): 동진東晉 왕헌지王獻之의 애첩 도엽桃葉과 그
여동생 도근桃根. 왕헌지는 자주 나루에서 도엽을 보내며 노래 불렀
다. "도엽이여, 도엽이여, 복숭아나무는 복숭아 뿌리와 이어져있어.
서로 이어져 있으니 둘이 즐거운 일, 특히 나를 은근히 대하는구

나."桃葉復桃葉, 桃樹連桃根. 相連兩樂事, 獨使我殷勤.

7 對影明月(대영명월): 그림자를 마주하니 명월과 함께 셋이 되었다. 이백의 「달 아래 홀로 술을 마시며」月下獨酌에 나오는 "술잔 들어 명월을 부르고, 그림자를 더하여 셋이 되었네."擧杯邀明月, 對影成三 人.를 이용하였다.

해설

왕광문의 두 희첩姬妾에게 준 작품이다. 여기서 두 여인은 가기歌妓 의 모습으로 등장하며, 주로 그녀들의 아름다움을 극력 찬미하였다. 상편은 두 희첩의 아름다운 모습을 그렸다. 천상에서 내려온 두 여인 은 한 쌍의 눈덩이처럼 밝고 화사한 형상으로 마치 한 몸처럼 함께 노래하고 함께 춤춘다. 그것은 한 쌍의 매화처럼 격조가 높다. 하편은 두 여인의 생활을 묘사하였다. 왕광문에게 다투어 소식을 알리는 모습 이나 함께 손잡고 걷는 모습에 이어 함께 동방에 드는 모습을 그렸다. 이번에는 병체련並蒂蓮과 한 쌍의 붉은 작약에 비유하였다.

염노교念奴嬌
— 세 친구가 함께 술 마시며, 「적벽」의 운을 빌려三友同飲, 借赤壁韻[1]

사람의 마음을 논하고 외모를 논하며
행동방식을 관찰하는데
두 눈 가득 분분히 보이는 건 어떤 사람들인가.
쇠 신발 삼백 켤레가 다 닳도록
높은 봉우리와 절벽까지 찾아다녀도 뜻 맞는 사람은 없더라.
용龍 같은 친한 친구 만나
느긋하게 술잔을 들고
빙설을 쪼듯 냉철하고 날카롭게 토론한다.
사람들이 말해도 좋으리라
태평성대의 세 명의 호걸이라고.

멀지 않아 한 척 배를 함께 타고 건너듯
오랑캐를 평정할 것이라고
어찌 가볍게 하는 말이겠는가?
운명이 설사 장난친다 하더라도
황금같이 굳센 의지는 꺾지 못하리라.
밥을 얻어먹고 지내는 왕손이요
길을 잃고 떠도는 공자公子이니
누가 주공周公처럼 인재를 알아보고 급히 만나려 할 것인가?
얼음 담긴 옥항아리처럼 희고 깨끗하니
하얀 달 못지않게 사람을 환히 비추는구나.

論心論相,² 便擇術, 滿眼紛紛何物. 踏碎鐵鞋三百緉,³ 不在危峰絶壁. 龍友相逢,⁴ 窪樽緩擧,⁵ 議論敲冰雪.⁶ 何妨人道, 聖時同見三傑.

自是不日同舟,⁷ 平戎破虜, 豈由言輕發. 任使窮通相鼓弄,⁸ 恐是眞□難滅. 寄食王孫,⁹ 喪家公子,¹⁰ 誰握周公髮?¹¹ 冰□皎皎,¹² 照人不下霜月.¹³

注

1 三友(삼우): 세 친구. 누구인지 명확하지 않다. 「염노교 ─우연히 찾아오는 높은 벼슬은」에서도 "호탕한 노래 한 곡, 좌중의 세 호걸과 불러보노라."浩歌一曲, 坐中人物三傑.고 하여 '세 호걸'이란 말을 썼다. ○ 赤壁韻(적벽운): 소식蘇軾의 「염노교 ─적벽 회고」의 운을 가리킨다.

2 論心(논심) 3구: 세상은 어지러이 모두 용속한 사람들로 가득 차 있다. 『순자』「비상」非相에 "사람의 형상을 관찰하는 것은 그 마음을 논하는 것보다 못하고, 마음을 논하는 것은 그 사람의 행동방식을 보는 것만 못하다."相形不如論心, 論心不如擇術.는 말이 있다.

3 踏碎(답쇄) 2구: 속담에 있는 "쇠 신발이 다 닳도록 찾아도 못 찾더니, 얻을 땐 완전히 힘 하나 안 들이고 얻는다."踏破鐵鞋無覓處, 得來全不費功夫.는 말을 이용하였다. ○ 緉(량): 켤레.

4 龍友(용우): 친한 친구를 가리킨다. 삼국시대 화흠華歆, 병원邴原, 관녕管寧은 함께 유학하며 친했는데, 당시 사람들이 '용 한 마리'─龍라 불렀고, 화흠을 용의 머리龍頭, 병원을 용의 배龍腹, 관녕을 용의 꼬리龍尾라고 하였다. 『삼국지』「화흠전」 참조.

5 窪樽(와준): 술잔. 당대 이적지李適之가 개원 연간에 양양의 현산峴山에 올랐을 때, 산 위에 술독처럼 패인 바위가 있어 술을 부을 수

있었다. 나중에 그 위에 정자를 세우고 '와준'窪樽이라고 하였다. ○ 緩擧(완거): 한가히 술잔을 들다.

6 敲冰雪(고빙설): 논하는 말이 빙설을 쪼듯 날카롭다는 뜻.

7 同舟(동주): 같은 배를 타고 건너다. 동주공제同舟共濟. 힘을 모아 서로 돕는다는 뜻이다.

8 窮通(궁통): 막힘과 뚫림. 실패와 성공. 불우와 영달. ○ 鼓弄(고롱): 장난치다. ○ 眞□(진□): 빠져 있는 글자에 대해 현대 학자들은 '金'(금) 자로 본다.

9 寄食王孫(기식왕손): 왕손인 한신韓信이 정장亭長으로부터 밥을 얻어먹은 일을 가리킨다. 『사기』「회음후열전」 참조. 친구 중에 한 사람이 한신과 같이 어려움을 겪는다는 뜻이다.

10 喪家公子(상가공자): 전국시대 신릉군信陵君이 집을 떠난 일을 가리킨다. 기원전 257년 진秦의 군대가 조趙나라 수도 한단邯鄲을 포위하였을 때, 위나라 공자 신릉군이 진비晉鄙의 군대를 빼앗아 조나라를 구하러 가니 진나라의 군대는 한단의 포위를 풀고 물러났다. 이후 신릉군은 조나라에 머물며 십 년이 지나도 돌아가지 않았다. 여기서는 친구가 집을 떠나 강호를 떠돈 일을 비유하였다. 『사기』「위공자열전」 참조.

11 誰握周公髮(수악주공발): 누가 주공처럼 머리카락을 움켜쥐며 인재를 아낄 것인가? 주공이 머리를 감을 때 현인이 찾아오면 머리카락을 움켜쥐고 만났는데, 세 번이나 중단되더라도 나와서 현인을 만났다. 『사기』「주공세가」 참조.

12 冰□(빙□): 빠져 있는 글자에 대해 현대 학자들은 '壺'(호) 자로 본다. 빙호는 곧 얼음이 담긴 옥항아리玉壺. 고결하고 깨끗한 성품을 비유한다.

13 不下霜月(불하상월): 하얀 달 아래 있지 않다. 곧 하얀 달빛보다

못하지 않다는 뜻.

해설

　친구 사이의 진지하고 순수한 우정을 노래하였다. 자신을 포함한
세 사람은 평범한 세속의 사람이 아니라 용과 같이 뛰어난 친구들龍友
이다. 그들은 빈천과 궁달에 관계없이 북방을 평정하려는 포부를 나타
내었으며, 동시에 뜻을 발휘하지 못하는 불만도 함께 가지고 있다.
말미에서는 옥호빙玉壺冰의 이미지로 다시 한번 세 사람의 우정이 고
결함을 강조하였다. 이 작품은 명청 시기 『가헌사』에는 보이지 않는
데, 청대 신계태辛啓泰가 『영락대전』永樂大典에서 찾아내 『가헌사 보
유』稼軒詞補遺에 실었다.

일전매—剪梅

먼지 묻은 옷깃에 나그네 갈 길은 멀어
서리 내린 숲은 벌써 저물고
가을꽃 아직도 향기로워라.
이별 후 눈에 닿는 풍경마다 슬퍼
꿈속에서 본 아내 있는 청루는
차마 그리워하지 못해라.

하늘은 어두워지고 떨어지는 해 누런데
구름은 바라보는 눈길을 막고
산봉우리는 칼날처럼 시름에 찬 애간장을 베어내는구나.
가슴 가득 구슬 같은 말이 눈물로 철철 넘치니
서풍을 청하여
아내가 있는 난방蘭房으로 보내고 싶어라.

塵灑衣裾客路長. 霜林已晚, 秋蘂猶香. 別離觸處是悲涼. 夢裏
青樓,¹ 不忍思量.
天宇沈沈落日黃. 雲遮望眼, 山割愁腸.² 滿懷珠玉淚浪浪. 欲倩
西風, 吹到蘭房.

注

1 靑樓(청루): 미녀 또는 기녀가 사는 누각. 여기서는 아내가 있는 집.

2 山割愁腸(산할수장): 높은 산봉우리가 시름에 찬 창자를 잘라낸다. 시름이 깊음을 형용하였다. 유종원柳宗元의 「호초 상인과 함께 산을 보며, 도성의 친구들에게 부침」與浩初上人同看山, 寄京華親故에서 "바닷가 솟은 산들 마치 칼날을 세운 듯, 가을이라 도처에서 시름 진 창자 잘라내네."海畔尖山似劍鋩, 秋來處處割愁腸.란 구절이 있다.

해설

객지에서 고향을 그리는 마음을 나타내었다. 상편에서는 가을 여로를 걷고 있는 나그네를 등장시켜 아내가 있는 청루를 그리워하는 모습을 묘사하였다. 하편에서는 저물 때 높은 곳에 올라 보이지 않는 고향을 바라보며 아내에게 편지를 보내려는 마음을 그렸다. 동한 말기 '고시십구수'古詩十九首 이래의 사부思婦 제재를 사詞 형식으로 표현하였다.

일전매—剪梅

노래 파하고 술잔 비니 달은 서쪽으로 떨어져
백화문百花門 밖
푸른 안개 가볍게 흩어지는구나.
홍사초롱이 함께 가는 우리를 비추는 가운데
돌아가네
돌아가네.

술기운에 향기로운 뺨이 특히나 아름다워
걸어가며 묻네.
"혹시 날 따라가겠느냐?"
애교 띤 얼굴 수줍어 머뭇거리며 대답하네
"어찌 좋지 않겠어요
어찌 좋지 않겠어요!"

歌罷尊空月墜西. 百花門外, 煙翠霏微.¹ 絳紗籠燭照于飛.² 歸
去來兮, 歸去來兮.
酒入香顋分外宜. 行行問道:³ "還肯相隨?" 嬌羞無力應人遲: "何
幸如之, 何幸如之!"

注

1 霏微(비미): 안개 또는 눈이 가는 모양.

2 于飛(우비): 함께 날아가다. 한 쌍의 새가 함께 날아감.
3 行行(행행): 머뭇거리는 모양. 걸어가다.

　밤놀이의 정경을 그렸다. 상편에선 늦은 시간까지 술 마시고 노래 듣고 안개 낀 새벽에 연석을 나오는 장면을 그렸다. 하편은 돌아가는 길에 미인과 대화를 나누는 모습을 그렸다. 그 정서와 압기狎妓는 오대五代 때의 '화간사'花間詞와 유사하다. 신기질의 또 다른 일면을 볼 수 있다.

안아미 眼兒媚

— 기녀妓

기녀 무리 속에 있기에는 어울리지 않는 그녀
좋은 집안의 여인 같아 보인다.
옅은 화장에 아리따운 얼굴
붉은 입술 가볍게 발랐으니
한 송이 매화로구나.

이번에 만나서 예전 그때와 비교해보니
마음 쓰는 데에 차이가 좀 있구나.
내일 아침 내가 떠나면
다른 사람 때문에
나를 잊지 말게나.

煙花叢裏不宜他.¹ 絶似好人家. 淡妝嬌面, 輕注朱唇, 一朵梅花.
相逢比着年時節,² 顧意又爭些. 來朝去也, 莫因別箇, 忘了人咱.

注

1 煙花叢(연화총): 꽃무리. 여기서는 기녀들이 모여 있는 곳을 비유
하였다.
2 年時(연시): 당시. 그때. 예전.

　기녀를 노래했다. 상편에선 기녀의 외모를 그렸다. 기녀 같지 않으면서 양가집 규수로 보이며, 옅은 화장이 매화처럼 기품 있어 보인다. 하편은 그녀의 속성을 묘사했다. 손님에게 마음을 쓰는 기녀의 특징이 강해졌기에 전보다 못하다고 하였다. 말미의 세 구에서는 한 사람에게 전일專一하게 정을 주지 못하는 모습을 그렸다. 기녀는 기본적으로 기예로 생활하는 여인이기 때문에, 춤이나 노래, 또는 악기를 연주하는 경우가 많으며, 이에 관한 시도 다양하고 많다. 여기서는 그녀가 점점 기녀의 특징을 가지는 모습을 애석해 하는 듯하다.

오야제烏夜啼
— 기적에 있는 사람에게 장난삼아 주다戲贈籍中人[1]

강가의 삼월 청명절
버들가지에 부는 바람 가벼워라
파협巴峽인지 낙양성인지 알지 못해라.

봄은 적막한데
애교는 뚝뚝 떨어지고
얼굴 가득 웃음이 떠나지 않는구나.
오사란烏絲欄 종이 위에 다감한 모습 그려보노라.

江頭三月淸明, 柳風輕. 巴峽誰知還是洛陽城.[2]
春寂寂, 嬌滴滴, 笑盈盈. 一段烏絲闌上記多情.[3]

注

1 籍中人(적중인): 기적妓籍에 올라가 있는 관기官妓. 주로 노래를 부
  르거나 춤을 춘다.
2 巴峽(파협): 장강의 중류에 있는 파현巴縣(지금의 중경시) 일대의 협
  곡. 가릉강협嘉陵江峽. 이 구는 두보의 「관군이 하남과 하북을 수복
  했다는 소식을 듣고」聞官軍收河南河北에 나오는 "파협에서 무협까지
  배 타고 가면, 곧 바로 양양에서 낙양으로 가리라."卽從巴峽穿巫峽,
  便下襄陽向洛陽.는 구절을 이용하였지만, 다만 파협과 낙양의 두 지

명을 가져와, 기녀가 스스로 어디에서 사는지 모르며 살아가는 모
습을 그렸다.
3 烏絲蘭(오사란): 오사란烏絲欄. 먹선으로 네모꼴 격자를 만든 비단
이나 종이. ○ 多情(다정): 감수성이 풍부하다. 다감하다.

해설

관기官妓의 천진난만한 모습을 그렸다. 제3구는 그녀가 객지에 있
는지 아니면 고향에 있는지 스스로 모르는 듯 살아가는 상황을 그려,
어디서든 즐거이 살아가는 모습을 형상화한 듯하다. 작자가 보기에
그녀의 봄은 적막해 보이지만, 그녀 자신은 애교와 웃음으로 다감하게
살아간다. 부제에 붙은 '장난삼아'戱에서 알 수 있듯 가벼운 인상으로
그렸다고 볼 수 있다.

여몽령如夢令
— 노래하는 사람에게贈歌者[1]

운치는 선녀보다 더욱 아득히 속세를 벗어난 듯
애교로 반짝이는 눈빛에 웃는 모습 좋구나.
옥구슬 꿴 듯 이어지는 노랫소리
다정한 운치를 독차지 했구나.
노랫소리 맑고 미묘하니
노랫소리 맑고 미묘하니
얼마나 많은 구름이 날아가다 멈춰 서서 듣는가.

韻勝仙風縹緲,[2] 的皪嬌波宜笑.[3] 串玉一聲歌, 占斷多情風調.
淸妙, 淸妙, 留住飛雲多少.[4]

注

1 歌者(가자): 가인歌人. 각지를 오가며 연석에서 노래하며 전두纏頭
  를 받아 살아가는 사람.
2 縹緲(표묘): 멀고 희미한 모양. 아득하다. 흐릿하다.
3 的皪(적력): 선명하고 빛나는 모양.
4 留住(류주) 구: 절묘한 노래에 구름도 멈춘다는 '향알행운'響遏行雲
  의 전고를 사용하였다. 진청秦青이 노래 부르자 그 울림에 흘러가는
  구름이 멈추었다. 『열자』「탕문」湯問 참조.

가인歌人을 칭찬하였다. 앞 두 구는 가녀의 외모와 신운神韻을 표현하였고, 이후의 다섯 구는 노래를 묘사하였다. 선녀보다 표일하고 아름다운 모습에 노래도 흘러가는 구름을 멈추게 할 정도로 절묘하다. 정련된 언어 속에 뛰어난 가녀의 형상을 담았다.

녹두압綠頭鴨
— 칠석七夕

바람에 불려 떠도는 신세를 한탄하고
이별은 길고 만남은 짧은 것에 놀란다.
인간 세상의 이별과 만남은 어찌 천상 사람의 신의信義 있는 것과
같으랴
덧없는 인간 세상의 믿을 수 없는 것과는 다르다.
초가을 달이 밝게 빛나고
밤 깊어 은하수는 소리 없이 흘러간다.
봉황이 끄는 수레를 탄 신은 구름을 재촉해 흩어지게 하고
붉은 휘장을 말아올려 달이 나타나면
찰랑이는 강물에서 두 별이 만난다.
직녀는 쓸쓸히 바람을 마주해 베짜기를 멈추고
한 해 동안 만나지 못한 심정을 하소연한다.
은하수 얕은 곳에서 견우가 정성스럽게 말하니
붉은 까마귀가 오작교를 평평히 놓았구나.

바라보면 인간 세상에서는 다투어 바느질 솜씨를 빌며
수많은 여인들 기뻐하며 칠석을 맞이하는구나.
등불을 끄고 오색실을 여기저기 두고
달에 절할 때 거미줄이 내려오면 소원이 이루어진다네.
누가 알아주랴 통판으로 있는 내가

쓸쓸한 관사에서
흔들리는 촛불 밑에 가을 부채처럼 마당 가운데 홀로 앉아 있는 것을.
오늘 밤 양귀비楊貴妃의 금비녀 찾을 길 없으니
남겨진 한이 봉래산에 가득하리.
현종玄宗은 베개에 기대어 오동잎에 떨어지는 빗소리 들으며
이렇게 하늘이 밝아질 때까지 보내리라.

歎飄零, 離多會少堪驚.¹ 又爭如天人有信, 不同浮世難憑. 占秋
初桂花散彩, 向夜久銀漢無聲.² 鳳駕催雲, 紅帷卷月, 泠泠一水會
雙星. 素杼冷臨風休織,³ 深訴隔年誠. 飛光淺靑童語款,⁴ 丹鵲橋
平.

看人間爭求新巧,⁵ 紛紛女伴歡迎. 避燈時采絲未整, 拜月處蛛
網先成. 誰念監州,⁶ 蕭條官舍, 燭搖秋扇坐中庭. 笑此夕金釵無
據,⁷ 遺恨滿蓬瀛. 欹高枕梧桐聽雨,⁸ 如是天明.

注

1 離多會少(이다회소): 이별이 많고 만남이 적다. 칠석날 견우와 직녀
가 만나자마자 헤어지므로, 만남은 짧지만 이별은 길다는 뜻으로 썼다.

2 銀漢無聲(은한무성): 은하수 흐르는 소리가 들리지 않는다. 소식의
「양관곡」陽關曲에 "저녁 구름 다 사라지자 더욱 맑고 차가운데, 은
하수 소리 없이 옥반이 돌아가네."暮雲收盡溢淸寒, 銀漢無聲轉玉盤.란
구절이 있다.

3 素杼冷(소저랭): 흰 북이 차갑다. 베 짜기를 오랫동안 하지 않는다
는 뜻. 『형초세시기』에 직녀와 견우의 이야기가 실려 있다. 천제의
딸인 직녀가 해마다 운금雲錦을 짜 천의天衣를 만들었는데, 천제가
그녀가 혼자 있음을 가엽게 여겨 은하수 서쪽의 견우에게 시집을

보냈다. 그녀가 시집간 후 베짜기를 작폐하자 천제가 노하여 은하수 동쪽으로 불러오고 매년 칠월 칠일 저녁에만 은하수를 건너 만나게 하였다.

4 靑童(청동): 견우를 가리킨다.

5 看人間(간인간) 4구: 매년 칠석 때 여인들이 달에 절하며 바느질에 능숙해지길 바라는 걸교乞巧 풍습을 가리킨다. 이때 오색실을 엮어 칠공침七孔針을 꽂아 과일 위에 얹어놓는데, 거미가 과일 위에 내려오면 소원이 이루어진 것으로 여겼다. 『형초세시기』 참조.

6 監州(감주): 통판通判을 가리킨다. 작자는 광덕군 통판과 건강 통판을 역임하였다.

7 笑此夕(소차석) 2구: 백거이의 「장한가」長恨歌에서 신선의 섬에 있던 양귀비가 현종에게 금비녀를 정표로 준 일을 가리킨다. "정 담아 응시하며 군왕에게 감사하고, 헤어진 후 두 사람의 소식 아득하니. …옛 물건 보내어 깊은 정 표하고자, 향합과 금비녀를 가져가라고 내어놓네."含情凝睇謝君王, 一別音容兩渺茫. …惟將舊物表深情, 鈿合金釵寄將去.

8 梧桐聽雨(오동청우): 오동잎에 떨어지는 빗소리를 듣다. 백거이의 「장한가」에서 현종이 몽진에서 돌아온 뒤 쓸쓸한 심정을 묘사하는 이미지이다. "봄바람에 복사꽃과 오얏꽃이 만발한 날, 가을비에 오동잎이 떨어지는 때. 서궁과 남내南內는 가을 풀이 우거지고, 계단 가득 붉은 낙엽 쓸지도 않아라."春風桃李花開日, 秋雨梧桐葉落時. 西宮南內多秋草, 落葉滿階紅不掃.

【해설】

칠석을 노래한 세시사歲時詞이다. 그 주제는 견우와 직녀 사이의 '이별은 길고 만남은 짧은'離多會少 데 대한 탄식이지만, 동시에 인간 세상에서의 이별도 함께 그리고 있다. 말미에서는 백거이의 「장한가」長恨歌에 칠석 때 장생전에서 영원한 사랑을 맹세한 현종과 양귀비를 등장시켜, 칠석의 의미를 더 다채롭게 부각시켰다.

품령 品令

멀고 먼 나그네길
다시 작은 배로 금릉을 떠나네.
서풍에 낙엽
엷은 안개에 시든 풀
평평한 모래톱이 저물어가네.
고개 돌려 높은 성 바라보니
한 걸음 한 걸음 더욱 멀어져가네.

강가의 붉은 대문 집
차마 헤어진 곳 추억할 수 없어라.
오늘 밤 산속의 객사에서
어찌 견디랴
수많은 시름을.
그 사람도 괴로움 속에 비단 수건으로
흘러내리는 눈물을 닦아내고 있으리라.

迢迢征路, 又小舸金陵去.¹ 西風黃葉, 淡煙衰草, 平沙將暮. 回
首高城, 一步遠如一步.
江邊朱戶. 忍追憶分携處.² 今宵山館, 怎生禁得, 許多愁緖. 辛
苦羅巾, 搵取幾行淚雨.³

注

1 小舸(소가): 작은 배.

2 分携(분휴): 헤어지다. 이별하다.

3 搵(온): 닦다.

해설

　헤어지는 슬픔을 노래하였다. 상편은 가을날 저무는 때 강가에서 금릉을 떠나가는 모습을 묘사했고, 하편은 돌아가는 도중 산의 객사에서 성안에 있는 사람을 그리워하는 마음을 그렸다.

자고천鷓鴣天
― 진 제간에 화답하며和陳提幹[1]

밤 깊도록 서창 아래서 촛불 심지 자르며
끝없이 술에 취하고 시흥詩興에 젖었네.
향기 뿜는 짐승 모양 향로는 황금이 삼 척 높이요
미인의 머리에 꽂힌 빗은 옥이 초승달이라.

우스개 얘기를 쏟아내는데
민첩하기는 폭포수 같구나.
술잔이 앞에 이르면 머뭇거리지 말게나.
내일 아침 다시금 동양東陽에서 만날 약속을 한다면
봉황 부리와 기린 뿔 아교처럼 오늘 이 시간을 기필코 이어가리.

翦燭西窓夜未闌, 酒豪詩興兩聯緜. 香噴瑞獸金三尺,[2] 人挿雲
梳玉一彎.

傾笑語, 捷飛泉. 觥籌到手莫留連.[3] 明朝再作東陽約,[4] 肯把鸞
膠續斷絃.[5]

注

1 陳提幹(진제간): 미상. 제간 직책에 진씨 성을 가진 사람.
2 香噴(향분) 2구: 나은羅隱의 「전 선주 두 상서에 부치며」寄前宣州寶
尙書에 "향기 뿜는 짐승 모양 향로는 황금 삼 척 높이요, 눈처럼

휘돌며 춤추는 가인은 허리가 두 뺨 굵기 옥이로다."香噴瑞獸金三尺,
舞雪佳人玉一圍.는 시구를 이용하였다.

3 觥籌(굉주): 술잔과 술잔의 수를 세는 산가지.

4 東陽(동양): 동양현. 송대에는 절강동로浙江東路 무주부婺州府의 속
현이었다.

5 鸞膠(난교): 봉황의 부리鳳喙와 기린의 뿔麟角로 녹여 만든 아교.
끊어진 거문고의 현을 이을 수 있기 때문에 속현교續絃膠라고도
한다. 보통 떨어질 수 없는 사이의 지음知音을 비유한다.

해설

친구와의 즐거운 만남을 형상화하였다. 상편부터 하편 중반까지 밤
잔치의 즐거운 광경을 그렸다. 황금 향로에서 향이 뿜어 나오고 아름
다운 여인들이 시중드는 연회에서 밤늦도록 술 마시고 웃고 논하며
또 시를 지었다. 말미 두 구에서 강력한 아교처럼 이 시간이 이어지길
바라며 다음 만남을 기약하였다. 그만큼 오늘의 시간이 즐겁고 아쉽다
는 뜻을 충분히 나타내었다.

알금문謁金文
— 진 제간에 화답하며 和陳提幹

산은 물과 함께 있어
천여 리에 걸쳐 아름다움이 가득하네요.
일찍 일어나 새벽길 걷는 걸 마다하지 않는 건
모두 그대를 위한 정 때문이지요.

사랑하는 정에 얽혀 벗어나지 못하는 건 겁나지 않아요
다만 겁나는 건 농락당하는 것이지요.
무엇 때문에 재채기가 나지 않는가요?
쉴 새 없이 내가 당신에 대해 말하는데.

山共水, 美滿一千餘里. 不避曉行並早起, 此情都爲你.
不怕與人尤殢,¹ 只怕被人調戲. 因甚無箇阿鵲地?² 沒工夫說裏.

注

1 尤殢(우체): 얽히다. 좋아하는 감정에서 벗어나지 못하다. 남녀가
　연애감정에 얽히다.

2 阿鵲(아작): 에취. 재채기할 때 나는 소리. 이 구는 『시경』「종풍」終
　風에 나오는 "깨어있어 잠은 안 오는데, 그대가 날 생각하는지 재채
　기만 나네."寤言不寐, 願言則嚏.를 이용하였다. 민간의 속설 가운데
　남들이 나에 대해 말하면 재채기가 난다는 것을 여기서는 반대로

이용하였다.

　진 제간에게 해학조로 화답한 작품이다. 일인칭 여성의 말투를 사용하여 상대방에 대한 깊은 정을 토로하였다. 산과 물이 천 리 길을 가듯이 원만하게 이어져, 쉼 없이 밤낮으로 갈 수 있는 것은 상대를 위해서이기 때문이다. 산과 물의 화해로 자신과 상대방의 사랑을 선언하였다. 하편에선 사랑의 길에 일어나는 문제도 헤쳐나갈 수 있다는 강인한 의지를 드러내면서, 말미에서 자신의 애정을 해학적으로 강조하고 있다. 통속적인 어휘와 일상적인 어조로 깊은 정을 나타내었다.

하신랑 賀新郎
― 오명가 급사안무에 화답하며 和吳明可給事安撫[1]

세상은 풍파가 심하건만
지금은 태평시대라 변방의 남아는 할 일이 없고
□□ 장수가 작전계획을 세우고 있지.
때는 마침 봄 이삼월
제비가 쌍쌍으로 주렴 안으로 날아드는데
또 강남에 꽃 질까 걱정이로다.
그대는 객과 함께 술병 들고 밤마다 마시며
달빛이 난간 모퉁이를 비추도록 내버려두니
어느 때 부르랴
「종군행」從軍行 노래를.

돌아가자, 이미 바위와 골짜기에 살겠다고 노래했으니
사람의 세상살이는 마침 봄누에 같이
스스로 고치 속에 묶여 있음을 깨닫노라.
시야엔 저녁 까마귀 천만 개가 점으로 가득한데
학은 아직 보이지 않았구나.
'소년 삼공'과 재상의 지위 모두 연연하지 않는다네.
술 한 잔에 시 한 수를 읊으며 무엇을 이룰 것이며
하늘이 내린 건강과 평안을 기뻐하니 약이 어찌 필요하랴.
큰 술잔을 내어와
그대 위해 따르네.

世路風波惡. 喜淸時邊夫袖手,² □將帷幄. 正値春光二三月, 兩
兩燕穿簾幕. 又怕箇江南花落.³ 與客携壺連夜飮, 任蟾光飛上闌
干角. 何時唱, 從軍樂?⁴

歸歟已賦居巖壑.⁵ 悟人世正類春蠶, 自相纏縛. 眼畔昏鴉千萬
點,⁶ □欠歸來野鶴. 都不戀黑頭黃閣.⁷ 一詠一觴成底事,⁸ 慶康寧
天賦何須藥. 金盞大, 爲君酌.

注

1 吳明可(오명가): 오불吳芾. 자가 명가明可이다. 태주台州 선거仙居
사람. 무주 지부와 소흥 지부를 역임한 후 형부시랑, 급사중, 이부
시랑, 부문각 직학사 겸 임안 지부 및 융흥 지부를 역임하였다. 용
도각 직학사에서 벼슬을 마쳤다. 만년에 은퇴하여 십사 년을 살았
으며, 호를 호산거사湖山居士라 하였다. 『송사』에선 "강직하여 기피
를 받았다"以剛直見忌고 기록하였다.

2 淸時(청시): 태평시대.

3 江南花落(강남화락): 강남에 꽃이 지다. 이 말은 두보의 「강남에서
이구년을 만나」江南逢李龜年에 나오는 "마침 강남에 봄빛이 아름다
운데, 꽃 지는 시절에 그댈 다시 만났구료."正是江南好風景, 落花時節
又逢君.란 구절의 뜻을 환기한다.

4 從軍樂(종군악): 악부곡 「종군행」從軍行을 가리킨다. 그 내용은 주
로 군대 생활의 괴로움이다.

5 歸歟(귀여): 돌아가자.

6 眼畔(안반) 2구: 수 양제와 두보 시구의 이미지를 이용하였다. 수
양제의 시에 "겨울 까마귀는 천만 개 점으로 보이고, 흐르는 시내는
외떨어진 마을을 돌아간다."寒鴉千萬點, 流水繞孤村.는 구절이 있고,
두보의 「들을 바라보며」野望에 "학 한 마리 늦게 돌아오는데, 저녁

까마귀는 숲에 이미 가득하여라."獨鶴歸何晚? 昏鴉已滿林.란 구절이
있다.

7 黑頭(흑두): 흑두공黑頭公. 머리가 세어지지도 않은 젊은 나이에 삼
공의 자리에 오르는 것을 말한다. 제갈회諸葛恢가 강남으로 내려가
스스로 도명道明이라 하였는데, 이름이 왕도王導와 유량庾亮 아래였
다. 먼저 임기령臨沂令이 되었는데, 승상 왕도가 말하기를 "그대는
응당 흑두공이 될 것이오."明府當爲黑頭公.라고 말했다. 『세설신어』
「식감」識鑑 참조. ○ 黃閣(황각): 승상이 근무하는 관청. 한대漢代에
승상과 삼공이 정무를 보는 관청을 황색으로 칠하였기에 황각이라
하였다.

8 一詠一觴(일영일상): 술 한 잔에 시 한 수를 읊다. 왕희지의 「난정
집 서문」蘭亭集序에 "술 한 잔에 시 한 수를 읊으니, 마음속의 감정
을 실컷 드러내기 족했다."一觴一詠, 亦足以暢敍幽情.는 말이 있다.

해설

오명가의 은퇴를 위로하고 칭송하였다. 『송사』에서 오명가는 "강직
하여 기피를 받았기에"以剛直見忌 "큰 임무를 맡기 족한 사람이나 아쉽
게도 그 능력을 다 쓰지 못했다."足以當大任者, 惜不盡其用焉.고 기록하
였다. 또 「종군행」의 음악을 부르고 싶어 하는 것을 보면 그 역시 신기
질과 마찬가지로 중원 회복의 뜻을 가지고 있음을 알 수 있다. 오명가
에 대한 위로와 탄식과 아쉬움은 신기질 자신의 것이기도 하다.

어가오漁家傲

— 호주 막부의 관원이 만든 선실湖州幕官作舫室[1]

풍월을 즐기는 작은 서재는 그림배를 본떴지만
녹색 창에 붉은 문은 세상에서 흔히 보던 모양이라.
술로 노 삼고 노래로 상앗대 삼아
흥취 일은 때 배 띄우면
'취향醉鄕에 가는 길 편안하여 풍랑도 없으리라.

천 섬의 술을 싣고 뱃전을 두드리며 떠도니
날마다 강물처럼 포도주가 부풀어 오르리.
문 밖에 '홀로 깨어있는 사람'도 찾아와
기거를 함께 하노니
즐거운 마음은 바로 술부대에 있으리라.

風月小齋模畵舫,[2] 綠窓朱戶江湖樣. 酒是短橈歌是槳. 和情放,
醉鄕穩到無風浪.
自有拍浮千斛釀,[3] 從敎日日蒲桃漲.[4] 門外獨醒人也訪.[5] 同俯
仰,[6] 賞心却在鴟夷上.[7]

注

1 湖州(호주): 송대에는 양절서로兩浙西路에 속했다. 지금의 절강성 오
   흥현吳興縣에 치소가 있었다. ○ 舫室(방실): 선실. 배 안에 만든 방.

2 畵舫(화방): 그림이 그려지거나 조각된 화려한 배. 구양수의 「화방 재기」畵舫齋記를 연상시킨다.

3 拍浮(박부): 뱃전을 두드리며 떠돌다. '필탁지오'畢卓持螯의 전고에 서 나온 어휘이다.

4 蒲桃漲(포도창): 술을 빚다. 이백의 「양양가」襄陽歌에 "멀리 바라 보니 한수는 오리머리처럼 푸르러, 마치 포도주가 새로이 발효하 는 듯해라."遙看漢水鴨頭綠, 恰似葡萄初醱醅.라는 구절이 있다.

5 獨醒人(독성인): 다른 사람은 모두 취했는데 혼자 깨어 있는 사람. 『초사』「어부」漁父에 "세상이 모두 혼탁한데 나 홀로 맑고, 사람들이 모두 취했는데 나만 깨어있소."擧世皆濁我獨淸, 衆人皆醉我獨醒.라는 말을 환기한다.

6 同俯仰(동부앙): 함께 생애를 살다. 왕희지의 「난정집 서문」에 "사 람이 세상에 나와 한 생애를 살면서, 어떤 사람은 마음속의 생각을 가지고 실내에서 이야기를 하고, 어떤 사람은 마음을 대자연에 기 탁하여 아무런 구속 없이 행하기도 한다."夫人之相與, 俯仰一世, 或取 諸懷抱, 晤言一室之內; 或因寄所託, 放浪形骸之外.는 구절이 있다.

7 鴟夷(치이): 가죽으로 만든 술 주머니.

해설

작은 선실에 대해 노래했지만, 사실은 술을 마시며 자족하는 삶의 정취를 노래했다. 선실에 대한 구체적인 묘사는 처음 두 구에서 그치 고, 나머지는 모두 술을 싣고 떠돌며 지내는 삶을 그렸다. 여기에는 술 취한 사람은 물론 '홀로 깨어 있는 사람'獨醒人도 함께 용납하는 광 달曠達한 마음을 나타냈다. 신기질의 술에 대한 기호와 함께 인생 태 도도 엿보인다.

출새出塞

─ 봄추위에 감회가 있어春寒有感

꾀꼬리가 아직 늙지 않았는데도
동풍에 꽃이 떨어지는구나.
여인도 그네줄을 한가하게 내버려두었으니
이미 청명절이 지나가버렸구나.

해가 길어지면서 밤 시간이 줄어드니
새벽까지 울리는 생황과 퉁소 소리를 듣지 말아야 하리.
비단 편지에 봄을 원망하는 시 써서 봉하고
구름이 돌아가는 아득히 먼 곳으로 부쳐 보내리.

鶯未老.¹ 花謝東風掃. 鞦韆人倦綵繩閑, 又被清明過了.
日長減破夜長眠, 別聽笙簫吹曉. 錦箋封與怨春詩, 寄與歸雲
縹緲.²

注

1 鶯未老(앵미로): 꾀꼬리가 아직 늙지 않다. 곧 봄이 아직 지나가지
않았다는 뜻. 『세려기화』歲麗紀華에 "버들이 짙푸르고 꽃이 환하고,
제비가 오고 꾀꼬리가 늙었다."柳暗花明, 燕來鶯老.라는 구절이 있다.
2 歸雲(귀운): 돌아가는 구름. 여기서는 구름이 흘러가는 높은 누대
를 가리킨다.

　봄추위로 일어나는 애상감을 나타내었다. 청명절이 지나 봄이 한창 때인데도 봄추위로 인해 꽃이 떨어지고 여인들도 그네를 타지 않는다. 또 생황에 퉁소를 밤늦게까지 들을 흥도 나지 않는다. 게다가 '봄을 원망하는'怨春 시를 써보지만 그것도 부칠 곳이 아득하다. 결국 이 시의 주제는 '봄을 원망하는'怨春 것임을 알 수 있다.

답사행踏莎行
— 봄날 감회가 있어春日有感

원추리가 섬돌까지 높이 자랐지만
파초는 아직 잎을 말고 있고
점점이 어지러운 붉은 꽃에 나비가 모였구나.
담장 너머 해당화에 한바탕 바람 불고
주렴 밖 몇 군데 눈처럼 지는 하얀 배꽃.

시름으로 가득 찬 꽃다운 마음
술을 마셔 뺨만 붉어져버렸네.
해마다 이맘때면 이별에 슬퍼하누나.
작은 누각 안에서 피리를 불어도 괜찮으니
밤늦도록 「관산월」關山月을 다 불어버리는구나.

萱草齊階,¹ 芭蕉弄葉,² 亂紅點點團香蝶. 過牆一陣海棠風, 隔
簾幾處梨花雪.³

愁滿芳心, 酒嘲紅頰. 年年此際傷離別. 不妨橫管小樓中, 夜闌
吹斷千山月.⁴

注

1 萱草(훤초): 원추리. 나리꽃. 나리꽃은 아름다워 사람의 근심을 잊
　게 한다는 뜻으로 '망우초'忘憂草라고도 부른다. 그 시적 용례는 『시

경』「백혜」伯兮의 "어떻게 흰초를 얻어, 북당에 심어볼까."焉得諼草, 言樹之背.라는 말에서 시작되었다. 이로부터 후세에는 깊은 근심을 표현하는데 쓰였다.

2 芭蕉弄葉(파초농엽): 파초가 잎을 말고 있다. 장열張說의 「초목으로 장난삼아 짓다」戲題草樹에 "파초 잎에 장난삼아 묻노니, 무슨 시름으로 줄기가 펴지지 않았나?"戲問芭蕉葉, 何愁心不開.란 구절에서 보듯, 파초 줄기心가 아직 펴지지 않은 것으로 사람의 마음이 시름에 펴지지 않은 것을 비유하였다.

3 梨花雪(이화설): 눈처럼 하얀 배꽃.

4 千山月(천산월): 악부제 「관산월」關山月을 가리킨다. 그 내용은 주로 이별의 슬픔을 표현하였다.

해설

봄날 규중 여인의 이별의 한을 노래하였다. 상편에선 봄날 정원 안의 초목과 나비를 통해 적막한 가운데 화사한 경관을 묘사하였다. 하편에선 주로 이별의 슬픔을 나타내었다. 이별의 시름을 잊으려 술을 마셔보고, 매년 봄이면 깊어지는 이별에 슬퍼하고, 이별을 노래한 「관산월」을 밤새 피리로 불어본다. 규원시閨怨詩의 전통을 계승한 규원사閨怨詞이다.

호사근好事近
─봄날 교외에서 놀며春日郊遊

봄이 와 주기酒旗가 바람에 흔들리니
교외 주점 잘 익은 술이 객을 붙든다.
말 매어 놓은 물가의 조용한 절
배꽃이 눈과 같다.

산사의 스님은 취한 정신이 깨어나길 바라
찻잔에 향기로운 하얀 찻잎을 띄운다.
비취색 이끼 낀 길이 흐릿하게 기억나니
말채찍 끝에서 봄빛이 일렁인다.

春動酒旗風, 野店芳醪留客.¹ 繫馬水邊幽寺, 有梨花如雪.
山僧欲看醉魂醒, 茗盌泛香白.² 微記碧苔歸路, 裊一鞭春色.³

注

1 芳醪(방료): 향기로운 술. 맛좋은 술.
2 茗盌(명완): 다완茶碗. 찻잔.
3 裊一鞭春色(뇨일편춘색): 채찍 끝에 봄빛이 일렁인다.

해설

봄날 교외의 정취를 그렸다. 주기가 펄럭이는 주점에서 술을 마시고, 조용한 절에서 눈같이 하얀 배꽃을 구경하고, 스님이 주는 차를 마시고, 말을 타고 돌아오는 길에 채찍으로 봄의 정적을 깬다. 교외의 아름다운 풍광을 본 감흥을 표현하였다.

호사근好事近

꽃과 달을 보며 마음 즐거운 날
다정다감한 시인들의 시심詩心을 일으킨다.
비단 도포를 손쉽게 차지한 송지문처럼 시를 잘 짓고
봄 막걸리 위에 뜬 하얀 눈 같은 술구더기를 사랑하노라.

노란 꾀꼬리는 어디선가 일부러 날아와
들 위의 흰 구름을 흩뜨려버리는구나.
한 점 진홍빛 꽃이 아직 남아
마침 봄의 정취를 이기지 못하는구나.

花月賞心天, 撩擧多情詩客.¹ 取次錦袍須貰,² 愛春醅浮雪.³
黃鸝何處故飛來, 點破野雲白. 一點暗紅猶在, 正不禁風色.

注

1 撩擧(대거): 진작시키다. 시흥을 돋우다.
2 取次(취차): 제멋대로. 경솔하게. ○ 錦袍須貰(금포수세): 비단 도
   포를 빌리다. 당대 무측천이 낙양의 남쪽 교외에 있는 용문龍門에
   유람할 때 신하들에게 시를 짓게 했는데 먼저 짓는 사람에게 비단
   옷을 내린다고 하였다. 좌사左史 동방규東方虬가 먼저 지었기에 비
   단 도포를 내렸다. 동방규가 아직 앉기도 전에 송지문이 시를 지어
   올려서 살펴보니 문채文采와 결이 모두 아름다워 칭찬하지 않는 사

람이 없는지라, 무측천이 동방규의 비단옷을 빼앗아 송지문에게 주
었다. 『수당가화』隋唐嘉話 권하卷下 참조. 이로부터 '비단 도포 뺏기'
라는 뜻의 '탈금포'奪錦袍라는 성어가 만들어졌다.

3 春醅(춘배): 봄 막걸리.

해설

　봄을 완상하고 아끼는 마음을 노래했다. 봄날의 경치를 묘사하며
시를 짓고 하얀 술구더기가 뜬 술을 마시는 일이 모두 즐겁다. 게다가
꾀꼬리와 진홍빛 꽃도 봄의 정취를 아낌없이 일으킨다. 간결한 언어와
구성으로 봄의 풍광과 봄을 아끼는 마음을 담아냈다.

강성자江城子
—동료를 놀리며戱同官[1]

금방 입은 유선군留仙裙 비단 치마 광택이 어리고
허리 잘록한 몸매
사랑스러워라.
강가의 그윽한 향기
일찍이 눈 속에서 맡아보았지.
동쪽 정원의 복사꽃과 오얏꽃을 모두 지나와
비로소 이를 보니
한 가지에 봄이 엉겨 있어라.

유신庾信의 마음이 가장 맑고 진솔했으니
떨어진 꽃을 두 손에 담아 맡아보곤
곧 정이 가까워졌지.
남쪽 관사에 꽃나무 깊은 곳
뛰어난 노래로 맑은 밤 구름을 멈추게 하였지.
해가 높이 뜨도록 상관 않고 아무리 불러도 일어나지 않고
등불이 반쯤 꺼지도록
술기운 아직 남아있네.

留仙初試冴羅裙,[2] 小腰身, 可憐人. 江國幽香, 曾向雪中聞. 過
盡東園桃與李, 還見此, 一枝春.
　庾郞襟度最淸眞,[3] 挹芳塵, 便情親. 南館花深,[4] 淸夜駐行雲.[5]

抃却日高呼不起,6 燈半滅, 酒微醺.

注

1 同官(동관): 같은 부서에서 근무하는 동료.

2 留仙(유선): 유선군留仙裙 일화를 이용하여 동료의 시녀 모습을 묘
사하였다. 한 성제漢成帝 때 황제가 태액지에서 뱃놀이할 때 조비연
이 「귀풍송원지곡」歸風送遠之曲을 노래하며 춤추고, 시랑 풍무방馮無
方이 생황을 불었다. 호수 중간에 이르러 노래가 한창일 때 큰바람
이 불어 조비연이 바람에 날려갈 듯하자, 황제가 풍무방에게 조비연
의 치마를 잡으라고 하였다. 바람이 그치자 치마에 주름이 갔는데,
궁녀들이 이를 본떠 주름 잡힌 치마를 지어 입었는데 이를 유선군이
라 하였다. 『비연외전』飛燕外傳 참조. ○ 砑(아): 광택이 나다.

3 庾郎(유랑): 남조 양나라 시인 유신庾信. 궁체를 잘 지었으며 시문
이 기려하였다. 후경의 난 이후 북조에 머물며 고국에 대한 그리
움을 노래한 작품을 많이 남겼다. 여기서는 동료를 비유하였다.

4 南館(남관): 남쪽에 있는 객사. 시문에서 주로 빈객을 접대하는 장
소로 등장한다.

5 駐行雲(주행운): 흐르는 구름을 멈추게 하다. 진청秦青의 노랫소리
에 구름도 멈추게 했다는 전고를 환기한다. 『열자』「탕문」湯問 참조.

6 抃却(변각): 상관 않다. 돌보지 않다. 내버리다.

해설

　동료의 정인情人을 가벼운 해학조로 노래하였다. 상편에선 여인의
옷차림과 몸매에서 시작하여, 매화꽃에 비유하여 다른 모든 꽃보다
낫다고 칭찬하였다. 하편에선 동료가 여인에 대해 추구하며 사랑에
빠진 모습을 그렸다.

석노교惜奴嬌
─동료를 놀리며戱同官

풍골이 시원스럽고
홀로 우뚝 섰으니
선녀들 중 으뜸이라.
봄이 온 강가에 눈 속의 매화처럼 빼어났구나.
작은 박달나무 박판拍板 잡은
섬섬옥수가 환하게 빛난다.
얼마 있지 않아
새 노래가 산골짜기 샘물처럼 철철 흘러나오는구나.

곡조 속에 담아 전하는 정은
더욱 짙어 마치
술잔 속의 술과 같아라.
진실로 처음 만났는데도 오랜 정인情人 같구나.
헤어진 후 그리워하니
민정당敏政堂 앞 버드나무가 생각나는구나.
아는가
그대 때문에 몹시 여위어도 후회하지 않는 것을.

風骨蕭然, 稱獨立, 群仙首. 春江雪一枝梅秀. 小樣香檀,[1] 映朗
玉纖纖手. 未久, 轉新聲泠泠山溜.[2]

曲裏傳情, 更濃似, 尊中酒. 信傾蓋相逢如舊.³ 別後相思, 記敏
政堂前柳.⁴ 知否: 又拚了一場消瘦.⁵

1 香檀(향단): 향나무로 만든 박판拍板.
2 泠泠山溜(령령산류): 산에서 샘물이 철철 흐르다. 여기서는 듣기
　좋은 노랫소리를 비유하였다.
3 傾蓋(경개): 수레의 산개를 서로 맞대거나 한쪽으로 기울다. 처음
　만나 친해진 경우를 형용한다. 『사기』「추양전」鄒陽傳에 "흰 머리가
　되도록 오래 사귀었어도 마치 처음 만나는 것처럼 낯설기도 하고,
　산개를 기울여 처음 만났어도 마치 오래된 친구처럼 친하기도 하
　다."白頭如新, 傾蓋如故.는 말이 있다.
4 敏政堂(민정당): 미상. 아마도 동료가 근무하는 관청으로 보인다.
　○ 柳(류): 여기서의 버들'柳'은 머물게'留'하고 싶다는 뜻을 해음諧音
　으로 나타냈다.
5 拚(변): 바라다.

　동료의 가기歌妓에 대한 애정을 노래하였다. 상편에선 선녀처럼 빼
어난 모습과 매화 같은 풍모를 그리고, 뛰어난 노래 솜씨를 묘사하였
다. 하편에선 가기와의 첫 만남에서의 경도와 이별 후의 그리움을 그
렸다. 버들 류柳 자를 사용하여 머물다留는 뜻을 해음諧音시켜 동료의
정을 나타내었다.

수조가두水調歌頭
― 공채약의 생일을 축하하며翠采若壽[1]

태산이 푸른 하늘에 기대어 있고
문수汝水강 위엔 권운卷雲이 차갑다.
빼어난 산천의 기운이 모였고
별들이 인간 세상으로 내려왔구나.
여덟 세대에 걸쳐온 가업을 이어받아
단번에 과거에 급제하였으니
아마도 담소하는 사이에 이루어냈으리라.
막빈賓幕으로 태자를 보좌하니
온화한 기운이 도성에 가득하였지.

호부虎符를 쪼개어
도성 근교로 가면서
금란전金鑾殿을 떠났지.
정치는 공평하고 소송은 간결하여 일이 없어서
친구들과 술 마시고 시를 지었지.
분명 보게 되리니, 재상이 되어 모래길 걷고
응당 중원을 수복하고
고향 산천의 안부를 간곡히 물어보리라.
패옥 차고 드넓은 하늘에 고한 후
안개 속 난새를 타고 오르리라.

泰嶽倚空碧, 汶水卷雲寒. 萃茲山水奇秀, 列宿下人寰. 八世家傳素業,[2] 一擧手攀丹桂, 依約笑談間.[3] 賓幕佐儲副,[4] 和氣滿長安. 分虎符,[5] 來近甸,[6] 自金鑾.[7] 政平訟簡無事, 酒社與詩壇. 會看沙堤歸去,[8] 應使神京再復, 款曲問家山. 玉佩揖空闊, 碧霧翳蒼鸞.[9]

注

1 鞏采若(공채약): 공상鞏湘. 자가 채약이다. 호주 태수湖州太守, 명주 장사明州長史, 광주 지주 겸 광남서로 안무사 등을 역임했다. 위의 작품으로 볼 때 산동 사람으로 보이며, 작자가 오흥에 있을 때이므로, 이 작품은 대략 1176년에서 1177년 사이에 지은 것으로 보인다.

2 素業(소업): 조상부터 내려온 사업. 여기서는 유업儒業을 가리킨다.

3 依約(의약): 대개. 아마도. 대체로.

4 賓幕(빈막): 막빈幕賓. 막료幕僚. ○ 儲副(저부): 태자. 1171년에 장문태자莊文太子가 병으로 죽자 이어서 위왕 조개趙愷가 태자로 책봉되었다. 1177년 6월 명주 장사 공상鞏湘이 부문각 직학사로 임명되자, 황태자 위왕 조개를 계속 보좌하게 되었다. 『송회요』宋會要「좌관문」佐官門 참조.

5 分虎符(분호부): 호부를 나누다. 호부는 지방의 행정관에게 군권을 주는 일을 가리킨다. 여기서는 호주 태수로 출임하는 걸 의미한다.

6 近甸(근전): 도성 주위의 경기京畿 지역. 오흥吳興을 가리킨다.

7 金鑾(금란): 금란전金鑾殿. 원래 당나라 궁전의 이름. 후세에는 황제의 정전을 가리켰다.

8 沙堤(사제): 모래 길. 당대에 재상이 처음 되었을 때 관저에서 성의 동가東街까지 모래를 깔아놓는데 이를 사제라 한다. 『당국사보』唐國史補 권하卷下 참조.

9 蒼鸞(창란): 푸른 난새. 전설에 나오는 새.

공채약의 생일을 축하하는 축수사祝壽詞이다. 상편부터 시작하여 하편 다섯 구까지 주로 공채약의 출생과 가문, 과거 급제와 벼슬, 치적과 풍도를 묘사하였다. 하편 말미 다섯 구에서 재상이 되길 바라는 축원과 함께 중원 수복의 기대를 나타내었다. 국가와 가문의 염원을 모아 함께 표현하였다는 점에서 일반적인 축수사와 다른 의의를 갖는다.

수조가두 水調歌頭

— 마숙도의 '월파루에서 놀며'에 창화하다 和馬叔度遊月波樓[1]

나그네가 오래도록 오지 않았건만
좋은 풍광은 그대 위해 남아 있다네.
서루西樓에서 마음껏 시를 읊고 경관을 감상하니
어찌 시간을 물어볼 필요 있겠는가.
하늘에 떠있는 명월을 불러
빙설 같은 내 가슴속을 비추게 하고
가슴 속 드넓게 흘러가는 만 줄기 강물을 비추게 하네.
고래처럼 마셔도 아직 바다를 삼키지 못했는데
검광은 이미 가을 하늘을 가로지르는구나.

들 위엔 달빛이 떠 흐르고
하늘은 아득히 멀고
아름다운 풍광은 그윽하구나.
중원에 남겨진 한
오늘 밤 얼마나 많은 사람이 시름겨워하는지 모를레라.
영웅이 늙어가는 걸 누가 생각해주랴
작은 공명을 세우려는 생각조차 없으니
북벌의 계책은 아직도 아득하기만 하구나.
이 일은 길게 설명하기 어려워
앞으로도 그저 술이나 마셔야 하리.

客子久不到,² 好景爲君留. 西樓著意吟賞,³ 何必問更籌.⁴ 喚起
一天明月,⁵ 照我滿懷冰雪, 浩蕩百川流. 鯨飮未呑海, 劍氣已橫秋.⁶
野光浮, 天宇迥, 物華幽.⁷ 中州遺恨, 不知今夜幾人愁. 誰念英
雄老矣, 不道功名蕞爾,⁸ 決策尙悠悠.⁹ 此事費分說, 來日且扶頭.¹⁰

注

1 馬叔度(마숙도): 미상. ○ 月波樓(월파루): 송대에는 월파루가 두
  군데 있었다. 하나는 황주黃州(호북성 황강)에 있었고, 다른 하나는
  가화嘉禾(복건성 건양)에 있었다. 여기서는 북벌에 대한 아쉬움이 강
  한 것으로 보아 두 곳 가운데 북녘이 가까운 황주의 월파루로 추정
  된다.

2 客子(객자): 나그네. 친구 마숙도를 가리킨다.

3 西樓(서루): 서쪽에 있는 누대. 월파루를 가리킨다. ○ 著意(저의):
  일부러. 전심으로. ○ 吟賞(음상): 시를 읊고 풍경을 감상하다.

4 更籌(경주): 경첨更籤. 시간을 헤아리는 도구. 여기서는 시간을 가
  리킨다.

5 喚起(환기) 3구: 밝은 달이 빙설처럼 순수한 간담을 비추고, 온갖
  강물이 용솟음치듯 흐르는 가슴을 비춘다. 남송 초기 장효상張孝祥
  도 「염노교」에서 "응당 생각하리니 광동 지방에서 여러 해 동안,
  외로운 달빛이 나를 비추어, 내 간담이 모두 빙설처럼 된 것을."應念
  嶺海經年, 孤光自照, 肝膽皆冰雪.이라 노래했다.

6 劍氣(검기): 검광. 고대인들은 보검은 밤에도 빛을 내어 구름을 뚫
  는다고 생각하였다.

7 物華(물화): 아름다운 경치.

8 不道(부도): 생각하지 않다. ○ 蕞爾(최이): 작은 모양.

9 決策(결책): 북벌의 계책.

10 扶頭(부두): 해장술.

　맑은 가을밤 친구 마숙도와 함께 달빛 아래 월파루에 올라, 풍광을 바라보며 호매한 정신을 노래하고 기약 없는 북벌에 비분을 나타내었다. 상편에서 축적된 호방한 기상은 하편에 이르러 영웅은 늙어가고 조정의 북벌 계획은 없어 참담한 비분으로 뒤바뀐다. 종횡으로 내달리는 감정 속에 비장미가 가득하다. 1177년(38세) 강릉부江陵府 지부知府 겸 호북안무사湖北安撫使로 있을 때 지은 것으로 보인다. 그렇다면 여기서의 월파루는 송대에 있었던 두 곳 가운데 황주黃州에 있었을 것으로 보인다. 가화嘉禾(복건)보다도 황주가 북방과 가까우니 그의 비분강개는 더욱 깊고 강렬했을 것이다.

상천효각霜天曉角

— 적벽赤壁[1]

설당雪堂에 유배 온 나그네
문장의 힘으로 출세는커녕 오히려 화를 당했지.
조조와 유비의 흥망을 썼으니
천고의 일은
모두 자취 없이 사라졌어라.

바라보니 강으로 튀어나온 바위는 모두 붉고
바로 밑에는 강의 파도가 하얗구나.
한밤 중 한 마디 길게 휘파람 부니
슬프다 천지가
내게는 좁기만 하구나.

雪堂遷客,[2] 不得文章力.[3] 賦寫曹劉興廢,[4] 千古事, 泯陳迹.
望中磯岸赤, 直下江濤白. 半夜一聲長嘯, 悲天地, 爲予窄.

注

1 赤壁(적벽): 208년 손권-유비 연합군이 남하하는 조조의 대군을 대
  파한 곳. 그 위치에 대해선 역대로 중설이 분분하나 일반적으로 지
  금의 호북성 적벽시赤壁市에 있는 적기산赤磯山과 황주시黃州市에
  있는 적비기赤鼻磯로 귀결된다. 여기서는 소식이 황주에 폄적되었

을 때 놀며 시문을 썼던 황주 적벽을 가리킨다.

2 雪堂(설당): 소식이 황주에 폄적되었을 때 임고臨皋에 지은 집.

3 不得文章力(불득문장력): 문장의 힘으로 출세하지 못하다. 소식은 오히려 '오대시안'鳥臺詩案으로 화를 당해 황주로 폄적되었음을 가리킨다.

4 賦寫(부사) 구: 조조와 유비의 흥망에 대해 쓰다. 소식은 「염노교 ─적벽 회고」를 비롯하여 「전적벽부」와 「후적벽부」 등을 지어서 삼국의 흥망을 조망하였다.

해설

삼국시대 격전지인 황주의 적벽에서 느낀 감회를 썼다. 상편은 소식과 그가 쓴 작품으로 국가의 흥망과 영웅의 소멸을 생각하였다. 하편은 적벽의 웅장한 풍광 속에 자신의 가슴 속 울분을 휘파람으로 풀어내었다. 말미에서 천지가 좁게 느껴지는 감각은 곧 뜻을 펴지 못하는 비분이기도 하다. 이는 삼국시대 영웅들에 대비되며, 또 소식이 「적벽부」에서 유한한 자신과 무궁한 우주자연과의 거리를 좁히려고 시도한 것과는 달리, 생생한 현실을 마주하는 신기질의 감정과 의지이기도 하다. 결국 신기질은 자신의 강인한 언어로 역사와 현실 속에 자신의 답을 찾아내려고 하였다.

호사근好事近

봄기운이 서호에 가득하니
호수의 버들이 연두색으로 변하는 시절.
물가 창문엔 안개와 구름이 끼었고
오대 시기 민閩나라 궁인들이 살았었지.

한 해 동안 꽃가지를 잘 가꾸면서
동풍은 이들을 모두 쓰다듬는구나.
이미 약속했으니 한 쌍의 봉황을 취한 채 타고선
삼신산三神山의 풍월을 즐겨보자고.

春意滿西湖,¹ 湖上柳黃時節. 瀬水霧窓雲戶, 貯楚宮人物.²
一年管領好花枝,³ 東風共披拂. 已約醉騎雙鳳. 玩三山風月.⁴

注

1 西湖(서호): 복주福州의 서호를 가리킨다.

2 楚宮人物(초궁인물): 초나라 궁중의 사람들. 여기서는 오대십국 시
  기 민閩의 군주를 비롯하여 그 후비와 궁녀 등을 가리킨다. 민閩의
  군주 왕연균王延鈞은 서호에 수정궁水晶宮을 축조하였다. 『십국춘
  추』十國春秋 참조.

3 管領(관령): 관할하다.

4 三山(삼산): 지금의 복건 복주시福州市. 성 안에 구선산九仙山, 오석

산烏石山, 월왕산越王山 등 세 산이 있기 때문에 이름 붙여졌다. 여기서는 동해 바다에 있다는 삼신산三神山을 환기하면서 중의적으로 사용하였다.

해설

친구에게 복주의 서호를 함께 유람하자고 청하였다. 봄이 온 복주 서호의 풍광을 신선의 세계로 그린 것은 제3구에서 이미 보인다. '무창운호'霧窓雲戶는 '안개 낀 창과 구름 낀 문'이 될 수도 있지만, '안개로 만든 창과 구름으로 만든 문'이란 의미도 가능하다. 비록 오대 때 민閩나라의 수정궁水晶宮으로 역사를 환기하지만, 복주의 삼산三山을 삼신산三神山으로 연결시켜 신선처럼 유람하자는 뜻을 나타내었다.

만강홍滿江紅

이 늙은이는 그 당시
꽃 피는 시기에 술 약속 지겹게 하였지.
행락을 나가면 가벼운 가죽옷에 느슨한 허리띠
수놓은 안장에 황금 굴레의 말을 탔지.
명월이 비치는 누대에선 퉁소와 북소리가 울렸고
배꽃이 떨어지는 정원에선 그네를 탔지.
누구와 마주하고 서너 잔 술을 마셨나?
옥 같은 얼굴의 미녀들이었지.

아. 지나간 일들
부질없고 쓸쓸하구나.
새로운 한을 안고
다시 떠도는구나.
근래에 무엇을 기다리는지
말없이 고독하게 수많은 날들 보냈지.
바다와 하늘이 잇닿아 있는 곳 멀리 한참 동안 응시하니
산바람은 비를 뿌리는데 나그네 적삼이 얇구나.
야윈 말 타고 홀로 달려가는 이때
내 마음이 좋지 않구나.

老子當年, 飽經慣花期酒約. 行樂處輕裘緩帶,¹ 繡鞍金絡. 明月
樓臺簫鼓夜, 梨花院落鞦韆索. 共何人對飲五三鍾? 顏如玉.²
　　嗟往事, 空蕭索. 懷新恨, 又飄泊. 但年來何待, 許多幽獨. 海水
連天凝望遠, 山風吹雨征衫薄. 向此際羸馬獨駸駸,³ 情懷惡.

注

1 輕裘緩帶(경구완대): 가벼운 가죽옷과 느슨한 허리띠.『진서』「양
　호전」羊祜傳에 "양호가 형주에 진주하며 군중에 있을 때는 자주 가
　벼운 가죽옷에 느슨한 허리띠를 매었으며, 몸에 갑옷을 걸치지 않
　았다."祜鎭荊州, 在軍常輕裘緩帶, 身不披甲.는 말이 있다. 때문에 신기
　질이 호북, 호남, 강서 등지에서 안무사로 있을 때 양호와 마찬가지
　로 유장儒將의 풍모로 지냈음을 말한다.
2 顏如玉(안여옥): 옥 같은 얼굴. 미녀를 가리킨다.
3 駸駸(침침): 말이 빠르게 달리는 모양. 총총히 가는 모양.

해설

　　이전의 화려한 생활에 대비하여 지금의 떠도는 벼슬살이에 대한 비
분과 염증을 나타내었다. 상편은 과거의 안락한 생활을 묘사하고, 하
편은 지금의 쓸쓸한 생활을 서술하여, 상호 강렬하게 대비시켰다. 끝
없이 펼쳐진 바다로 예측할 수 없는 미래를 암시하고, 산바람 타고
내리는 비로 자신의 벼슬살이의 고단함을 형상화하였다. 그 어조로
봐서 작자의 만년 작품으로 보인다.

소무만蘇武慢

― 눈雪

금실 술流蘇 드리운 휘장 안은 따뜻하고
잔에 담긴 술을 비우는데
밤에 퇴각하는 군사처럼 밖에는 눈보라가 몰아치누나.
말다래를 걸친 말을 묶어두고
길을 쓸어 손님을 맞이하며
꽃 떨어지는 봄을 먼저 빌려오노라.
노래와 피리 소리에 술잔을 전하며
매화 찾아 나선 흥취를 시로 지으니
사람들은 화려한 누각 속에 있어라.
오 땅의 무희를 불러 춤을 가르치니
가볍게 돌아가는 풍류
나른한 춤사위가 더욱 교태로워라.

홍진 세상은 바뀌고 청산은 하얗게 백발이 되었는데
흰 달빛이 깔린 듯
상서로운 눈이 벌써 석 자 깊이로다.
풍년이 든다는 생각에
시간은 부드러이 흘러가더니
이들이 모두 저녁 추위로 쌓이는구나.
고개 돌려 생각하니, 양을 몰며 눈 속에 떨었던 소무蘇武의 절개나

눈 내린 밤에 채주를 습격한 이소李愬의 병사는
이제는 예사로운 옛일이 되었구나.
이 모두가 지금 현재
술잔 앞에서 웃으며
앉아서 얻는 즐거움보다 못해라.

帳暖金絲, 杯乾雲液,[1] 戰退夜□飈颸.[2] 障泥繫馬,[3] 掃路迎賓, 先
借落花春色. 歌竹傳觴, 探梅得句, 人在玉樓瓊室. 喚吳姬學舞,
風流輕轉, 弄嬌無力.

塵世換老盡靑山, 鋪成明月, 瑞物已深三尺. 豐登意緒, 婉娩光
陰,[4] 都作暮寒堆積. 回首驅羊舊節,[5] 入蔡奇兵[6], 等閑陳迹. 總無
如現在, 尊前一笑, 坐中贏得.

注

1 雲液(운액): 술을 가리킨다. 백거이의 「술을 마주하고 한가히 읊으
  며 노인장께 드림」對酒閑吟贈老者에 "운액이 육부에 뿌려지니 따뜻
  한 기운이 사지에서 생겨나네."雲液灑六腑, 陽和生四肢. 란 말이 있다.
2 飈颸(요률): 비바람이 드세게 몰아치다. 여기서는 눈보라가 들이
  치다.
3 障泥(장니): 말다래.
4 婉娩光陰(완만광음): 밝고 아름다운 시간. 구양수의 「어가오」漁家
  傲에 "삼월의 청명절은 하늘이 아름다워"三月淸明天婉娩란 구가 있
  다.
5 驅羊舊節(구양구절): 양을 모는 옛 신하의 절개. 한 무제 때 흉노에
  사신으로 간 소무蘇武가 현지에 억류되어 19년을 보낸 일을 가리킨
  다. 이때 귀순할 것을 강요받았으나 굴하지 않고 북해北海(바이칼호)

의 서쪽에서 추운 겨울 눈 속에서도 양을 방목하며 지냈다. 『한서』
「소무전」참조.

6 入蔡奇兵(입채기병): 채주蔡州로 들어간 병사. 817년 10월 이소李
愬가 관군을 이끌고 눈 내린 밤에 채주를 기습하여 회서절도사 오
원제吳元濟를 사로잡은 일을 가리킨다. 원래 814년 창의군절도사
오소양吳少陽이 죽자 그 아들 오원제가 조정의 인가를 받지 않고
스스로 절도사가 되었다. 이에 조정에서는 군사를 일으켜 토벌에
나섰다. 817년 재상 배도裴度가 언성郾城에 나가 독려하고, 장군 이
소李愬가 배도의 지지를 받아 채주성을 공격하여 오원제를 생포하
였다.

해설

눈을 노래한 영설사詠雪詞이다. 그러나 전통적인 기법에 따라 눈 자
체의 형상이나 관련된 전고를 나열하는 것이 아니라, 금실 늘인 휘장
안에서 술을 마시는 귀인들이 감상하는 눈과 역사 속의 소무蘇武나
이소李愬가 겪은 눈을 대비하고 있다는 점이 크게 다르며 또 독특하다.
결말에서 귀인들이 절개를 지키고 공업을 세우며 겪는 눈보다 지금
현재 술잔 앞에서 웃으며 누리는 설경이 더 즐겁다고 하는 점에서,
작자의 깊은 분노가 드러난다. 그런 점에서 이 시는 비록 영물사의
형식을 갖추고 있지만, 현실에 대한 감개와 주제의식이 깊이 반영된
작품이라 해야 할 것이다.

/ㄱ/

감자목란화
두 눈에 눈물 줄줄 흐르니 **❶** 257, 승방 창밖엔 밤비 내리는데 **❶** 324, 어제 아침 관아에서 통보하였지 **❶** 326

감황은
부귀를 논할 필요 없으니 **❺** 211, 이슬이 무이산의 가을을 물들이니 **❸** 334, 일흔까지 사는 건 예부터 드물고 **❶** 121, 일흔은 예부터 드물다는데 **❺** 50, 책상 위 몇몇 책들은 **❺** 28, 청명절이 되니 봄빛이 **❶** 118

강성자　금방 입은 유선군 비단 치마 광택이 어리고 **❺** 342

강신자
개울 가득 소나무와 대나무 제멋대로 기울어져 있고 **❷** 161, 구름과 석양에 하늘은 흐렸다 개이니 **❷** 155, 그대의 인물됨을 보면 서한 때 사람이라 **❺** 61, 그윽한 향기가 길을 가로질러 풍겨오고 눈은 소록소록 내리는데 **❸** 220, 매화는 매화대로 버들은 버들대로 아름다움을 다투는데 **❷** 153, 봉황 비녀 날아가니 난새 비녀 놀란다 **❷** 335, 상죽 삿자리 깔고 박사 휘장 내리고 **❸** 217, 어지러운 구름 나부끼고 물소리 졸졸 흐르는데 **❹** 44, 오색구름 높은 곳 연회 장소 바라보니 **❺** 118, 옥퉁소 소리 멀어져 가니 난새 타고 놀던 옛일 생각나리 **❷** 332, 저녁 무렵 날씨 개었으나 배꽃엔 아직 빗방울 맺혀있다 **❷** 158, 해와 달이 지붕 모서리를 베틀의 북처럼 오가는 것이 **❺** 176

귀조환
내 웃나니 공공이 무엇 때문에 화가 나서 **❹** 368, 듣자 하니 민산과 아미산의 만년설은 **❺** 277, 산 아래 천 그루 꽃들은 아주 속되지만 **❹** 84, 정현 같은 그대는 만 리 멀리 서촉으로 가서 **❸** 87

금국대부용　먼 강물이 햇빛에 반짝이고 **❸** 191

---

* 검은 동그라미 안의 숫자는 책 수를 나타내고, 그다음의 숫자는 쪽수를 나타낸다.
　예) **❸** 375 → 3책 375쪽

❷ 90, 만 개의 골짜기에 폭포가 날아 떨어지고 ❷ 258, 소나무 관문에 계수나무 고개 ❺ 157, 얼음 같은 자태에 옥 같은 뼈 ❷ 255, 현명함과 어리석음의 차이 ❺ 281

동파인

꽃가지에 붉은빛 아직 설핏한데 ❸ 180, 섬섬옥수로 옛 원망을 연주하고 ❸ 176, 임은 들보 위의 제비 ❸ 178

/ㅁ/

만강홍

강남에 살면서 ❶ 73, 괴목 안궤에 부들방석 ❷ 232, 그대의 생애는 ❺ 132, 내 그대를 대하니 ❹ 173, 도미꽃 꺾지 말고 ❸ 33, 도성의 대로에서 먼지를 날리며 ❺ 246, 두 협곡에 바위가 험준한데 ❺ 135, 몇 마리 가벼운 갈매기 ❹ 170, 바람이 뜰의 벽오동나무를 휘몰아쳐서 ❶ 268, 봄의 신 동군이 원망스러운건 ❶ 259, 불이 붙은 듯 빨간 앵도는 ❶ 105, 붕새가 날개를 펼쳐 날며 ❶ 85, 삼나무가 곧고 굳세게 자라 ❶ 210, 세상에 다시없는 가인 ❶ 71, 시내와 산을 바라보니 ❶ 220, 시냇가에 그림자를 비추는 매화 ❶ 213, 신풍의 지친 나그네 ❶ 264, 어젯밤 마신 술 오늘 깨어날 때 ❸ 314, 왕안석의 가구 가운데 ❹ 331, 웃으면서 홍애의 어깨를 치며 ❷ 203, 이 늙은이는 그 당시 ❺ 356, 이별의 시름을 두드려 부수는 듯 ❶ 262, 장기 섞인 비와 남방의 안개 ❷ 79, 재빨리 서루에 오르는 건 ❶ 99, 좋은 날 아름다운 풍광 ❶ 102, 촉으로 가는 길은 하늘 오르기보다 어려운데 ❷ 98, 평생 천하에 뜻을 두었으니 ❷ 252, 피리 불고 북 치며 돌아와선 ❶ 246, 하늘의 옥가루 ❷ 206, 하늘이 문재를 내렸으니 ❶ 288, 한나라의 사절이 동남으로 부임하니 ❸ 301, 한수는 동으로 흘러가며 ❶ 186, 해 저물어 창망한데 ❶ 176, 흙먼지 날리는 서풍 속에 ❷ 303

만정방

경국지색이 중매가 없고 ❶ 276, 버들 밖에서 봄을 찾고 ❶ 284, 빠른 관악에 애절한 현악 ❶ 280, 서쪽 엄자산으로 해가 지고 ❹ 182

맥산계

나물밥 먹고 냉수 마시며 사니 ❹ 176, 작은 다리 흐르는 물 ❹ 206, 화려한 고당의 발을 걷으니 ❹ 208

모어아

몇 차례의 비바람을 어찌 더 견뎌낼 수 있으랴? ❶ 238, 바라보니 하늘 가득 날아드는 갈매기와 해오라기 ❶ 171

목란화만

길가의 사람들이 이상하게 여겨 질문을 한다 ❹ 188, 늙어가노라니 흥이 줄어드는데 ❶ 132, 사랑스러운 오늘 밤 달은 ❹ 192, 예전에 이 누대 위에 오른 나그네 ❹ 185, 한중에서 한나라가 나라를 열었으니 ❶ 250

무릉춘

바람 앞의 도리꽃 무척이나 아리땁고 ❹ 377, 오고 가고 삼백 리 ❹ 379

/ㅂ/

바라문인

꽃 지는 시절 ❹ 344, 녹음 속에 새가 우짖으며 ❹ 347, 떨어진 별 만 개 ❺ 80, 소쩍새 울음소리 차마 들을 수 없으니 ❹ 353, 용천은 아름다운 곳 ❹ 350

보살만

가장 무심한 건 강가의 버들 ❷ 296, 가헌 선생이 날마다 아이들에게 말하지 ❶ 309, 갈건은 본디 창랑의 물에 씻어야 하는데 ❹ 247, 강물에 흔들리어 눈앞은 안개 낀 듯 흐릿한데 ❶ 154, 그대와 약속한 서루에 가려하나 ❺ 297, 그대의 명성은 아이들이 하는 말에서 실컷 들었는데 ❷ 294, 그대의 피부 하얀 부인은 꽃과 같건만 ❺ 152, 금란전에 바로 올라갈 그대를 보내니 ❸ 135, 깃발은 예처럼 역참 길에 펄럭이는데 ❸ 306, 누가 비단 편지에 그리워한다는 말을 보내올까? ❷ 114, 담황색 궁중 풍의 신발이 작고 ❹ 38, 등불을 바라보니 보리수 잎이라 ❺ 103, 만금을 주어도 고명한 의술과는 바꾸지 않으니 ❸ 142, 붉은 상아 표찰마다 신선의 품격을 써두었으니 ❷ 274, 비단 끈 비스듬히 늘어뜨린 완금 ❸ 140, 서풍은 모두 행인의 한 ❶ 336, 울고대 아래 맑은 강물 ❶ 179, 유람객이 바위 속 집을 차지했더니 ❺ 150, 유리 주발에 담긴 유락처럼 향기 가득한데 ❷ 342, 인간 세상 세월이 당당히 흘러가니 ❸ 137, 청산도 고상한 그대와 이야기하고 싶어 ❶ 152, 화려한 누대 그림자 맑은 계곡물에 비치는데 ❹ 40

복산자

가령 도척을 공구라 이름 지어 부르고 ❹ 32, 걷고 싶으면 일어나 걷고 ❸ 85, 굳센 것은 부러지기 쉬우나 ❸ 58, 긴 대나무 앞 비춧빛 비단 소매 차가운데 ❸ 81, 만 리 멀리 구름을 박차고 오르며 ❺ 93, 밤비 내릴 때 원두막에서 술에 취하고 ❺ 85, 어떤 때는 자신을 소라고 여기고 ❺ 82, 온갖 군현 다녔기에 수레 오르기 겁이 나고 ❺ 91, 주옥을 모래처럼 쓰고 ❺ 87, 천고의 이광 장군 ❺ 89, 한 사람은 신선술을 배우고 ❹ 30, 한번 술 마시면 며칠 밤

오야제

강가에서 산간처럼 취하여 쓰러졌지 ❷ 212, 강가의 삼월 청명절 ❺ 315, 사람들은 내가 그대보다 못하다고 말하지 ❷ 214 저녁 꽃, 이슬 맺힌 잎, 바람에 흔들리는 가지 ❸ 186

옥루춘

강가에 늘어선 나무들에 비낀 해 ❺ 266, 그대는 구온주처럼 술맛이 훌륭하고 ❺ 25, 그대는 향초 우거진 비파정 옆에서 ❺ 219, 멀리 문산으로 가지 말게나 ❸ 91, 무심한 구름은 절로 오가며 ❹ 153, 미친 듯 노래 부르며 촌주 담은 술잔을 두드려 깨고 ❺ 23, 바람이 불기 전에 봄을 잡아두려 했더니 ❹ 157, 삐쩍 마른 공죽 지팡이 짚고 게으르게 높이 오르니 ❹ 155, 산행에선 언제나 비바람을 대비해야 하는데 ❹ 143, 세상에 어떤 일이 있었다 없었다는 누가 판별하는가 ❹ 312, 손님이 왔는데 무슨 일로 이리 늦게 맞이하는가? ❹ 202, 어느 누가 한밤중에 산을 밀고 가버렸나? ❹ 149, 어느 집의 여인들인가 두세 명씩 모여서 ❹ 159, 왕년에 농종당 앞길에서 ❸ 97, 인간 세상은 손바닥을 뒤집어 구름과 비를 만들지만 ❹ 146, 젊은 시절 생황 불고 노래하며 술잔 들고 ❺ 21, 청산은 구름 타고 날아갈 줄 모르니 ❹ 151

옥호접

귀천은 우연에 따른 것이어서 마치 ❺ 17, 옛길에 행인들이 오가고 ❺ 15

완계사

그대는 품성이 훌륭하여 남들에게 '웃음'을 주는 사람 ❶ 82 그대의 절묘한 솜씨는 도끼의흔적을 남기지 않았으니 ❸ 200, 꽃은 오늘 아침 얼굴에 분칠을 고루 했는데 ❹ 338, 누대는 흠 없는 옥 같은 높은 벼랑에 기대어 있는데 ❸ 198, 매실이 안 익었을 때 몇 번이나 찾아왔던가 ❹ 50, 몇 발짝 안 되는 가까운 거리에 솟아오른 백 척의 누대 ❸ 244, 봄 산의 두견새 울음을 자세히 들으니 ❸ 263, 북쪽의 높은 밭 답수차 바쁘게 밟고 ❺ 229, 산 앞에 이르기도 전에 말을 돌려 돌아가니 ❸ 246, 새로 지은 띳집이 규모가 갖춰지자 ❹ 104, 어르신들은 고르게 비 내렸다고 다투어 말하며 ❹ 342, 여기서는 시 지으며 이별을 말하는데 ❹ 380, 이어지는 노랫소리 하나하나가 구슬같이 고른데 ❹ 340, 초목은 사람과 거리를 두어 서먹서먹하더니 ❹ 204, 축수주를 함께 따르니 한껏 기쁜데 ❸ 64, 홀로 핀 꽃이 백 년토록 자신을 드러내지 않으니 ❹ 52

완랑귀 산 앞에 등불이 켜지는 황혼 ❶ 253

우미인

꽃들이 모두 울어 아침 이슬로 맺히어 ❸ 144, 다른 사람보다 술잔을 늦게 내려놓지 말지니 ❷ 118, 당시에는 봄날의 풀처럼 의기양양하여 ❹ 65, 밤 깊어 피곤하여 병풍 뒤에 기댄

/ㅈ/

자고천

검은 머리에 새치도 전혀 없고 ❺ 139, 검은 머리카락에 봄빛은 무한했더니 ❹ 220, 길 먼지가 얼굴을 덮쳐오는데 가는 길은 멀고 ❶ 206, 길가의 뽕나무엔 여린 잎 돋고 ❷ 346, 꽃은 도처에 옮겨 심으면 도처에서 피는데 ❹ 72, 날씨 흐리다고 말 타기를 늦추지 마오 ❹ 46, 누가 봄 풍경과 햇빛을 돌보아주나 ❹ 271, 늙고 병드니 세월의 흐름을 어찌 견디랴 ❹ 222, 늙어서 물러난 후 관직에 대해 말한 적 없는데 ❹ 230, 닭 오리 떼 저녁에도 거두지 않고 ❷ 244, 도리꽃이 흐드러지게 피어도 금방 지기에 ❸ 321, 돌아가고픈 마음이 어지러운 구름 같은데 ❶ 332, 들쭉날쭉한 노랑어리연꽃 푸른 물결에 흔들리어 ❹ 211, 만년에 몸소 밭 갈며 가난을 원망하지 않았으니 ❹ 217, 무슨 시름 있다고 눈썹을 찡그리랴? ❷ 237, 물 바닥에 밝은 노을 드넓게 밝은데 ❷ 318, 밤 깊도록 서창 아래서 촛불 심지 자르며 ❺ 325, 벼슬과 은거는 예부터 고르지 않아 ❹ 215, 병든 몸이 매화 주위를 감도는데 술독이 비지 않았고 ❸ 319, 봄바람을 좇아 자유롭게 노닐고 ❸ 133, 봄빛 속 꽃 아래서 노닐기만 하지 말고 ❹ 78, 봄이 온 들판에 냉이꽃 피고 ❷ 224, 분분한 온갖 일 한바탕 웃음에 부쳐버리고 ❹ 180, 비스듬히 베개에 기댄 그대 두 살쩍엔 서리 내려 ❹ 42, 비취 덮개와 상아 표찰을 단 모란은 몇 백 포기인가 ❺ 143, 산 위의 폭포는 만 섬의 구슬을 쏟아내고 ❺ 225, 산중의 시와 술이 있는 보금자리를 버리고 ❸ 295, 상사절 풍광이라 감회를 펼치기 좋은데 ❹ 290, 새로 지은 흰색 저마 도포 약간 차가운데 ❷ 219, 샘터 가에서 "나 홀로 깨끗하다"고 길게 읊으니 ❺ 190, 석벽 위 허공엔 쌓인 구름 점점 높아지고 ❹ 288, 술자리의 풍류를 아는 사람 몇이나 되는가 ❶ 204, 술청의 술 단지를 골라 특별히 열었으니 ❸ 304, 승검초와 새삼 덩굴은 천 길 푸른 나무를 감으며 자랐고 ❷ 226, 시구 속에 봄바람을 때마침 재단하고 있는데 ❸ 248, 시냇가 초당 삿자리 서늘하니 가을이 오려 하고 ❷ 228, 시름을 피하려 높은 누대 올랐건만 ❸ 356, 「양관곡」 다 불러도 눈물 마르지 않는구나 ❶ 208, 어두컴컴한 구름 흩어지지 않고 ❷ 239, 예부터 고사들이 가장 경탄스러운 것은 ❹ 213, 인간 세상의 썩은 냄새 때문에 코를 막건만 ❹ 267, 일부러 봄을 찾아 나섰다가 시들해져 돌아오느니 ❷ 230, 입궐의 꿈도 끊어지고 벼슬살이도 싫증 나 ❸ 130, 잎 떨어진 높은 산에 밤 사이 서리 내리고 ❷ 316, 작년 그대 집에서 술잔을 들고 ❺ 148, 장안으로 향하는 길로 가지 않고 ❷ 175, 저물녘 까마귀 울음소리 온통 시름겨운데 ❷ 344, 점점이 떨어진 꽃잎이 이끼를 온통 하얗게 덮어 ❸ 317, 제군들은 오래도록 시단을 압도해왔으니 ❹ 269, 짙은 자주색 위자와 진노랑 요황으로 된 그림 ❺ 146, 쪽배 타고 섬계 갈 것 없으니 ❷ 108, 천 길 벼랑에 백 길 시냇물 ❷ 106, 천 길 얼음 계곡엔 백 보 전부터 우레 소리 들리고 ❷ 242, 청년 때 깃발 들고 용사 만 명 이끌고 ❺ 65, 총총히 만나고 헤어짐이 우연이 아니어서 ❶ 196, 추수당 긴 회랑이 물과 바위 사이에 있는데 ❹ 294, 피곤해도 잠 못 드니 이 밤을 어이 할까 ❶ 334, 하룻밤에 서리 내려 살쩍이 하얗게 변했기에 ❹ 139, 한 포기가 화단의 풍류를 모두 차지했으니 ❺ 141, 한바탕 맑은 바람에 전각 그림자 서늘한데

/ㅈ/

| 역주자 소개 |

서성

북경대에서 중문학 박사학위를 받았다. 현재 배재대에서 강의. 중국고전시와 관련된 주요 실적으로는 「이소」離騷의 주석과 번역, 「구가」九歌 주석과 번역, 『양한시집』兩漢詩集, 『한시, 역사가 된 노래』, 『당시별재집』唐詩別裁集, 『대력십재자 시선』大曆十才子詩選 등이 있다.

한 국 연 구 재 단
학술명저번역총서
[동 양 편] 623

가헌사 稼軒詞 ❺
신기질 사 전집

초판 인쇄   2020년 7월 1일
초판 발행   2020년 7월 15일

저   자 | 신 기 질
역 주 자 | 서   성
펴 낸 이 | 하 운 근
펴 낸 곳 | 學古房

주   소 | 경기도 고양시 덕양구 통일로 140 삼송테크노밸리 A동 B224
전   화 | (02)353-9908 편집부(02)356-9903
팩   스 | (02)6959-8234
홈페이지 | www.hakgobang.co.kr
전자우편 | hakgobang@naver.com, hakgobang@chol.com
등록번호 | 제311-1994-000001호

ISBN   979-11-6586-088-2 94820
       978-89-6071-287-4 (세트)

값 : 31,000원

이 책은 2015년도 정부재원(교육부)으로 한국연구재단의 지원을 받아 연구되었음
(NRF-2015S1A5A7017018).

This work was supported by National Research Foundation of Korea Grant funded by the Korean
Government(NRF-2015S1A5A7017018).

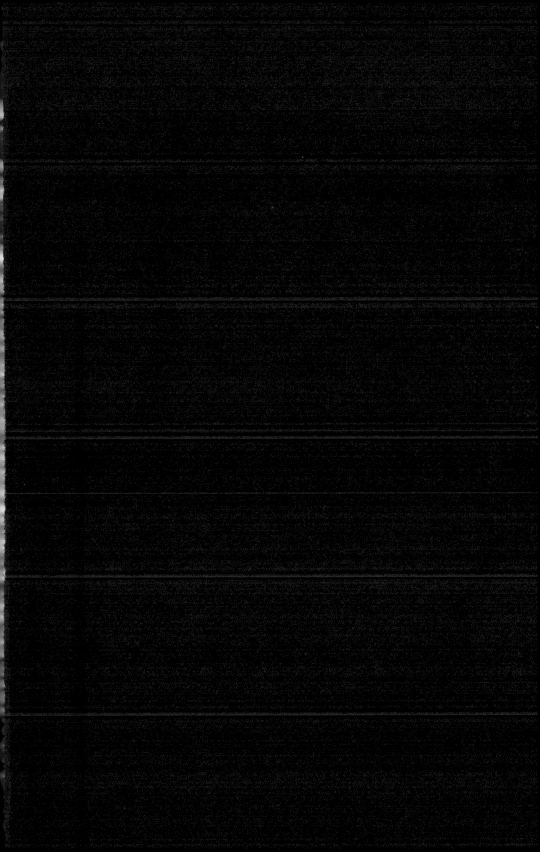